華語文閱讀測驗

楊琇惠 編著

中級篇
Intermediate

Easy to Learn
Chinese

五南圖書出版公司 印行

序

　　再次感謝北科大教學卓越計畫的支持，讓本團隊得以持續完成編撰優質華語教材的夢想。

　　《華語文閱讀測驗（初級篇）》出版後，頗獲學生佳評。學生的反應是內容生動有趣，題材多元，又不失實用價值。此外，學生還提到，因為文後附有數則問題，讓人得以在閱讀之後，立即檢測對文章的瞭解，相當方便。非常感謝來自學生們的正面肯定。因為他們的支持，除了給了我們莫大的鼓勵外，更堅定了我們繼續前進的力量。

　　此次出版的《華語文閱讀測驗（中級篇）》，乃是專為學習華語兩年左右的學生所設計的。在編排上，本書承襲了初級篇的模式，將課文分成表格、對話、短文三類，所以會這樣分，乃是因為試圖以多元的形式來增進學生的閱讀能力。例如，就表格而言，書中就出現了高鐵的發車時刻表、醫院的門診時間表、餐廳的顧客意見調查表、產品保證卡、夜市地圖、新人的訂婚喜帖……等等，篇篇精彩，篇篇實用。此外，本書與前書相同，一樣於課文末附有單字，因此既可作為學生自學之用，亦可當成課堂上的教材，使用上相當靈活。

　　凡事之所以能成就，皆是仰賴眾緣的聚合。本書也不例外，若非吟屏和禹宣兩位優秀助理一路相伴，從初級篇到中級篇，在在以最敬業的態度，來創發書中每一篇精彩、生動的文章，今天筆者也無法在此寫序了。因此，筆者以最誠摯的心，向她們二位致謝。此外，還要感謝北科大文發系的郭千禎同學，郭同學為本書畫了數十副可愛的插畫，讓人在閱讀時，不禁望圖莞爾，心情大好。

　　雖然，這已是本團隊撰寫的第二本華語閱讀測驗類書，但因經驗有限，難免有不周之處，還請各界大老不吝斧正，多多指教。

楊琇惠

北科大文化事業發展系

民國101年12月7日

CONTENTS

目錄

CONTENTS

目錄

CONTENTS

目錄

CONTENTS 目錄

單元一　表格

一. 臺灣 高鐵 時刻表
Táiwān gāotiě shíkèbiǎo

(一)表格
biǎogé

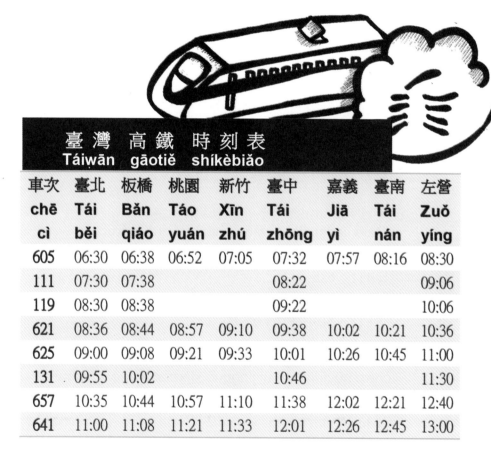

臺灣 高鐵 時刻表
Táiwān gāotiě shíkèbiǎo

車次 chē cì	臺北 Tái běi	板橋 Bǎn qiáo	桃園 Táo yuán	新竹 Xīn zhú	臺中 Tái zhōng	嘉義 Jiā yì	臺南 Tái nán	左營 Zuǒ yíng
605	06:30	06:38	06:52	07:05	07:32	07:57	08:16	08:30
111	07:30	07:38			08:22			09:06
119	08:30	08:38			09:22			10:06
621	08:36	08:44	08:57	09:10	09:38	10:02	10:21	10:36
625	09:00	09:08	09:21	09:33	10:01	10:26	10:45	11:00
131	09:55	10:02			10:46			11:30
657	10:35	10:44	10:57	11:10	11:38	12:02	12:21	12:40
641	11:00	11:08	11:21	11:33	12:01	12:26	12:45	13:00

(二)問題 wèntí

_____ 1. 什麼 是「南 下」？
shéme shì nán xià

(A) 從北邊去南邊

(B) 南邊的下面

(C) 從南邊到北邊

(D) 臺南的下面

_____ 2.「時 刻 表」不 能　告 訴 你 什 麼？
shíkèbiǎo bùnéng gàosù nǐ shéme

(A) 從臺北開車時間

(B) 從臺北到臺南需要多少錢

(C) 到高雄的時間

(D) 從臺北到高雄需要多少時間

_____ 3. 哪 些 車 次 經 過 的 車 站　最　少？
nǎxiē chēcì jīngguò de chēzhàn zuì shǎo

(A) 119、605、641

(B) 111、625、131

(C) 621、625、657

(D) 111、119、131

_____ 4. 車 子 不 一 定 會 經 過 下 面　哪 個 車 站？
chēzi bùyídìng huì jīngguò xiàmiàn nǎge chēzhàn

(A) 臺北

(B) 新竹

(C) 臺中

(D) 左營

_____ 5. 從 臺北 到 左營，哪一班 車 開 得 最 慢？
cóng Táiběi dào Zuǒyíng nǎ yì bān chē kāi de zuì màn

(A) 605

(B) 625

(C) 641

(D) 657

_____ 6. 住 在 桃 園 的 亞 當 想 去 找 臺 中 的
zhù zài Táoyuán de Yǎdāng xiǎng qù zhǎo Táizhōng de

夏 娃。他 想 在 十 點 以 前 到 臺 中 高鐵
Xiàwá tā xiǎng zài shí diǎn yǐqián dào Táizhōng gāotiě

車 站，他 可 以 坐 哪 些 車？
chēzhàn tā kěyǐ zuò nǎxiē chē

(A) 605、 621、111、119

(B) 605、621、625

(C) 605、621

(D) 621、625

_____ 7. 元 庭 在 臺 北 的 高鐵 車 站。現 在 是 早
Yuántíng zài Táiběi de gāotiě chēzhàn xiànzài shì zǎo

上 八 點。如 果 元 庭 想 在 早 上 九
shàng bādiǎn rúguǒ Yuántíng xiǎng zài zǎoshàng jiǔ

點 半 以 前 到 達 臺 中 高鐵 車 站，他 應
diǎn bàn yǐqián dàodá Táizhōng gāotiě chēzhàn tā yīng

該 坐 哪 一 班 車？
gāi zuò nǎ yì bān chē

(A) 111

(B) 119

(C) 621

(D) 625

_____ 8. 子捷 住 在 板 橋。他 禮拜六 中 午12點 要 去
Zǐjié zhùzài Bǎnqiáo tā lǐbàiliù zhōngwǔ diǎn yào qù

左 營 和 雨 萍 吃飯。他 想 早 一個 小 時
Zuǒyíng hàn Yǔpíng chīfàn tā xiǎng zǎo yíge xiǎoshí

到 左 營 高 鐵 車 站，他 應 該 坐 哪 一 班 車？
dào Zuǒyíng gāotiě chēzhàn tā yīnggāi zuò nǎyì bān chē

(A) 119

(B) 621

(C) 625

(D) 131

(三) 生 詞
shēngcí

	生詞	漢語拼音	解釋
1	時刻表	shíkèbiǎo	time schedule
2	車次	chēcì	train number
3	板橋	Bǎnqiáo	the city seat of New Taipei in northern Taiwan.
4	桃園	Táoyuán	Taoyuan is located in the north-western part of the island, contiguous with New Taipei City.
5	新竹	Xīnzhú	Xinzhu is located in the north-western part of Taiwan.
6	嘉義	Jiāyì	Jiayi is located in the plains of southwestern Taiwan.
7	左營	Zuǒyíng	Zuoyin is located at the eastern foot of Banpingshan in Kaohsiung.

二、門診時間表
ménzhěn shíjiān biǎo

(一)表格 biǎogé

健康醫院 十月份 門診 時間表
Jiànkāng yīyuàn shíyuèfèn ménzhěn shíjiān biǎo

門診時間 ménzhěn shíjiān	星期一 xīngqí yī (3.10.17.24.31)		星期二 xīngqí èr (4.11.18.25)		星期三 xīngqí sān (5.12.19.26)		星期四 xīngqí sì (6.13.20.27)		星期五 xīngqí wǔ (7.14.21.28)	
	科別 kēbié	醫師 yīshī	科別 kēbié	醫師 yīshī	科別 kēbié	醫師 yīshī	科別 kēbié	醫師 yīshī	科別 kēbié	醫師 yīshī
上午 shàngwǔ 9：00 | 12：00	一般 內科 yībān nèikē	王大明 Wáng Dàmíng	一般 內科 yībān nèikē	王大明 Wáng Dàmíng	減肥 門診 jiǎn féi ménzhěn	吳亨受 Wú Hēng shòu (十月 12.26 日)	外科 wài kē	林雨欣 Lín Yǔxīn	眼科 yǎnkē	陳一展 Chén Yīzhǎn
	牙科 yákē	劉建中 Liú Jiàn zhōng	皮膚科 pífū kē	白幼亮 Bái Yòu liàng	一般 內科 yībān nèikē	王大明 Wáng Dàmíng	一般 內科 yībān nèikē	王大明 Wáng Dàmíng	一般 內科 yībān nèikē	王大明 Wáng Dàmíng

健康醫院十月份門診時間表
Jiànkāng yīyuàn shíyuèfèn ménzhěn shíjiān biǎo

下午 xiàwǔ 2：00 ｜ 5：30	戒煙門診 jièyān ménzhěn	一般內科 yībān nèikē	一般內科 yībān nèikē	午休	牙科 yákē	一般內科 yībān nèikē	一般內科 yībān nèikē
	何又凡 Hé Yòufán （十月 shíyuè 10，24 日 rì）	王大明 Wáng Dàmíng	王大明 Wáng Dàmíng		劉建中 Liú Jiànzhōng	王大明 Wáng Dàmíng	
			陳一展 Chén Yīzhǎn 眼科 yǎnkē				

＊預約 掛號 天數 為 30 天
yùyuē guàhào tiānshù wèi tiān

(二)問題
wèntí

_____ 1. 美美喜歡曬太陽，前幾天因此曬傷
Měiměi xǐhuān shài tàiyáng qián jǐtiān yīncǐ shàishāng
了，她可以去哪一個門診？
le tā kěyǐ qù nǎ yíge ménzhěn
(A) 減肥門診
(B) 牙科
(C) 皮膚科
(D) 眼科

_____ 2. 王先生想預約十月25日的一般內科
Wáng xiānshēng xiǎng yùyuē shíyuè rì de yìbān nèikē
門診，請問他最早可以幾號預約？
ménzhěn qǐngwèn tā zuìzǎo kěyǐ jǐhào yùyuē
(A) 九月30日
(B) 九月25日
(C) 十月15日
(D) 十月1日

_____ 3. 愛吃糖的小傑牙齒痛，媽媽可以帶他去看
ài chī táng de Xiǎojié yáchǐ tòng māma kěyǐ dài tā qù kàn
哪一個門診？
nǎ yíge ménzhěn
(A) 一般內科
(B) 牙科
(C) 眼科
(D) 戒煙門診

_____ 4. 今天是十月17日，愛抽煙的林先生不
jīntiān shì shíyuè rì ài chōuyān de Lín xiānshēng bù
想再抽了，他可以預約幾號的門診？
xiǎng zài chōu le tā kě yǐ yùyuē jǐhào de ménzhěn
(A) 10號

(B) 18號

(C) 20號

(D) 24號

5. 潔林 不喜 歡 自己的 樣子，一直 覺得 自己太 胖
Jiélín bù xǐhuān zìjǐ de yàngzi yìzhí juéde zìjǐ tàipàng
了，她 可以 去 哪個 門 診 問 問 醫生 的意
le tā kěyǐ qù nǎge ménzhěn wènwèn yīshēng de yì
見？
jiàn

(A) 減肥門診

(B) 牙科

(C) 戒煙門診

(D) 一般內科

6. 林 小 姐一大早 覺得 肚子不 舒服，想 快點
Lín xiǎojiě yídàzǎo juéde dùzi bù shūfú xiǎng kuàidiǎn
去 看 醫生。家裡到 醫院 坐 車 要30分 鐘，
qù kàn yīshēng jiālǐ dào yīyuàn zuòchē yào fēnzhōng
她最 晚 可以幾點 出 門 搭車？
tā zuìwǎn kěyǐ jǐdiǎn chūmén dāchē

(A) 8:00

(B) 7:30

(C) 7:00

(D) 8:30

7. 這 間 醫院 的一般 內科 醫生 是 伯廷 的
zhèjiān yīyuàn de yìbān nèikē yīshēng shì Bótíng de
好 朋 友，伯廷 想 找 一天 請他看
hǎo péngyǒu Bótíng xiǎng zhǎo yìtiān qǐng tā kàn
電 影，請問 哪一天 可以？
diànyǐng qǐngwèn nǎ yìtiān kěyǐ

(A) 18號下午

(B) 21號早上

(C) 24號下午

(D) 18號早上

8. 可 欣 平 常　工 作 很 忙，最近 眼 睛 不 太
Kěxīn píngcháng gōngzuò hěn máng zuìjìn yǎnjīng bú tài

舒服，而且 她 想　順 便 去 醫 院 看 減 肥
shūfú　érqiě tā xiǎng shùnbiàn qù yīyuàn kàn jiǎnféi

門 診，但 是 她 只 能　請 一 天 假，請 問 哪
ménzhěn dànshì tā　zhǐnéng qǐng yìtiān jiǎ　qǐngwèn nǎ

一 天　最 好？
yìtiān zuìhǎo

⑷ 十月26日

⑻ 十月19日

⑼ 十月7日

⑽ 十月28日

㈢生 詞
shēngcí

	生詞	漢語拼音	解釋
1	門診	ménzhěn	out-patient clinic
2	一般內科	yìbān nèikē	general medicine
3	減肥	jiǎnféi	to reduce weight, to lose weight
4	外科	wàikē	general surgery
5	皮膚科	pífūkē	dermatology
6	戒煙	jièyān	to give up smoking
7	預約	yùyuē	to make an appointment
8	掛號	guàhào	appointment, registration

三、顧客意見 調查表
gù kè yì jiàn diàochábiǎo

(一)表格
biǎogé

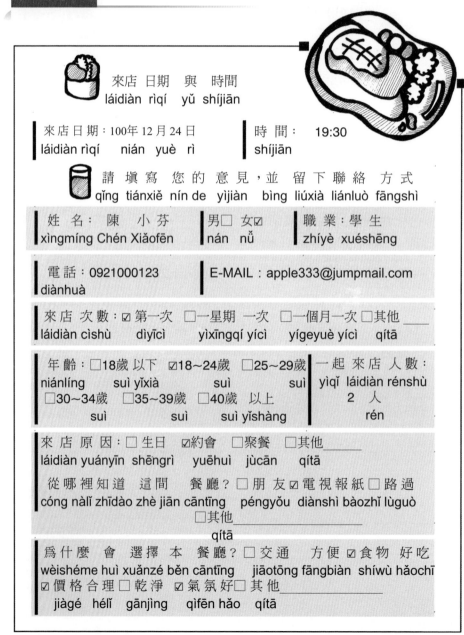

來店 日期 與 時間
láidiàn rìqí yǔ shíjiān

| 來店日期：100年12月24日 | 時間： 19:30 |
| láidiàn rìqí nián yuè rì | shíjiān |

請 填寫 您的 意見，並 留下聯絡 方式
qǐng tiánxiě nín de yìjiàn bìng liúxià liánluò fāngshì

| 姓名： 陳 小芬 | 男□ 女☑ | 職業：學生 |
| xìngmíng Chén Xiǎofēn | nán nǚ | zhíyè xuéshēng |

| 電話：0921000123 | E-MAIL：apple333@jumpmail.com |
| diànhuà | |

來店 次數：☑第一次 □一星期 一次 □一個月一次□其他____
láidiàn cìshù dìyīcì yìxīngqí yícì yígeyuè yícì qítā

年齡：□18歲 以下 ☑18~24歲 □25~29歲
niánlíng suì yǐxià suì suì
□30~34歲 □35~39歲 □40歲 以上
suì suì suì yǐshàng

一起 來店 人數：
yìqǐ láidiàn rénshù
2 人
rén

來店 原因：□ 生日 ☑約會 □聚餐 □其他_____
láidiàn yuányīn shēngrì yuēhuì jùcān qítā

從哪裡知道 這間 餐廳？□ 朋友☑電視報紙□路過
cóng nàlǐ zhīdào zhè jiān cāntīng péngyǒu diànshì bàozhǐ lùguò
□其他_____
qítā

爲什麼 會 選擇 本 餐廳？□ 交通 方便☑食物 好吃
wèishéme huì xuǎnzé běn cāntīng jiāotōng fāngbiàn shíwù hǎochī
☑價格合理□乾淨 ☑ 氣氛好□其他_____
jiàgé hélǐ gānjìng qìfēn hǎo qítā

評價：你的餐點：＿＿牛排＿＿	滿意	要加強
píngjià　nǐ de cāndiǎn　niúpái	mǎnyì	yàojiāqiáng
食物的味道 shíwù de wèidào	☑	☐
上菜速度 shàngcài sùdù	☐	☑
服務生態度 fúwùshēng tàidù	☑	☐
服務生名字 fúwùshēng míngzi	Jerry	
餐廳乾淨程度 cāntīng gānjìng chéngdù	☑	☐
價格 jiàgé	☑	☐
分數（1~10分） fēnshù　　fēn	8	分 fēn

其他的意見
qí tā de yìjiàn

牛排很好吃！店裡放的音樂很棒，氣氛很好。
niúpái hěn hǎochī diànlǐ fàng de yīnyuè hěnbàng qìfēn hěnhǎo
只是送菜的速度有點慢，咖啡還送錯了。
zhǐshì sòngcài de sùdù yǒudiǎn màn　kāfēi hái sòngcuò le
希望下次不會這樣。我還會再和朋友來的！
xīwàng xiàcì búhuì zhèyàng wǒ háihuì zài hé péngyǒu lái de

(二)問題
wèntí

_____ 1. 筱 芬 到　店裡吃飯，可能　是爲了慶祝
Xiǎofēn dào diànlǐ chīfàn　kěnéng shì wèile qìngzhù

什 麼 日子？
shéme rìzi

(A) 除夕

(B) 聖誕節

(C) 生日

(D) 情人節

_____ 2. 筱 芬 可 能　是？
Xiǎofēn kěnéng shì

(A) 國小生

(B) 國中生

(C) 高中生

(D) 大學生

_____ 3. 筱 芬　爲什麼會知道　這間餐廳？
Xiǎofēn wèishéme huì zhīdào zhèjiān cāntīng

(A) 朋友跟她說的

(B) 網路上看到的

(C) 電視上看到的

(D) 半路經過

_____ 4. 這可能　是一間　什麼　樣子的餐廳？
zhè kěnéng shì yìjiān shéme yàngzi de cāntīng

(A) 蛋糕店

(B) 西式餐廳

(C) 冰淇淋店

(D) 中式餐廳

_____ 5. 哪一個不是 筱 芬來這間 餐 廳 的 原因？
nǎ yíge búshì Xiǎofēn lái zhèjiān cāntīng de yuányīn

(A) 來這間店很方便

(B) 燈光、音樂都很棒

(C) 東西很好吃

(D) 價格不會太貴

_____ 6. 筱 芬 比較 不喜歡 的 是？
Xiǎofēn bǐjiào bù xǐhuān de shì

(A) 店裡不乾淨

(B) 食物不好吃

(C) 上菜太慢

(D) 服務生態度不好

_____ 7. 這 張 表 可以做 什麼？
zhè zhāng biǎo kěyǐ zuò shéme

(A) 餐廳老闆可以知道客人對食物的評價

(B) 餐廳老闆可以知道可以再做的更好的地方

(C) 餐廳老闆可以知道客人對服務品質的評價

(D) 上面的答案都對

_____ 8. 下 面 哪一個是 錯 的？
xiàmiàn nǎ yíge shì cuò de

(A) 筱芬可能是跟男朋友一起去的

(B) 筱芬還會想再來這家餐廳

(C) 他們吃的是晚餐

(D) 筱芬以前就來過這家店了

㈢生詞
shēngcí

	生詞	漢語拼音	解釋
1	填寫	tiánxiě	to fill in, to fill out
2	聯絡	liánluò	communication
3	人數	rénshù	number of people
4	聚餐	jùcān	to dine together, to have a dinner party
5	路過	lùguò	to pass through or by
6	選擇	xuǎnzé	to choose, to select
7	價格	jiàgé	price
8	合理	hélǐ	rational, reasonable, equitable
9	氣氛	qìfēn	atmosphere, ambience
10	評價	píngjià	evaluation
11	加強	jiāqiáng	to improve, to better
12	速度	sùdù	speed, velocity, tempo, rate, pace
13	程度	chéngdù	degree, level, extent

四、舒服飯店 房 間價目表
Shūfú fàndiàn fángjiān jiàmùbiǎo

(一)表格
biǎogé

 舒服　飯店　　房間　　價目表
Shūfú fàndiàn fángjiān jiàmùbiǎo

房間　種類 fángjiān zhǒnglèi	價格 jiàgé
舒服　單人　房 shūfú dānrén fáng	NT$3,000
舒服　雙人　　房 shūfú shuāngrén fáng	NT$3,500
享受　　單人　房 xiǎngshòu dānrén fáng	NT$4,000
享受　　雙人　　房 xiǎngshòu shuāngrén fáng	NT$4,500

◇住 房　就送　免費　早 餐(1F舒 服 咖 啡 AM6:30～AM9:30)。
zhùfáng jiù sòng miǎnfèi zǎocān　shūfú　kāfēi
◇房 內　提 供　礦 泉 水、　報 紙 及 免 費　　上 網　　服 務。
fáng nèi tígōng kuàngquánshuǐ bàozhǐ jí miǎnfèi shàngwǎng fúwù
◇免 費　　使 用5F健 身　俱 樂 部(腳 踏 車、游 泳 池、 三 溫 暖)。
miǎnfèi shǐyòng jiànshēn jùlèbù jiǎotàchē yóuyǒngchí sānwēnnuǎn
◇如 果 需 要　加 床，　　每 床 NT$ 1,000 (含 早 餐)，每 房　　限 加
rúguǒ xūyào jiāchuáng měichuáng　　hán zǎocān měifáng xiàn jiā
　　一 床。
　　yìchuáng
◇需 加 收10% 服 務 費。
　xū jiāshōu　　fúwùfèi
◇ [享 受 房]　有 按 摩、免 費　紅 酒、洗 衣 服 務。
xiǎngshòufáng yǒu ànmó miǎnfèi hóngjiǔ　xǐyì fúwù
◇入 住 時 間：下 午2點，　退 房 時 間：隔 日　中 午12 點。
　rùzhù shíjiān xiàwǔ diǎn tuìfáng shíjiān gérì zhōngwǔ diǎn
◇電 話：06-9876543
diànhuà

(二)問題
wèntí

———— 1. 什麼 是「雙 人 房」？
shéme shì shuāngrén fáng

(A) 給一個人住的大房間

(B) 給兩個人住的房間

(C) 給兩個或四個人住的房間

(D) 上面的答案都不對

———— 2. 「舒服 雙 人 房」不 提供 什麼 服務？
shūfú shuāngrén fáng bù tígōng shéme fúwù

(A) 上網

(B) 紅酒

(C) 報紙

(D) 免費早餐

———— 3. 「健 身 俱樂部」裡面 沒 有 什麼？
jiànshēn jùlèbù lǐmiàn méiyǒu shéme

(A) 腳踏車

(B) 游泳池

(C) 咖啡廳

(D) 三溫暖

———— 4. 哪 個 不 對？
nǎge búduì

(A) 一間房間只能加一張床

(B) 加一張床要加NT$1,000

(C) 「享受單人房」不能加床

(D) 加床的人可以吃免費的早餐

_____ 5. 宜 宜 與 健 文 選 擇 住「享 受 雙 人
Yíxuān yǔ Jiànwén xuǎnzé zhù xiǎngshòu shuāngrén

房」一個 晚 上，他們 一 共 要付多 少 錢？
fáng yíge wǎnshàng tāmen yígòng yào fù duōshǎo qián

(A) NT$3500

(B) NT$3850

(C) NT$4500

(D) NT$4950

_____ 6. 宜 宜 與 健 文 住 在「享 受 雙 人房」，
Yíxuān yǔ Jiànwén zhù zài xiǎngshòu shuāngrén fáng

哪 一 個 不 是 他們 可 以 享 受 的 特別 服務？
nǎ yí ge búshì tāmen kěyǐ xiǎngshòu de tèbié fúwù

(A) 按摩

(B) 紅酒

(C) 洗衣

(D) 免費晚餐

_____ 7. 宜 宜 與 健 文 在入住 那一 天 的 中 午12點
Yíxuān yǔ Jiànwén zài rùzhù nà yì tiān de zhōngwǔ diǎn

到「舒服 飯 店」附近，他 們 必須 等 多 久 才
dào Shūfú fàndiàn fùjìn tāmen bìxū děng duōjiǔ cái

能 進去他 們 的 房 間？
néng jìnqù tāmen de fángjiān

(A) 馬上就可以進去

(B) 20分鐘以後

(C) 1小時以後

(D) 2小時以後

───── 8. 宜 宣 與 健 文 在「享 受　雙 人 房」睡
Yíxuān yǔ Jiànwén zài xiǎngshòu shuāngrén fáng shuì

了 一 晚，隔 日 早　上10點 起 床，他 們　不 能
le yì wǎn　gé rì zǎoshàng diǎn qǐchuáng tāmen bùnéng

做　什 麼 事 情？
zuò shéme shìqíng

(A) 在1F舒服咖啡廳吃免費早餐

(B) 免費上網

(C) 去游泳池游泳

(D) 看報紙

(三) 生 詞
shēngcí

	生詞	漢語拼音	解釋
1	種類	zhǒnglèi	kind, type, variety
2	價格	jiàgé	price
3	享受	xiǎngshòu	enjoy
4	免費	miǎnfèi	be free of charge, gratis
5	礦泉水	kuàngquánshuǐ	mineral water
6	健身俱樂部	jiànshēn jùlèbù	health club
7	三溫暖	sānwēnnuǎn	sauna (bath)
8	加床	jiāchuáng	extra bed
9	限	xiàn	set a limit, restrict
10	服務費	fúwùfèi	a service charge
11	按摩	ànmó	massage
12	紅酒	hóngjiǔ	red wine
13	入住	rùzhù	check-in
14	退房	tuìfáng	check-out
15	隔日	gérì	next day

五、永建夜市地圖
Yǒngjiàn yèshì dìtú

(一) 地圖
dì tú

永建 夜市 地圖
Yǒngjiàn yèshì dìtú

停車場 tíngchēchǎng

7-11　藥房 yàofáng　醫院 yīyuàn

花店 huādiàn

中正一路
Zhōngzhèng yí lù

麵包店 miànbāodiàn

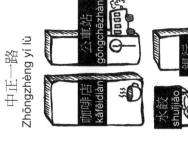

公車站 gōngchēzhàn　咖啡店 kāfēidiàn　銀行 yínháng　水餃 shuǐjiǎo　炒飯 chǎofàn

永建大學 Yǒngjiàn dàxué

超市 chāoshì　公園 gōngyuán　吃到飽 chīdàobǎo　火鍋店 huǒguōdiàn　消防局 xiāofángjú　眼科 yǎnkē

永建捷運站 Yǒngjiàn jiéyùnzhàn

永建國中 Yǒngjiàn guózhōng

永建國小 Yǒngjiàn guóxiǎo　7-11　警察局 jǐngchájú

中正二路
Zhōngzhèng èr lù

加油站
jiāyóuzhàn

中 Zhōng
山 shān
路 lù

書店
shūdiàn

郵局
yóujú

速食店
sùshídiàn

包子店
bāozidiàn

中正三路
Zhōngzhèng sān lù

警察局
jǐngchájú

公園
gōngyuán

牛肉麵
niúròumiàn

一 Yì
心 xīn
街 jiē

永建夜市
Yǒngjiàn yèshì

計程車招呼站
jìchéngchēzhāohūzhàn

7-11

永 Yǒng
建 jiàn
路 lù

百貨公司
bǎihuò gōngsī

醫院
yīyuàn

———— 1. 小雨的 車子在 永 建 路不見了，他 應 該 去
Xiǎoyǔ de chēzi zài Yǒngjiàn lù bújiàn le　tā yīnggāi qù
哪裡 找 人　幫 忙？
nǎ lǐ zhǎo rén bāngmáng
(A) 永建路和中正二路的十字路口，7-11的旁邊
(B) 永建路和中正三路的十字路口，百貨公司的旁邊
(C) 永建路和中正二路的十字路口，消防局的對面
(D) 上面的答案都不對

———— 2. 大 明 在 永 建 國 中，請 你 告 訴 他 最 近
Dàmíng zài Yǒngjiàn guózhōng qǐng nǐ gàosù tā zuì jìn
的 7-11 在 哪裡。
de　　zài nǎlǐ
(A) 在永建路上，消防局的旁邊
(B) 在中山路和中正一路的十字路口
(C) 在永建路和中正三路的十字路口
(D) 在永建路上，永建國小和警察局的中間。

———— 3. 金 水 肚子餓了，想 要 吃很多　種 不 同 的
Jīnshuǐ dùzǐ è le　xiǎngyào chī hěnduō zhǒng bùtóng de
食物，請　問 他 去 哪裡 買 食物 比較　好？
shíwù qǐng wèn tā qù　nǎlǐ mǎi shíwù bǐjiào hǎo
(A) 永建路
(B) 一心街
(C) 中正一路
(D) 中山路

_____ 4. 志祥 在 永建 國小 前面 被 車子
Zhìxiáng zài Yǒngjiàn guóxiǎo qiánmiàn bèi chēzi

撞 了，請 問 應該 帶他去哪裡找 醫生
zhuàng le qǐng wèn yīnggāi dài tā qù nǎlǐ zhǎo yīshēng

比較 好？
bǐjiào hǎo

(A) 在中山路和中正二路的十字路口，藥局的旁邊

(B) 在中山路和中正二路的十字路口，銀行的對面

(C) 永建路和中正三路的十字路口，百貨公司的旁邊

(D) 永建路和中正二路的十字路口，消防局的旁邊

_____ 5. 珍 珍 頭痛，她 想 要 自己買 藥 來吃，她
Zhēnzhēn tóutòng tā xiǎngyào zìjǐ mǎi yào lái chī tā

應 該 去哪一條 路買？
yīnggāi qù nǎ yì tiáo lù mǎi

(A) 永建路

(B) 中正三路

(C) 中正一路

(D) 中山路

_____ 6. 如果 要 去 永建 夜市，坐 什麼 車去，下車
rúguǒ yào qù Yǒngjiàn yèshì zuò shéme chē qù xiàchē

的 地方 離 永建 夜市 最近？
de dìfāng lí Yǒngjiàn yèshì zuì jìn

(A) 捷運

(B) 計程車

(C) 公車

(D) 上面的答案都不對

_____ 7. 如果 你 從 永建 國小 出發，過了 永建
rúguǒ nǐ cóng Yǒngjiàn guóxiǎo chūfā guò le Yǒngjiàn

路的馬路後，一直 直 走 到 下一個十字路口
lù de mǎlù hòu yìzhí zhí zǒu dào xià yí ge shízì lùkǒu

前，你的 右手 邊 會 是什麼？
qián nǐ de yòushǒu biān huì shì shéme

(A) 超市

(B) 永建大學

(C) 警察局

(D) 咖啡店

———— 8. 在一心街 上 可能 買不到 什麼 東西？
zài Yìxīn jiē shàng kěnéng mǎibúdào shéme dōngxi

(A) 蘋果

(B) 漢堡

(C) 蛋糕

(D) 書

㈢生詞 shēngcí

	生詞	漢語拼音	解釋
1	國中	guózhōng	middle school, junior high school
2	國小	guóxiǎo	primary school
3	藥房	yàofáng	drugstore, pharmacy
4	眼科	yǎnkē	ophthalmology department
5	夜市	yèshì	night market
6	加油站	jiāyóuzhàn	gas station
7	計程車招呼站	jìchéngchē zhāohūzhàn	taxi stand
8	警察局	jǐngchájú	police office
9	停車場	tíngchēchǎng	parking area
10	捷運站	jiéyùnzhàn	MRT station
11	消防局	xiāofángjú	fire bureau
12	吃到飽	chīdàobǎo	All you can eat
13	火鍋店	huǒguōdiàn	Hot pot restaurant
14	炒飯	chǎofàn	fried rice
15	速食店	sùshídiàn	fastfood restaurant

六、藥袋
yàodài

（一）藥袋
yàodài

臺 大 診 所
Táidà　　zhěnsuǒ

2012年5 月18日
nián yuè　rì

□ 外 用　　☑ 口 服　　□ 針 劑
wàiyòng　　　kǒufú　　　zhēnjì

姓　　名：李 建 華
xìngmíng　Lǐ Jiànhuá

藥物　名稱：
yàowù míngchēng
　　外觀：　長 方 形，　黃 色，口 服　錠劑
　　wàiguān chángfāngxíng huángsè　kǒufú dìngjì
　　液 狀，咖 啡 色，口 服 藥 水
　　yìzhuàng kāfēisè　kǒufú yàoshuǐ
使用方法：口服 錠劑 每天四次,三 餐 飯後
shǐyòng fāngfǎ kǒufú dìngjì měitiān sìcì　sāncān fànhòu
　　及 睡前　使用,每次兩顆。口 服 藥水　每 天 一 次,
　　Jí shuìqián shǐyòng měicì liǎngkē kǒufú yàoshuǐ měitiān yícì
　　睡前　使用,每次10 c.c.
　　shuìqián shǐyòng　měicì
使用　期限：2012 年5 月20 日
shǐyòng qíxiàn　　nián yuè　rì

　喉嚨　痛 的 注意 事項：
　hóulóng tòng de　zhùyì shìxiàng
1. 多 喝水,少　說話。
　duō hēshuǐ　shǎo shuōhuà
2. 煙、酒、咖啡、花生、巧克力、餅乾、辣椒、太酸的、
　yān jiǔ　kāfēi huāshēng qiǎokèlì bǐnggān　làjiāo tàisuān de
　油炸　的 和 刺激 的 都　不 能 吃。
　yóuzhà de hé cìjī　de dōu bùnéng chī
3. 不要用　葡萄柚 汁 或 茶 服用 藥物,藥水　請 放
　búyào yòng pútáoyòu zhī huò chá fúyòng yàowù　yàoshuǐ qǐng fàng
　冰 箱。
　bīngxiāng

(二)問題
wèntí

_____ 1. 到 什 麼 地 方 可以拿到 這 個 東 西？
dào shéme dìfāng kěyǐ nádào zhèige dōngxi
(A) 學校
(B) 公車站
(C) 醫院
(D) 飯店

_____ 2. 李 建 華 怎 麼 了？
Lǐ Jiànhuá zěnme le
(A) 跟女朋友吵架
(B) 心情不好
(C) 考試成績太差
(D) 身體不舒服

_____ 3. 吃 這 種 藥 的 時 候，可以喝 什 麼？
chī zhèzhǒng yào de shíhòu kěyǐ hē shéme
(A) 咖啡
(B) 水
(C) 葡萄柚汁
(D) 酒

_____ 4. 喉 嚨 痛 的 時 候 不可以做 什 麼？
hóulóng tòng de shíhòu bù kěyǐ zuò shéme
(A) 少喝咖啡，多喝熱開水
(B) 聽醫生的話照時間吃藥，多休息
(C) 整個晚上和朋友聊天、唱歌
(D) 少吃零食、餅乾

───── 5. 什麼 時候 吃完 這些 藥比較 好？
shéme shíhòu chīwán zhèxiē yào bǐjiào hǎo
　(A) 2012年6月30日以前
　(B) 2012年5月19日以前
　(C) 2012年6月1日以前
　(D) 2012年5月20日以前

───── 6. 藥 水 喝 完 以後，放 在 哪裡比較 好？
yàoshuǐ hēwán yǐhòu fàngzài nǎlǐ bǐjiào hǎo
　(A) 冰箱裡
　(B) 書桌上
　(C) 沙發上
　(D) 容易拿到的地方

───── 7. 李 建 華 不 能 吃下面 哪 一樣 東西？
Lǐ Jiànhuá bùnéng chī xiàmiàn nǎ yíyàng dōngxi
　(A) 蘋果
　(B) 炸雞
　(C) 麵包
　(D) 牛奶

───── 8. 下 面 哪一個 是 對 的？
xiàmiàn nǎ yíge shì duì de
　(A) 其中的一種藥是長方形、白色的
　(B) 一天總共要喝10c.c.的藥水
　(C) 李建華除了口服的藥以外，還有外用的藥
　(D) 三餐飯後和睡前要喝藥水

(三)生 詞
shēngcí

	生詞	漢語拼音	解釋
1	診所	zhěnsuǒ	a clinic, a dispensary
2	外用	wàiyòng	for external use
3	口服	kǒufú	to take orally
4	針劑	zhēnjì	injection
5	外觀	wàiguān	appearance or looks
6	錠劑	dìngjì	lozenge
7	液狀	yìzhuàng	aquiform
8	喉嚨	hóulóng	throat
9	煙	yān	tobacco, cigarette
10	花生	huāshēng	peanut
11	辣椒	làjiāo	hot pepper, chili
12	油炸	yóuzhà	fried
13	刺激	cìjī	stimulate, provoke, irritate, upset
14	葡萄柚汁	pútáoyòuzhī	grapefruit juice
15	茶	chá	tea
16	調劑	tiáojì	to fill a prescription, to make up a prescription

七、訂婚 喜帖
dìnghūn xǐtiě

(一) 喜帖
xǐtiě

謹 訂 於 中 華 民 國 101年 9 月 9日(星期日)
jǐn dìng yú Zhōnghuámínguó nián yuè rì xīngqírì

爲 次女 秀 鳳 與 林 征 局 先 生 長 男 林 文 邦 君
wèi cìnǚ Xiùfèng yǔ Lín Zhēngjú xiānshēng zhǎngnán Lín Wénbāng jūn

舉 行 文 定 之喜 敬 備 喜 筵 恭 請
jǔxíng wén dìng zhī xǐ jìng bèi xǐyán gōng qǐng

闔 第 光 臨
hé dì guāng lín

王 文 曲
Wáng Wénqǔ

敬 邀
胡 金 葉 jìng yāo
Hú Jīnyè

觀禮:一、時 間: 上午 十 時
guānlǐ shíjiān shàngwǔ shí shí

二、地 點:自宅
dìdiǎn zìzhái

台 北 市 台北 路30號
Táiběi shì Táiběi lù hào

電 話: (02)1111-6577
diànhuà

席設:一、時 間:中 午十一時 三 十分準 時入席
xíshè shíjiān zhōngwǔ shíyī shí sānshí fēn zhǔnshí rùxí

二、地 點:幸福 餐廳
dìdiǎn xìngfú cāntīng

台 北市 台北路50號
Táiběi shì Táiběi lù hào

電 話: (02)1111-3498
diànhuà

(二)問題
wèntí

_____ 1. 誰 請 你 去 參 加 訂 婚 典禮？
　　　　　shéi qǐng nǐ qù cānjiā dìnghūn diǎnlǐ

　　　　　(A) 王秀鳳

　　　　　(B) 王秀鳳的爸爸、媽媽

　　　　　(C) 林文邦

　　　　　(D) 林文邦的爸爸、媽媽

_____ 2. 誰 要 訂 婚 了？
　　　　　shéi yào dìnghūn le

　　　　　(A) 王秀鳳

　　　　　(B) 王文曲

　　　　　(C) 胡金葉

　　　　　(D) 林征局

_____ 3. 訂 婚 典禮在 什 麼 時候？
　　　　　dìnghūn diǎnlǐ zài shéme shíhòu

　　　　　(A) 九月九日早上十點

　　　　　(B) 九月九日早上十一點半

　　　　　(C) 九月八日早上十點

　　　　　(D) 九月八日早上十一點半

_____ 4. 訂 婚 典禮在哪裡？
　　　　　dìnghūn diǎnlǐ zài nǎlǐ

　　　　　(A) 王秀鳳的家

　　　　　(B) 林文邦的家

　　　　　(C) 幸福餐廳

　　　　　(D) 喜帖沒有寫

_____ 5. 在 哪裡吃 喜筵？
　　　　　zài nǎlǐ chī xǐyán

　　　　　(A) 王秀鳳的家

(B) 林文邦的家

(C) 幸福餐廳

(D) 喜帖沒有寫

_____ 6. 什 麼 是 次女？
shéme shì cì nǚ

(A) 年紀最大的女兒

(B) 第二個女兒

(C) 第三個女兒

(D) 年紀最小的女兒

_____ 7. 如果 你 只 要 吃喜筵，你 應 該 幾點 到？
rúguǒ nǐ zhǐ yào chī xǐyán nǐ yīnggāi jǐ diǎn dào

(A) 10:00

(B) 11:30

(C) 12:00

(D) 12:30

_____ 8. 訂 婚 喜帖 沒 有 寫 的 是？
dìnghūn xǐtiě méiyǒu xiě de shì

(A) 訂婚的時間

(B) 訂婚的地點

(C) 喜筵的地點

(D) 林文邦的父母姓名

(三)生 詞
shēngcí

	生詞	漢語拼音	解釋
1	訂婚	dìnghūn	be betrothed, be engaged, troth, betroth, plight
2	喜帖	xǐtiě	a wedding invitation
3	謹	jǐn	cautious, circumspect

	生詞	漢語拼音	解釋
4	訂	dìng	conclude
5	於	yú	in, at, to, from, out of, by
6	為	wè	for
7	次女	cìnǚ	the second daughter
8	長男	zhǎngnán	the eldest son
9	君	jūn	Mr.
10	文定之喜	wén dìng zhī xǐ	engagement ceremony (Chinese style)
11	敬	jìng	respectful
12	喜筵	xǐyán	a bridal dinner
13	恭	gōng	respectful
14	闔第光臨	hé dì guāng lín	The whole family is invited.
15	邀	yāo	invite
16	觀禮	guānlǐ	to attend a ceremony
17	自宅	zìzhái	one's own home
18	設	shè	set up, found

八、產 品 保 證 卡
chǎnpǐnbǎozhèngkǎ

(一)保 證 卡
bǎozhèng kǎ

産 品 保證 卡
chǎnpǐn bǎozhèng kǎ

商 品 資 料：
shāngpǐn zīliào

產 品 號 碼：JAX-230
chǎnpǐn hàomǎ
產 品 顏 色：白
chǎnpǐn yánsè bái

購 買 日 期：2012年2月18日
gòumǎi rìqí nián yuè rì
保 固 時 間：一 年
bǎogù shíjiān yìnián

購 買 者 資 料：
gòumǎizhě zīliào

姓 名：李 俊 宏
xìngmíng Lǐ Jùnhóng
電 話：0922-123-456
diànhuà
地址：臺北市 仁 愛 路10號
dìzhǐ Táiběishì Rénài lù hào

經 銷 商 資 料：
jīngxiāoshāng zīliào

店 名：旺 來 車 行
diànmíng wànglái chēháng
聯 絡 電 話：(04)2233-1170
liánluò diànhuà
地址：臺 中 市 四 平 路65號
dìzhǐ Táizhōngshì Sìpíng lù hào

注 意 事 情：
zhùyì shìqíng

1.請 您 在 購 買 產 品 之 後 十 天 以 內，填好 保 證 卡 後
qǐng nín zài gòumǎi chǎnpǐn zhīhòu shítiān yǐnèi tiánhǎo bǎozhèngkǎ hòu
寄 到 本 公 司，以 保 證 您 的 權 利。或 到 本 公 司 網 站
jìdào běn gōngsī yǐ bǎozhèng nín de quánlì huò dào běn gōngsī wǎngzhàn
註 冊、填好 資 料 後，開 始 計 算 保 固 時 間 一 年。如 果 沒 有
zhùcè tiánhǎo zīliào hòu kāishǐ jìsuàn bǎogù shíjiān yìnián rúguǒ méiyǒu
註 冊，則 以 產 品 購 買 日 開 始 計 算。
zhùcè zé yǐ chǎnpǐn gòumǎi rì kāishǐ jìsuàn

2.保固日期內 免費 修理。過 保 固一年 以內，費用 八折。
　bǎogù rìqí nèi miǎnfèi xiūlǐ　guò bǎogù yìnián yǐnèi fèiyòng bāzhé
3.購買日七日內，產品 如果 有 任何 問題，免費　換新。
　gòumǎi rì qīrì nèi chǎnpǐn rúguǒ yǒu rènhé wèntí　miǎnfèi huànxīn

自行車　公司
zìxíngchē gōngsī

電話：(07)2234-5678　　地址： 高雄市　大安路253號
diànhuà　　　　　　　　　dìzhǐ Gāoxióngshì Dàān lù　　hào
免費 電話（24小時）：0800-123-000
miǎnfèi diànhuà　xiǎoshí

35

(二)問題
wèntí

_____ 1. 什麼 時候 最可能 拿到 這 種 卡（片）？
shéme shíhòu zuì kěnéng nádào zhèzhǒng kǎ (piàn)
(A) 去餐廳吃飯之後
(B) 上完中文課之後
(C) 去書店買書之後
(D) 買新的電腦

_____ 2. 這 個 人 買了什麼 東西？
zhèige rén mǎile shéme dōngxi
(A) 黑色的自行車
(B) 白色的自行車
(C) 白色的機車
(D) 他還沒決定要買哪一台

_____ 3. 李 俊 宏 在 什麼 地方 買了這 台 車？
Lǐ Jùnhóng zài shéme dìfāng mǎile zhè tái chē
(A) 高雄市
(B) 臺中市
(C) 臺北市
(D) 上面沒有寫

_____ 4. 如果李俊宏 忘了上 網 寫他的資料，
rúguǒ Lǐ Jùnhóng wàngle shàngwǎng xiě tā de zīliào

產品的保 證 日期到 什麼 時候？
chǎnpǐn de bǎozhèng rìqí dào shéme shíhòu

(A) 2013年2月18日

(B) 2012年12月31日

(C) 2014年2月18日

(D) 2013年2月28日

_____ 5. 李俊宏 在2013年 夏天 和 同 學 一起騎車
Lǐ Jùnhóng zài   nián xiàtiān hé tóngxué yìqǐ qíchē

出 去 玩，結果 車子壞 了，本來修車 的 錢
chūqù wán jiéguǒ chēzi huài le běnlái xiūchē de qián

需要1000元，李俊宏 要 付多 少 錢？
xūyào   yuán Lǐ Jùnhóng yào fù duōshǎo qián

(A) 500元

(B) 800元

(C) 1000元

(D) 不用付錢

_____ 6. 如果 買車 之後 的 隔天 覺得 車子怪 怪
rúguǒ mǎichē zhīhòu de gétiān juéde chēzi guài guài

的，怎 麼 做 是 最好 的？
de zěnme zuò shì zuìhǎo de

(A) 七天之後再告訴公司這件事情

(B) 付錢請公司修車子

(C) 告訴公司這件事情，請公司換新的車子

(D) 沒關係，繼續騎這台車子

———— 7. 如果 半夜 三 點 有 問題 想　問　公司，
rúguǒ bànyè sāndiǎn yǒu wèntí xiǎng wèn gōngsī

可以打 哪一個　電 話？
kěyǐ dǎ nǎ yíge diànhuà

(A) (07)2234-5678

(B) (04)2233-1170

(C) 0800-123-000

(D) 0922-123-456

———— 8. 什麼　時候 把 卡片　寄到　公司比較　好？
shéme shíhòu bǎ kǎpiàn jìdào gōngsī bǐjiào hǎo

(A) 2012年2月28日之前

(B) 2012年3月7日之前

(C) 2013年2月28日之前

(D) 什麼時候都可以

(三)生詞 shēngcí

	生詞	漢語拼音	解釋
1	產品	chǎnpǐn	product
2	保證	bǎozhèng	guarantee
3	商品	shāngpǐn	commodity, goods, merchandise
4	資料	zīliào	data
5	號碼	hàomǎ	number
6	購買	gòumǎi	purchase, buy
7	保固	bǎogù	To pledge to be responsible for liabilities within a certain period of time.
8	經銷商	jīngxiāoshāng	dealer
9	填	tián	to fill in, to stuff

	生詞	漢語拼音	解釋
10	權利	quánlì	right, privilege
11	網站	wǎngzhàn	website
12	註冊	zhùcè	register
13	始	shǐ	start to
14	則	zé	then, in that case
15	計算	jìsuàn	count, calculate, compute
16	免費	miǎnfèi	be free of charge, gratis
17	修理	xiūlǐ	repair, mend, fix
18	費用	fèiyòng	cost, expenses
19	換新	huànxīn	to replace with new one
20	自行車	zìxíngchē	bicycle, bike

九、音樂會 門 票
yīnyuèhuì ménpiào

㈠門 票
ménpiào

千 華 售 票
Qiānhuá shòupiào

24 小 時 網 路 訂 票 電 話：02-2731-8888
xiǎoshí wǎnglù dìngpiào diànhuà

節 目：馬 友 友 音 樂 會
jiémù Mǎ Yǒuyǒu yīnyuèhuì

票 價：1500 元
piàojià yuán

地 點：臺 灣 大 學 體 育 館
dìdiǎn Táiwān dàxué tǐyùguǎn
※禁 止 帶 外 食 和 照 相 機
　jìnzhǐ dài wàishí hé zhàoxiàngjī

日 期：2012 / 1 / 7（六）　時 間：19：30
rìqí　　　　　　　　　　　shíjiān

座 位：3樓 2排 10號
zuòwèi lóu pái hào
※爲 了 安 全，3樓 座 位 身 高 110 公 分 以 下 兒 童 禁 止 入 場
wèile ānquán lóu zuòwèi shēngāo gōngfēn yǐxià értóng jìnzhǐ rùchǎng

入 場 須 知：
rùchǎng xūzhī
1. 服 裝 必 須 整 齊 乾 淨，禁 止 穿 著 背 心、拖 鞋 入 場。
fúzhuāng bìxū zhěngqí gānjìng jìnzhǐ chuānzhuó bèixīn tuōxié rùchǎng
2. 節 目 開 始 前 30分 鐘 入 場，節 目 開 始 後 無 法 入 場。
jiémù kāishǐ qián fēnzhōng rùchǎng jiémù kāishǐ hòu wúfǎ rùchǎng
3. 會 場 內 請 勿 大 聲 講 話。
huìchǎng nèi qǐng wù dàshēng jiǎnghuà
4. 手 機 請 關 機。 ※節 目 不 因 下 雨 或 天 冷 而 異 動。
shǒujī qǐng guānjī jiémù bù yīn xiàyǔ huò tiānlěng ér yìdòng

(二)問題
wèntí

_____ 1. 這 是 什 麼 樣 的 表格？
　　　　zhè shì shéme yàng de biǎogé
　　　(A) 門票，有了這張才能去看表演
　　　(B) 這是一個通知，告訴大家表演的時間和地點
　　　(C) 看完表演之後可以拿到這張表格
　　　(D) 告訴你這是什麼樣的節目，進入表演地方的時候可以
　　　　拿到這張表格

_____ 2. 從 表 格 中 可 以 知 道 這 是 什 麼 樣 的
　　　　cóng biǎogé zhōng kěyǐ zhīdào zhè shì shéme yàng de
　　　節目？
　　　jiémù
　　　(A) 做菜
　　　(B) 棒球
　　　(C) 游泳
　　　(D) 上面的答案都不對

_____ 3. 應 該 去 哪裡看 這 個節目？
　　　　yīnggāi qù nǎlǐ kàn zhèige jiémù
　　　(A) 銀行
　　　(B) 圖書館
　　　(C) 學校
　　　(D) 宿舍

_____ 4. 下 面 哪 一個 身 高 的 兒 童 不 能 坐 這個
　　　　xiàmiàn nǎ yíge shēngāo de értóng bùnéng zuò zhèige
　　　位 子？
　　　wèizi
　　　(A) 105公分
　　　(B) 118公分
　　　(C) 123公分
　　　(D) 150公分

_____ 5. 什 麼 時 候 可以 進入 表 演 節目 的 地方？
shéme shíhòu kěyǐ jìnrù biǎoyǎn jiémù de dìfāng

(A) 19：30~20：00
(B) 19：00~19：30
(C) 18：30~19：00
(D) 18：30~19：30

_____ 6. 如果 這天 下了 好 大 的 雨，請 問 表 演 會？
rúguǒ zhètiān xiàle hǎo dà de yǔ qǐngwèn biǎoyǎn huì

(A) 改變表演的時間
(B) 改變表演的地點
(C) 不會改變
(D) 上面沒有寫

_____ 7. 下 面 哪一 種 人 不 能 進 場？
xiàmiàn nǎ yìzhǒng rén bùnéng jìnchǎng

(A) 帶食物進去吃的人
(B) 19:15分進去體育館的人
(C) 身高100公分的兒童
(D) 帶手機的人

_____ 8. 哪 一個 是 對 的？
nǎ yíge shì duì de

(A) 天氣太熱了，穿著背心去看表演比較舒服
(B) 看表演的時候可以講電話
(C) 旁邊朋友聽不到我說什麼，所以我可以大聲地和他說話
(D) 看表演的時候不能照相

(三)生 詞
shēngcí

	生詞	漢語拼音	解釋
1	售	shòu	to sell
2	訂	dìng	to book (seats, etc.)
3	音樂會	yīnyuèhuì	concert
4	地點	dìdiǎn	a place,a site,a location
5	體育館	tǐyùguǎn	a gymnasium,a gym
6	禁止	jìnzhǐ	to forbid
7	外食	wàishí	outside food
8	票價	piàojià	the fare (or price) of a (train, plane, etc.) ticket
9	座位	zuòwèi	a seat
10	入場須知	rùchǎng xūzhī	entrance notice
11	服裝	fúzhuāng	clothing,clothes, dress
12	必須	bìxū	must
13	整齊	zhěngqí	neat and tidy
14	乾淨	gānjìng	clean
15	背心	bèixīn	a vest,a waistcoat
16	拖鞋	tuōxié	slippers
17	會場	huìchǎng	the place of a meeting,the site of a conference
18	勿	wù	do not
19	手機	shǒujī	cell phone,cellular phone
20	關機	guānjī	close-down
21	異動	yìdòng	change

十、集點活動
jí diǎn huódòng

(一)集點活動說明
jí diǎn huódòng shuōmíng

多多商店，祝福娃娃 集點活動
Duōduō shāngdiàn zhùfú wáwa jídiǎn huódòng

活動日期：2012年11月1日至11月24日23：59
huódòng rìqí nián yuè rì yuè rì

兌換截止日期：2012年12月1日23：59
duìhuàn jiézhǐ rìqí nián yuè rì

活動辦法：
huódòng bànfǎ

1.消費滿66元可得一點。
　xiāofèi mǎn yuán kě dé yì diǎn

2.集滿10點加50元可兌換祝福娃娃一個。
　jímǎn diǎn jiā yuán kě duìhuàn zhùfú wáwa yí ge

3.集滿30點可免費兌換祝福娃娃一個。
　jímǎn diǎn kě miǎnfèi duìhuàn zhùfú wáwa yí ge

4.買中杯咖啡多贈一點。
　mǎi zhōngbèi kāfēi duō zèng yì diǎn

5.依煙害防制法，本集點活動不包含煙品價格。
　yī yānhàifángzhì fǎ běn jídiǎn huódòng bù bāohán yānpǐn jiàgé

※集滿10點可享 以下優惠：
jǐmǎn　　diǎn kě xiǎng yǐxià yōuhuì

□Star 咖啡 kāfēi	□甜甜圈小姐 Tiántiánquān xiǎojiě	□拿去吃 pizza Náqù chī	□當當漢堡 Dāngdāng hànbǎo

第二杯半價 dì èr bēi bànjià	6 入 168 元 rù　　yuán	大 Pizza100 元 dà　　yuán	漢堡買一送一 hànbǎo mǎi yī sòng yī

※集滿10點免費兌換：

□千吉巧克力雪糕 Qiānjí qiǎokèlì xuěgāo	□累司洋芋片 Lèisī yángyùpiàn	□心心餅乾 Xīnxīn bǐnggān	□無情巧克力 Wúqíng qiǎokèlì
		（小）	

※五 種 祝 福 娃 娃，等 你 帶 回 家！（隨 機 贈 送）
wǔ zhǒng zhùfú　wáwa děng nǐ　dài huí jiā　　suíjī　zèngsòng

祝福綠娃 zhùfú lǜ wá	祝福紅娃 zhùfú hóng wá	祝福橘娃 zhùfú jú wá	祝福藍娃 zhùfú lán wá	祝福紫娃 zhùfú zi wá

健康 jiànkāng	愛情 àiqíng	財富 cáifù	學業 xuéyè	工作 gōngzuò

(二)問題
wèntí

_____ 1. 錢　小姐 在 多多　商　店 買了120元 的
Qián xiǎojiě zài Duōduō shāngdiàn　mǎile　yuán de

東西，請　問 她可以得到 幾點？
dōngxi　qǐngwèn tā　kěyǐ dédào jǐdiǎn

(A) 0

(B) 1

(C) 2

(D) 3

_____ 2. 林　先　生　在 多多　商　店　買了一杯　中
Lín xiānsheng zài Duōduō shāngdiàn　mǎile yìbēi　zhōng

杯咖啡 跟 一 包　餅 乾，總　共　花 了60 元，
bēi kāfēi gēn yìbāo　bǐnggān zǒnggòng　huāle　yuán

請　問 他可以得到 幾點？
qǐngwèn tā kěyǐ dédào jǐdiǎn

(A) 0

(B) 1

(C) 2

(D) 3

_____ 3. 劉　先　生　在 多多　商　店　買了五包煙，
Liú xiānsheng zài Duōduō shāngdiàn　mǎile wǔbāo yān

總　共330元，請　問 他可以得到 幾點？
zǒnggòng yuán qǐngwèn tā kěyǐ dédào jǐdiǎn

(A) 0

(B) 1

(C) 5

(D) 6

_____ 4. 金 小 姐11月30日在 多 多 商 店 花 了
Jīn xiǎojiě　yuè　rì zài Duōduō shāngdiàn huāle

132元， 請 問 她 可 以 得 到 幾點？
yuán qǐngwèn tā kěyǐ dédào jǐdiǎn

(A) 0

(B) 1

(C) 2

(D) 3

_____ 5. 如 果 你 集 滿 十 點，你 不 能 做 什 麼 事 情？
rúguǒ nǐ jí mǎn shí diǎn　nǐ bùnéng zuò shéme shìqíng

(A) 加50元換一個祝福娃娃

(B) 免費得到無情巧克力

(C) 用一百元買到大pizza

(D) 免費得到一個祝福娃娃

_____ 6 小 容 是 個 學 生，她 最 近 要 參 加 考 試，
Xiǎoróng shì ge xuéshēng tā zuìjìn yào cānjiā kǎoshì

你 覺 得 送 給 她 什 麼 娃 娃 最 好？
nǐ juéde sòng gěi tā shéme wáwa zuì hǎo

(A) 祝福紅娃

(B) 祝福橘娃

(C) 祝福藍娃

(D) 祝福紫娃

_____ 7. 關 於 集 滿 十 點 的 優 惠，哪 一 個 錯 誤？
guānyú jímǎn shí diǎn de yōuhuì　nǎ yí ge cuòwù

(A) Star咖啡一杯100元，如果買兩杯，第二杯只要50元。

(B) 買六個甜甜圈總共只要168元

(C) 買「拿去吃」的大pizza只要花一百元

(D) 買「當當漢堡」會送你飲料

_____ 8. 哪一個 錯 誤？

nǎyíge cuòwù

(A) 12月1日23：59以前都可以換祝福娃娃

(B) 12月1日23：59以前都可以得到點數

(C) 不能選祝福娃娃的顏色

(D) 集滿十點可以換心心餅乾

(三)生詞
shēngcí

	生詞	漢語拼音	解釋
1	集點	jídiǎn	to collect points as vouchers or coupons
2	至	zhì	to, until, till
3	兌換	duìhuàn	to change
4	截止	jiézhǐ	end, close, cut off
5	消費	xiāofèi	expenditure
6	滿	mǎn	reach limit, expire, be over
7	集	jí	gather, collect
8	免費	miǎnfèi	be free of charge, gratis
9	祝福	zhùfú	invoke blessing, wish happiness to
10	贈	zèng	give as present
11	依	yī	according to, judging by
12	煙害防制法	yānhài fángzhì fǎ	Tobacco Hazards Prevention Act
13	本	běn	[formal]this, one's own
14	包含	bāohán	contain, embody, include
15	煙	yānpǐn	tobacco, cigarette, opium
16	價格	jiàgé	price

	生詞	漢語拼音	解釋
17	享	xiǎng	enjoy (right/etc.)
18	以下	yǐxià	the following, hereafter
19	優惠	yōuhuì	give preferential/special treatment
20	半價	bànjià	half price
21	隨機	suíjī	random
22	愛情	àiqíng	love (between man and woman)
23	財富	cáifù	wealth, fortune, riches
24	學業	xuéyè	one's studies, schoolwork

單元二　對話

十一、夫妻對話
fūqī duìhuà

㈠對話
duìhuà

家文：喂，一美，妳在 忙 嗎？
Jiāwén　wéi　Yīměi　nǐ zài máng ma

一美：現在 還 好啊，你在 哪裡呢？
Yìměi　xiànzài hái hǎo a　nǐ zài nǎlǐ ne

家文：我 在 餐廳，不過，我 也 在妳 心裡啊！
Jiāwén　wǒ zài cāntīng　búguò　wǒ yě zài nǐ xīnlǐ a

一美：哎唷！你肉麻 不肉麻啊？
Yìměi　ài yo　nǐ ròumá bú ròumá a

家文：這 哪裡會 肉麻？對了，妳今天 一定 很 疲倦吧？
Jiāwén　zhè nǎlǐ huì ròumá　duìle　nǐ jīntiān yídìng hěn píjuàn ba

　　　要 多休息啊！
　　　yào duō xiūxí a

一美：咦？我今天 還好啊，不會覺得累耶！
Yìměi　yí　wǒ jīntiān háihǎo a　búhuì juéde lèi ye

家文：可是妳今天在 我 心裡跑了 好久，腿一定 很 痠
Jiāwén　kěshì nǐ jīntiān zài wǒ xīnlǐ pǎole hǎojiǔ　tuǐ yídìng hěn suān

　　　吧？
　　　ba

一美：你少 來了！打給我 到底要 幹嘛啦？
Yìměi　nǐ shǎo lái le　dǎ gěi wǒ dàodǐ yào gànmá la

家文：我是要 問妳，下禮拜六有 沒有 空，要不要
Jiāwén　wǒ shì yào wèn nǐ　xià lǐbàiliù yǒu méi yǒu kòng yào bú yào

　　　去吃大餐？我 請客！
　　　qù chī dàcān　wǒ qǐngkè

一美：你要 請客嗎？當然 好 囉！不過，為什麼你要
Yìměi　nǐ yào qǐngkè ma dāngrán hǎo lou　búguò　wèishéme nǐ yào

　　　請 我 吃大餐 呢？
　　　qǐng wǒ chī dàcān ne

家文：你忘了嗎？下禮拜六是我們 的五 週 年
Jiāwén　nǐ wàng le ma　xià lǐbàiliù shì wǒmen de wǔ zhōunián

　　　紀念日啊！
　　　jìniànrì a

一美：對唷！我 差點　忘了！幸 好你還記得。
Yìměi　duì yo　wǒ chàdiǎn wàng le　xìnghǎo nǐ hái jìdé

家文：那 當然！我 説　過妳跟我結婚以後，會是
Jiāwén　nà dāngrán　wǒ shuōguò nǐ gēn wǒ jiéhūn yǐhòu　huì shì

　　　　世界 上 第二 幸福的人啊！
　　　　shìjièshàng dì èr xìngfú de rén a

一美：哈哈，我記得，不過，爲什麼　不是第一啊？
Yìměi　hā hā　wǒ jìdé　　búguò　wèishéme búshì dì yī a

家文：因爲 有了妳，我 才是第一 幸福的人啊！
Jiāwén　yīnwèi yǒu le nǐ　　wǒ cáishì dì yī xìngfú de rén a

(二)問題
wèntí

_____ 1. 家文 跟一美 在 哪裡 說話？
　　　　　Jiāwén gēn Yìměi zài　nǎlǐ　shuōhuà
　　　　(A) 餐廳裡
　　　　(B) 網路上
　　　　(C) 電話裡
　　　　(D) 家文的心裡

_____ 2. 一美 現在 忙　嗎？
　　　　　Yìměi xiànzài máng ma
　　　　(A) 很忙
　　　　(B) 不太忙
　　　　(C) 她不忙，但是很累
　　　　(D) 對話裡沒有答案

_____ 3. 一美 爲什麼 跟 家文 說：「你肉麻不肉麻
Yìměi wèishéme gēn Jiāwén shuō　nǐ ròumá bú ròumá
啊？」
a
(A)一美覺得家文肉麻
(B)一美覺得家文不肉麻
(C)一美擔心家文身體不舒服
(D)一美想知道家文是不是肉麻

_____ 4. 家文 爲什麼 跟 一美 說：「這 哪裡 會
Jiāwén wèishéme gēn Yìměi shuō　zhè nǎlǐ huì
肉麻？」
ròumá
(A)家文覺得餐廳肉麻
(B)家文覺得一美才肉麻
(C)家文覺得自己不肉麻
(D)家文想知道一美什麼地方不舒服

_____ 5. 爲什麼 家文 跟 一美 說：「妳今天 在我
wèishéme Jiāwén gēn Yìměi shuō　nǐ jīntiān zài wǒ
心裡跑了好久」？
xīnlǐ pǎole hǎojiǔ
(A)家文今天心情不好
(B)家文的心不太舒服
(C)家文今天很想一美
(D)家文希望一美多運動

_____ 6. 一美 爲什麼 跟 家文 說：「你 少 來了！」？
Yìměi wèishéme gēn Jiāwén shuō　nǐ shǎo lái le
(A)希望家文不要說話
(B)希望家文不要去找她
(C)希望家文不要肉麻了
(D)希望家文不要常常去找她

_____ 7. 家 文　跟　一美　應 該 是？
Jiāwén gēn Yìměi yīnggāi shì

(A) 兄妹

(B) 父女

(C) 男女朋友

(D) 先生和太太

_____ 8. 哪 個 不　對？
năge búduì

(A) 一美今天跑了很久

(B) 家文覺得自己很幸福

(C) 家文要請一美吃大餐

(D) 一美差點忘記五週年紀念日

(三)生詞
shēngcí

	生詞	漢語拼音	解釋
1	夫妻	fūqī	husband and wife
2	肉麻	ròumá	to be sensual, overly explicit (in expressing affections)
3	疲倦	píjuàn	tired and sleepy
4	咦	yí	of surprise/disapproval
5	痠	suān	muscular pains
6	少來了	shǎoláile	(playfully) Stop it please.
7	幹嘛	gànmá	do what
8	週年	zhōnián	anniversary
9	紀念	jìniàn	commemorate, mark
10	幸好	xìnghǎo	fortunately, luckily
11	幸福	xìngfú	to feel happy

十二、買 東西㈠
mǎi dōngxi

㈠對話
duìhuà

（莉娜 走 進 一家 店）
　Lìnà zǒujìn yì jiā diàn

雨心：挑挑 看、選 選 看，喜歡 都可以 試 穿 唷！
Yǔxīn　tiāotiāo kàn xuǎnxuǎn kàn　xǐhuān dōu kěyǐ shìchuān yo

莉娜：小姐，請 問 這件 紅色 的 外套 還有 大 一點 的
Lìnà　xiǎojiě qǐngwèn zhèjiàn hóngsè de wàitào háiyǒu dà yì diǎn de

尺寸 嗎？
chǐcùn ma

雨心：沒有 了耶！這個 顏色 只 剩　最後 一件M號 的。
Yǔxīn　méiyǒu le ye　zhèige yánsè zhǐshèng zuìhòu yí jiàn　hào de

不過，我 覺得 妳 的 身 材　穿 M號 就 可以 了。
búguò　wǒ juéde nǐ de shēncái chuān　hào jiù kě yǐ le

莉娜：我 怕M號　穿 起來太緊，看起來會 很　胖。
Lìnà　wǒ pà　hào chuān qǐ lái tài jǐn　kàn qǐ lái huì hěn pàng

雨心：不會啦！小姐妳的 身 材很 苗 條。
Yǔxīn　búhuì la　xiǎojiě nǐ de shēncái hěn miáotiáo

而且 這件 外套 有 特別的 設計，穿 起來很
érqiě zhèjiàn wàitào yǒu tèbié de shèjì　chuān qǐ lái hěn

顯 瘦，所以賣得 超級好 的，我 自己也 帶了一
xiǎnshòu　suǒyǐ màide chāojí hǎo de　wǒ zìjǐ yě dài le yí

件 呢！
jiàn ne

莉娜：這件 外套 除了 紅色，還有 別的顏色嗎？
Lìnà　zhèjiàn wàitào chúle hóngsè　háiyǒu bié de yánsè ma

雨心：還有一件 黑色M號 的，妳要不要 兩 件 都
Yǔxīn　háiyǒu yí jiàn hēisè　hào de　nǐ yàobúyào liǎngjiàn dōu

試 穿？
shìchuān

莉娜：好 啊！
Lìnà　hǎo a

（10分 鐘 以後）
　　　 fēnzhōng yǐhòu

雨心：怎麼 樣？還 可以 嗎？
Yǔxīn　zěnmeyàng　hái　kěyǐ　ma

　　　我 覺得 妳 兩 件 穿 起來都 很 好 看 呢！
　　　wǒ juéde nǐ liǎngjiàn chuān qǐlái dōu hěn hǎo kàn ne

莉娜：還 不錯，兩 件 我 都 很 喜歡。一件 要 多少
Lìnà　 hái búcuò liǎngjiàn wǒ dōu hěn xǐhuān yíjiàn yào duōshǎo

　　　錢 呢？
　　　qián ne

雨心：一件 現 在特價五百 九唷！妳要 兩件 都 帶 嗎？
Yǔxīn　yíjiàn xiànzài tèjià wǔbǎijiǔ yo　nǐ yào liǎngjiàn dōu dài ma

莉娜：不，我 的 錢 不太夠，我 買 這 件 紅色 的就 好
Lìnà　 bù　wǒ de qián bú tài gòu　wǒ mǎi zhè jiàn hóngsè de jiù hǎo

　　　了，你 可以 算 我 便宜一點 嗎？
　　　le　nǐ kěyǐ suàn wǒ piányí yìdiǎn ma

雨心：很 抱歉，我們 店 不二價，五百 九已經 很 便宜
Yǔxīn　hěn bàoqiàn wǒmen diàn búèrjià wǔbǎijiǔ yǐjīng hěn piányí

　　　了，再 算 妳 便宜一點，我 會 被 老闆 罵 的。
　　　le　zài suàn nǐ piányí yìdiǎn wǒ huì bèi lǎobǎn mà de

莉娜：拜託嘛！我 會 再介紹 我 的 朋 友 來 找 妳買
Lìnà　 bàituō ma　wǒ huì zài jièshào wǒ de péngyǒu lái zhǎo nǐ mǎi

　　　的！
　　　de

雨心：真 的不行啦！
Yǔxīn　zhēnde bùxíng la

我們 老闆 說 過 兩件一起帶才可以算 便宜
wǒmen lǎobǎn shuōguò liǎngjiàn yìqǐ dài cái kěyǐ suàn piányí

一點，妳要不要也買黑色的那件，兩件一千
yìdiǎn nǐ yàobúyào yě mǎi hēisè de nà jiàn liǎngjiàn yìqiān

就好！
jiù hǎo

莉娜：真的嗎！？好吧，我 兩件都買！
Lìnà zhēn de ma hǎo ba wǒ liǎngjiàn dōu mǎi

雨心：好的，謝謝！下次再 幫 我介紹 客人 唷！
Yǔxīn hǎo de xièxie xiàcì zài bāng wǒ jièshào kèrén yo

(二)問題
wèntí

_____ 1. 莉娜進去的 店 應該 叫做 什麼 店？
Lìnà jìnqù de diàn yīnggāi jiàozuò shéme diàn
(A) 書店
(B) 鞋店
(C) 飯店
(D) 服裝店

_____ 2. 雨心 是 誰？
Yǔxīn shì shéi
(A) 莉娜的朋友
(B) 那家店的老闆
(C) 在那家店工作的人
(D) 在那家店買東西的人

_____ 3. 如果 妳 要 買 的皮包 是100元，
rúguǒ nǐ yào mǎi de píbāo shì　yuán

老闆 告訴 你 這個皮包「不二價」，他 的 意思
lǎobǎn gàosù nǐ zhèige píbāo　búèrjià　　tā de　yìsi

是？
shì

(A) 你必須花100元買皮包

(B) 你必須花120元買皮包

(C) 你只要花20元就可以買到皮包

(D) 你只要花80元就可以買到皮包

_____ 4. 猜 猜 看，文 章　　中　的「顯瘦」是 什 麼意
cāi cāi kàn wénzhāngzhōng　de xiǎnshòu shì shéme yì

思？
si

(A) 穿外套可以變瘦

(B) 穿外套讓人體重變輕

(C) 穿外套讓人看起來很瘦

(D) 上面的答案都不對

_____ 5. 「五百九」的 意思是 多 少　錢？
wǔbǎijiǔ　de　yìsi shì duōshǎo qián

(A) 509元

(B) 590元

(C) 599元

(D) 905元

_____ 6. 下 面　哪一個句子 中　的「起來」，
xiàmiàn　nǎyíge　jùzi zhōng de　qǐlái

意 思跟 其他三 個不一 樣？
yìsi　gēn qítā sān ge bùyíyàng

(A) 你還好嗎？你看起來很累！

(B) 這件外套你穿起來很好看！

(C) 這道菜吃起來酸酸甜甜的，我很喜歡。

(D) 我昨天太晚睡，所以早上沒起來吃早餐。

_____ 7. 「除了」不 能　放　在 哪一個 句子 的□□ 中？
　　　chúle　bùnéng fàng zài nǎyíge　jùzi de　　zhōng
　　　(A) □□美國，我還去過日本。
　　　(B) □□西瓜，我還喜歡吃蘋果。
　　　(C) □□生氣，但是我還當她是我的朋友。
　　　(D) □□去餐廳吃大餐，我們還去看表演。

_____ 8. 哪 個 是　錯　的？
　　　nǎge shì cuò de
　　　(A) 莉娜最後買了兩件外套。
　　　(B) 外套有紅、黑、藍三種顏色。
　　　(C) 莉娜本來想試穿L號的外套。
　　　(D) 雨心也有一件跟莉娜一樣的外套。

(三)生 詞
shēngcí

	生詞	漢語拼音	解釋
1	挑	tiāo	choose, select
2	試穿	shìchuān	try on
3	尺寸	chǐcùn	size
4	身材	shēncái	stature, figure
5	苗條	miáotiáo	slender
6	而且	érqiě	furthermore, besides , moreover
7	設計	shèjì	design
8	顯瘦	xiǎnshòu	(for garments) to flatter sb's figure, make sb. look thinner
9	超級	chāojí	super
10	特價	tèjià	special price
11	你可以算我便宜一點嗎？	nǐ kěyǐ suàn wǒ piányí yìdiǎn ma	Could you give me a better price？
12	不二價	búèrjià	a uniform price

十三、朋 友聊天
péngyǒu liáotiān

（一）對話
duìhuà

玉文：好久不見！哇！小均 這麼 大啦！
Yùwén　hǎojiǔbújiàn　wa　Xiǎojūn zhème dà la

　　　笑 得好可愛啊！他現在幾個月了？
　　　xiàode hǎo kěài a　　tā xiànzài jǐge yuè le

日蘋：七個月啦！他現在看到人 超愛笑，
Rìpín　qīge yuè la　　tā xiànzài kàndào rén chāo ài xiào

平常　又 超 愛 講 話 的。
píngcháng yòu chāo ài jiǎnghuà de

玉文：那他都 跟 妳 說 些 什麼 呢？
Yùwén　nà tā dōu gēn nǐ shuō xiē shéme ne

他會叫 爸爸、媽媽 了嗎？
tā huì jiào bàba　māma le ma

日蘋：還 不 會 耶！
Rìpín　hái búhuì ye

其實 我也 聽 不太 懂 他 平 常 在 說 些 什
qíshí wǒ yě tīng bú tài dǒng tā píngcháng zài shuō xiē shé

麼，就是發出一些　像「啊、喔、安咕」的 聲音。
me Jiùshì fāchū yìxiē xiàng　a　o　āngū　de shēngyīn

玉文：哈哈，聽起來好 可愛呀！
Yùwén　hāhā　tīngqǐlái hǎo kěài ya

話 說 回來，他 長 得好 快 啊！
huàshuōhuílái　tā chǎngde hǎo kuài a

記得 當 初我去看你 生 小均 的 時候，
jìdé dāngchū wǒ qù kàn nǐ shēng Xiǎojūn de shíhòu

小均只有 我半 隻 手臂那麼 長，
Xiǎojūn zhǐyǒu wǒ bànzhī shǒubèi nàme cháng

現在大概有我一隻 手臂那麼 長 了吧！
xiànzài dàgài yǒu wǒ yìzhī shǒubèi nàme cháng le ba

日蘋：對啊，他也 變 得好 重 哪！
Rìpín　duì a　tā yě biànde hǎo zhòng na

我 現在 沒 辦法抱 他抱 太久了。
wǒ xiànzài méi bànfǎ bào tā bào tài jiǔ le

玉文：妳也好厲害呀！才七個月 身 材就 恢復了。
Yùwén　nǐ yě hǎo lì hài ya　cái qīge yuè shēncái jiù huīfù le

喔，不！我覺得妳好 像 比以前 更 苗 條了耶！
o　bù　wǒ juéde nǐ hǎoxiàng bǐ yǐqián gèng miáotiáo le ye

日蘋：帶這 孩子，不 瘦 也難！
Rìpín　dài zhè háizi　bú shòu yě nán

他 剛 出 生 的那三個月，
tā gāng chūshēng de nà sānge yuè

晚 上 都不肯 好好 睡覺，一直哭鬧，
wǎnshàng dōu bùkěn hǎohǎo shuìjiào　yì zhí kū nào

我 跟老 公 必須輪流抱他、搖搖他，
wǒ gēn lǎogōng bìxū lúnliú bào tā　yáoyáo tā

他才肯 安靜 下來。
tā cái kěn ānjìng xiàlái

我們 常 常 沒時間 好好 吃飯、睡覺，
wǒmen chángcháng méi shíjiān hǎohǎo chīfàn　shuìjiào

這孩子可把我們 累 壞了！
zhè háizi kě bǎ women lèihuài le

玉文：說 到 這個，我家那個孩子最近也是 這 樣，
Yùwén　shuō dào zhèi ge　wǒ jiā nàge háizi zuìjìn yě shì zhèyàng

晚 上 常 常 吵得我睡不著啊！
wǎnshàng chángcháng chǎode wǒ shuìbùzháo a

我 最近也累 壞了。
wǒ zuìjìn yě lèihuài le

日蘋：難 怪 我 覺得 妳 看 起來 特別 累，不過，
Rìpín　nánguài wǒ juéde nǐ kànqǐlái tèbié lèi 　búguò

妳 什麼 時候　生 了 孩子，我 怎麼　都 不 知道 啊？
nǐ shéme shíhòu shēngle háizi 　wǒ zěnme dōu bùzhīdào a

玉文：哈哈，我 說　的 是 我 家 會 打呼 的 大 孩子，
Yùwén　hāhā　wǒ shuō de shì wǒ jiā huì dǎhū de dà háizi

我 的 老公 啦！
wǒ de lǎogōng la

(二)問題
wèntí

———— 1. 日蘋 跟 玉文 可能　多久 沒 見 面 了？
Rìpín gēn Yùwén kěnéng duōjiǔ méi jiànmiàn le
(A)一年
(B)七個月
(C)三個月
(D)一個星期

———— 2. 日蘋 和 玉文　沒有 談 到 的 事情　是？
Rìpín hé Yùwén méiyǒu tándào de shìqíng shì
(A)孩子
(B)老公
(C)身材
(D)工作

———— 3. 下 面 哪一件 事情 跟 小均 沒有　關係？
xiàmiàn nǎ yíjiàn shìqíng gēn Xiǎojūn méiyǒu guānxì
(A)愛笑
(B)會打呼
(C)愛講話

(D) 長得很快

_____ 4. 「看 起來特別 累」的「特別」和 下 面 哪一個
kànqǐlái tèbié lèi de tèbié hé xiàmiàn nǎyíge

「特別」的 意思一 樣？
tèbié de yìsi yíyàng

(A) 今天「特別」冷

(B) 我覺得妳很「特別」

(C) 我要送他「特別」的生日禮物

(D) 在這個世界上，妳是最「特別」的

_____ 5. 日蘋 爲 什麼 變 苗 條？
Rìpín wèishéme biàn miáotiáo

(A) 她睡得多

(B) 她天天運動

(C) 因爲照顧小均很累

(D) 她的老公晚上打呼，她睡不好。

_____ 6. 玉 文 沒 有 問 的 問題是？
Yùwén méiyǒu wèn de wèntí shì

(A) 小均的年紀

(B) 小均會說什麼

(C) 小均會不會叫爸爸媽媽

(D) 日蘋什麼時候生了孩子

_____ 7. 「可」不 能 放 進 下 面 哪一個□中？
kě bùnéng fàngjìn xiàmiàn nǎyíge zhōng

(A) 今天□晴天！

(B) 你起得□眞早！

(C) 她今天□漂亮了！

(D) 這家店的麵□眞好吃！

_____ 8. 哪個是 錯 的？
nǎge shì cuò de

(A) 小均長高也變重了

(B) 日蘋比以前更瘦了

(C) 小均會叫爸爸媽媽了

(D) 日蘋聽不懂小均說的話

(三)生 詞
shēngcí

	生詞	漢語拼音	解釋
1	超	chāo	super
2	話說回來	huàshuōhuílái	but then again
3	當初	dāngchū	at that time
4	手臂	shǒubì	arm
5	厲害	lìhài	great
6	身材	shēncái	stature, figure
7	恢復	huīfù	resume, renew, recover, regain, restore, reinstate, rehabilitate
8	苗條	miáotiáo	slender
9	鬧	nào	make a noise
10	老公	lǎogōng	husband
11	輪流	lúnliú	by turns, in turn
12	搖	yáo	shake, wave, scull, row, agitate
13	打呼	dǎhū	snore

十四、買 東西㈡
mǎi dōngxi

㈠對話
duìhuà

（世天 與 泰熙 走到 一家 店）
Shìtiān yǔ Tàixī zǒudào yì jiā diàn

店員：嗨，帥哥，老 樣子，珍奶 半 糖 去冰 嗎？
diànyuán hài shuàigē lǎoyàngzi zhēnnǎi bàn táng qù bīng ma

世天：沒錯，麻煩 妳了！
Shìtiān méicuò máfán nǐ le

泰熙：（對世天 説）店員 好厲害，怎麼 知道 你
Tàixī　　　　duì Shìtiān shuō diànyuán hǎo lìhài　 zěnme zhīdào nǐ

要 點 什麼？
yào diǎn shéme

世天：因爲我 常 常 來這家 店啊！
Shìtiān　yīnwèi wǒ chángcháng lái zhè jiā diàn a

小美，這是我的 韓國 朋友，
Xiǎoměi　zhèshì wǒ de Hánguó péngyǒu

我 帶她來喝喝看 妳們 家的 飲料。
wǒ dài tā lái hēhē kàn nǐmén jiā de yǐnliào

店員：（對泰熙説）帥哥是我們 店 的老客人了，
diànyuán　 duì Tàixī shuō shuàigē shì wǒmen diàn de lǎo kèrén le

所以我 會記得他喜歡 喝 什麼。
suǒyǐ wǒ huì jìdé　tā xǐhuān hē shéme

美女妳呢？今天 想 喝 什麼 呢？
měinǚ nǐ ne　jīntiān xiǎng hē shéme ne

泰熙：我不知道 耶，每 個看 起來都 很 棒，
Tàixī　wǒ bù zhīdào ye　měi ge kànqǐlái dōu hěn bàng

妳推薦 什麼呢？
nǐ tuījiàn shéme ne

店員：帥哥 點 的 珍 珠奶茶 是我們 店裡的 招牌，
diànyuán shuàigē diǎn de zhēnzhūnǎichá shì wǒmen diànlǐ de zhāopái

如果 妳喜歡 喝茶的 話，我們 的烏龍 綠茶也
rúguǒ nǐ xǐhuān hēchá de huà　wǒmen de wūlónglǜchá yě

很 好喝唷，我們 是用 茶葉泡 的，沒有 加
hěn hǎohē yo　wǒmen shì yòng cháyè pào de　méiyǒu jiā

香精，很　清涼　解渴　呢！
xiāngjīng　hěn qīngliáng jiěkě　ne

泰熙：那我要　試試　看　烏龍綠茶！我要一杯大杯的，
Tàixī　　nà wǒ yào shìshì kàn wūlónglǜchá　wǒ yào yībēi dàbèide

　　　謝謝！
　　　xièxie

店員：好 的，甜度　冰塊　正　　常　嗎？
diànyuán　hǎo de　tiándù bīngkuài zhèngcháng ma

泰熙：（對　世天　說）什麼　意思啊？
Tàixī　　　duì Shìtiān shuō　shéme　yìsi　a

世天：她在　問妳，
Shìtiān　　tā zài wèn nǐ

　　　你的烏龍綠茶 的　糖　跟　冰塊　要 不 要　多加
　　　nǐ de wūlónglǜchá de táng gēn bīngkuài yào bú yào duō jiā

　　　一點，或是　少　加一點，或是 不 改變。
　　　yì diǎn　huòshì shǎo jiā yìdiǎn　huòshì bù gǎibiàn

泰熙：我 在 減肥，我 不 想　加糖，
Tàixī　　wǒ zài jiǎnféi　wǒ bùxiǎng jiā táng

　　　天氣那麼熱，冰塊　就不要　改變　好了。
　　　tiānqì nàme rè　bīngkuài jiù búyào gǎibiàn hǎo le

店員：那就是一杯 烏 龍 綠 無糖　正　　常　冰。
diànyuán　nà jiù shì yībēi wūlónglǜ wútáng zhèngcháng bīng

　　　跟　您　收20元，帥哥的是25元，你們　要一起
　　　gēn nín shōu yuán shuàigē de shì　yuán　nǐmen yào yīqǐ

　　　算　嗎？
　　　suàn ma

世天：一起算！（對泰熙 説）這 杯我 請 妳吧！
Shìtiān　yìqǐ suàn　　duì Tàixī shuō　zhè bēi wǒ qǐng nǐ ba

泰熙：這 怎麼 好意思呢？
Tàixī　zhè zěnme hǎo yìsi ne

世天：沒 關係啊！下次再 換 妳 請 我就好了。
Shìtiān　méiguānxì a　　xiàcì zài huàn nǐ qǐng wǒ jiù hǎo le

泰熙：好 吧！那就先 謝謝你的鳥龍綠了！
Tàixī　hǎo ba　　nà jiù xiān xièxie nǐ de wūlónglǜ　le

(二)問題
wèntí

＿＿＿＿＿ 1. 世天 與泰熙去的 店 是 什麼？
　　　　Shìtiān yǔ Tàixī qù de diàn shì shéme

　　　　(A)餐廳

　　　　(B)飯店

　　　　(C)飲料店

　　　　(D)便利商店

＿＿＿＿＿ 2. 世天 的 韓國 朋友 叫做 什麼 名字？
　　　　Shìtiān de Hánguó péngyǒu jiàozuò shéme míngzi

　　　　(A)小美

　　　　(B)泰熙

　　　　(C)美女

　　　　(D)上面的答案都不對

＿＿＿＿＿ 3. 在第一句話 中，店 員 跟 世天 說 的
　　　　zài dì yī jù huà zhōng diànyuán gēn Shìtiān shuō de

　　　　「老 樣子」是 什麼 意思？
　　　　lǎoyàngzi　shì shéme yìsi

　　　　(A)「好久不見了！」

(B)「你看起來很累。」

(C)「你的臉比以前老了。」

(D)「你要買你每次最喜歡點的珍珠奶茶嗎？」

_____ 4.「老客人」的「老」和下面哪一個詞中的
lǎokèrén de lǎo hé xiàmiàn nǎ yí ge cí zhōng de
「老」意思不一樣？
lǎo yìsi bù yíyàng

(A)老人

(B)老朋友

(C)老樣子

(D)老同學

_____ 5.「珍珠奶茶是我們店裡的招牌」這句
zhēnzhūnǎichá shì wǒmen diànlǐ de zhāopái zhè jù
話是什麼意思？
huà shì shéme yìsi

(A)那家店只賣珍珠奶茶

(B)那家店的名字叫做珍珠奶茶

(C)珍珠奶茶是那家店最好喝的飲料

(D)除了珍珠奶茶以外，其他的飲料都不好喝

_____ 6.如果你的朋友想喝烏龍綠茶，他只要一
rúguǒ nǐ de péngyǒu xiǎng hē wūlónglǜchá tā zhǐyào yí
半的糖，不改變冰塊的多少，你可以怎
bàn de táng bù gǎibiàn bīngkuài de duōshǎo nǐ kěyǐ zěn
麼幫他簡單地告訴店員？
me bāng tā jiǎndān de gàosù diànyuán

(A)烏龍綠半糖去冰

(B)烏龍綠無糖正常冰

(C)烏龍綠正常糖半冰

(D)烏龍綠半糖正常冰

_____ 7.泰熙的飲料為什麼不要加糖？
Tàixī de yǐnliào wèishéme búyào jiā táng

(A) 天氣太熱了

(B) 泰熙在減肥

(C) 加糖要多加錢

(D) 加糖就不好喝了

_____ 8. 哪 個 是 錯 的？
nǎge shì cuò de

(A) 世天喝了烏龍綠

(B) 世天請泰熙喝飲料

(C) 泰熙第一次去那家店

(D) 那家店的烏龍綠沒有加香精

(三) 生 詞
shēngcí

	生詞	漢語拼音	解釋
1	老樣子	lǎoyàngzi	same as usual
2	珍奶 / 珍珠奶茶	zhēnnǎi/ zhēnzhū nǎichá	pearl milk tea
3	半糖	bàn táng	half sugar
4	去冰	qù bīng	without ice
5	厲害	lìhài	great
6	老客人	lǎokèrén	regular customer
7	推薦	tuījiàn	recommend
8	招牌	zhāopái	house special
9	烏龍綠茶	wūlónglǜchá	Oolong green tea
10	茶葉	cháyè	tea leaves
11	香精	xiāngjīng	essence
12	清涼	qīngliáng	nice and cool, refreshing

	生詞	漢語拼音	解釋
13	解渴	jiěkě	to quench thirst, to allay one's thirst, to assuage one's thirst, to relieve
14	甜度	tiándù	sweetness
15	減肥	jiǎnféi	lose weight

十五、搭捷運
dā jiéyùn

㈠對話
duìhuà

傑夫：您好，不好意思，我 要 去 動物園，請 問 我
Jiéfū　nínhǎo　bùhǎoyìsi　 wǒ yào qù dòngwùyuán qǐngwèn wǒ

應該 怎麼 坐車 呢？
yīnggāi zěnme zuòchē ne

三美：請 您 看 這 張　捷運路線圖，現在 您 在 臺北
Sānměi qǐng nín kàn zhèzhāng jiéyùn lùxiàntú　 xiànzài nín zài Táiběi

車 站，您 必須 先 搭 藍線 到 忠 孝 復興 站，
chēzhàn nín bìxū xiān dā lánxiàn dào Zhōngxiàofùxīng zhàn

換 成 棕線，再搭9站 就可以到 動 物 園了。
huàn chéng zōngxiàn zài dā zhàn jiù kěyǐ dào dòngwùyuán le

傑夫：請問，我 該 怎麼 買 票 呢？
Jiéfū qǐngwèn wǒ gāi zěnme mǎi piào ne

三美：請 跟我來。（兩人 走到 售 票 處前 面）
Sānměi qǐng gēn wǒ lái liǎngrén zǒudào shòupiàochù qiánmiàn

您可以先 查 從 臺北車 站 到 動物園 的
nín kěyǐ xiān chá cóng Táiběichēzhàn dào dòngwùyuán de

票價，從 臺北車 站 到其他捷運 站 的 票價，
piàojià cóng Táiběichēzhàn dào qítā jiéyùnzhàn de piàojià

都寫在 售 票 處 上 面貼的 票價圖 中。
dōu xiě zài shòupiàochù shàngmiàn tiē de piàojiàtú zhōng

傑夫：所以，動 物 園 站 上 面 有一個 數字是35，
Jiéfū suǒyǐ dòngwùyuán zhàn shàngmiàn yǒu yíge shùzì shì

從 臺北車 站 到 動 物 園 的 票價就是35元，
cóng Táiběichēzhàn dào dòngwùyuán de piàojià jiùshì yuán

對 嗎？
duì ma

三美：沒錯，您在機器 上，先 選擇 您要 買的 票
Sānměi méicuò nín zài jīqì shàng xiān xuǎnzé nín yào mǎi de piào

價，再把 錢 放 進去機器裡，就可以買 到 車票
jià zài bǎ qián fàngjìnqù jīqìlǐ jiù kěyǐ mǎidào chēpiào

了。
le

傑夫：臺北捷運的單 程 車票是藍色的、圓 圓
Jiéfū　　Táiběi jiéyùn de dānchéng chēpiào shì lánsè de 　yuányuán

的，真 特別。
de　zhēn tèbié

三美：是啊！不過 車票 很 小，您 要拿好，別 弄
Sānměi　shì a　　búguò chēpiào hěn xiǎo　nín yào náhǎo　bié nòng

丟了。
diū le

傑夫：如果我 弄 丟了，會 怎麼 樣 嗎？
Jiéfū　　rúguǒ wǒ nòngdiū le　 huì zěnmeyàng ma

三美：萬一弄 丟了，就必須 重 新 買票了。
Sānměi　wànyī nòngdiū le　 jiù bìxū　chóngxīn　mǎipiào le

傑夫：我 知道了，我 會 把票 拿好 的。對了，我 看
Jiéfū　　wǒ zhīdào le　 wǒ huì bǎ piào náhǎo de　 duì le　 wǒ kàn

到 很多人拿 長 方 形 的卡片 坐 捷運，
dào hěnduō rén ná chángfāngxíng de kǎpiàn zuò jiéyùn

請 問 那是 什麼？
qǐngwèn nà shì shéme

三美：那是 悠 遊卡，如果 您 常　常 搭捷運，
Sānměi　nàshì yōuyóukǎ　　rúguǒ nín chángcháng dā jiéyùn

我 建議您可以買一 張，搭捷運可以打八折唷！
wǒ jiànyì nín　kěyǐ mǎi yìzhāng　dā jiéyùn kě yǐ dǎ bāzhé yo

傑夫：真 的嗎？我 下次也要 買一 張，
Jiéfū　　zhēnde ma　 wǒ xiàcì yě yào mǎi yìzhāng

臺北還有 很多我 想 去看看的地方 呢！
Táiběi háiyǒu hěnduō wǒ xiǎng qù kànkàn de dìfāng ne

謝謝 妳 告訴 我。
xièxie nǐ gàosù wǒ

三美：不客氣，還有 其他的 問題嗎？
Sānměi búkèqì　háiyǒu qítā de wèntí ma

傑夫：小姐，妳什麼 時候 放假？可以給 我妳的 手機
Jiéfū xiǎojiě　nǐ shéme shíhòu fàngjià　kěyǐ gěi wǒ nǐ de shǒujī

號碼 嗎？
hàomǎ ma

(二)問題
wèntí

_____ 1. 三美 應該 是？
Sānměi yīnggāi shì
(A) 要坐捷運的人
(B) 到臺灣旅遊的人
(C) 在捷運站工作的人
(D) 上面的答案都不對

_____ 2. 怎麼 用 售票處 的機器買 票？
zěnme yòng shòupiàochù de jīqì mǎipiào
(A) 選擇要去的地方→把錢放進去→拿到票
(B) 選擇票價→把錢放進去→拿到票
(C) 選擇票價→選擇要去的地方→把錢放進去→拿到票
(D) 把錢放進去→選擇票價→拿到票

_____ 3. 如果 傑夫35元 的 單 程 票 不見 了，該怎麼
rúguǒ Jiéfū yuán de dānchéngpiào bújiàn le gāi zěnme
辦？
bàn
(A) 再花35元買票

(B) 再花28元買票

(C) 沒關係，不用再買票

(D) 上面的答案都不對

_____ 4. 35元 的 車 票 打八折，是 多 少 錢？
yuán de chēpiào dǎ bāzhé shì duōshǎo qián

(A) 35*8

(B) 35*0.8

(C) 35*2

(D) 35*0.2

_____ 5. 「萬一」這 個 詞 可 以 放 在 哪個□□裡面？
wànyī zhèige cí kěyǐ fàng zài nǎge lǐmiàn

(A) 這間房子很漂亮，□□太貴了。

(B) □□他非常有錢，所以他買了很多房子。

(C) □□我明天忘記帶妳的書，請妳不要生氣。

(D) □□我不漂亮，可是我是個好人。

_____ 6. 請 問 下 面 哪一個是 臺北捷運 的 單 程
qǐngwèn xiàmiàn nǎ yíge shì Táiběi jiéyùn de dānchéng
車 票？
chēpiào

(A) 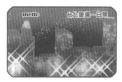　　(B)

(C) 　　(D)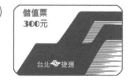

_____ 7. 請　看 下 面 的 圖 片，選　出　不 對 的 句 子。
qǐng kàn xiàmiàn de túpiàn　xuǎn chū bú duì de jùzi

(A) 這是臺北車站到其他車站的票價圖。

(B) 從臺北車站到小南門站不用換車。

(C) 從臺北車站到板橋需要25元。

(D) 從臺北車站到龍山寺、中正紀念堂、善導寺都只要20
　　 元。

_____ 8. 哪 個 是　對 的？
nǎge shì duì de

(A) 悠遊卡是藍色的、圓圓的

(B) 用悠遊卡坐捷運，票價可以打八折

(C) 從臺北車站到忠孝復興站要35元

(D) 傑夫想先去忠孝復興玩，再去動物園玩

(三) 生 詞
shēngcí

	生詞	漢語拼音	解釋
1	捷運	jiéyùn	Mass Rapid Transit
2	路線圖	lùxiàntú	route map
3	臺北車站	Táiběi chēzhàn	Taipei Main Station
4	搭	dā	travel by or take (a conveyance)
5	藍線	lánxiàn	blue line (Taipei Metro)
6	忠孝復興站	Zhōngxiàofùxīng zhàn	station name
7	棕線	zōngxiàn	brown line (Taipei Metro)
8	售票處	shòupiàochù	ticketing
9	票價圖	piàojiàtú	fare map
10	車票	chēpiào	ticket (for train/bus)
11	萬一	wànyī	just in case, if by any chance
12	重新	chóngxīn	again, anew, afresh
13	長方形	chángfāngxíng	rectangle
14	悠遊卡	yōuyóukǎ	easy card
15	建議	jiànyì	proposal, suggestion
16	打八折	dǎ bāzhé	20% discount

十六、蜜月旅行
mìyuè lǚxíng

一 對話
duìhuà

子千：嗨，俊文！好久不見，你的蜜月旅行還好嗎？
Zǐqiān　hāi　Jùnwén hǎojiǔ bú jiàn　nǐ de mìyuè lǚxíng háihǎo ma

俊文：唉！別提了，一說到這個我就頭痛。
Jùnwén　āi　bié tí le　yì shuōdào zhèige wǒ jiù tóutòng

子千：發生什麼事了？旅行應該甜甜蜜蜜的啊，
Zǐqiān　fāshēng shéme shì le　lǚxíng yīnggāi tián tián mì mì de a

你怎麼 一個苦瓜 臉 呢？
nǐ zěnme yí ge kǔguāliǎn ne

俊文：還不是美美，都 不事先 把行李準備 好，
Jùnwén hái bùshì Měiměi dōu bù shìxiān bǎ xínglǐ zhǔnbèi hǎo

要去旅行那天我們 匆 忙 的 出門，
yào qù lǚxíng nàtiān wǒmen cōngmáng de chūmén

差點 趕不上 飛機，而且……唉。
chàdiǎn gǎnbúshàng fēijī érqiě ai

子千：別一直嘆氣啊，又發 生了什麼事嗎？
Zǐqiān bié yìzhí tànqì a yòu fāshēngle shéme shì ma

俊文：我們 住的 飯店 很不好，房間 很 潮濕，
Jùnwén wǒmen zhù de fàndiàn hěn bùhǎo fángjiān hěn cháoshī

而且隔壁 房間 的人半夜還在大聲 唱歌，
érqiě gébì fángjiān de rén bànyè hái zài dàshēng chànggē

我 們 都 不能 睡覺。
wǒmen dōu bùnéng shuìjiào

子千：聽起來 真的很 糟糕啊，難 道就沒發生
Zǐqiān tīngqǐlái zhēnde hěn zāogāo a nándào jiù méi fāshēng

什麼 好的事情 嗎？
shéme hǎo de shìqíng ma

俊文：除了飯店 的食物還不錯 之外，就沒 什麼好
Jùnwén chúle fàndiàn de shíwù hái bùcuò zhīwài jiù méi shéme hǎo

說 的了。
shuō de le

子千：至少 你一輩子都 不會 忘記這趟 旅行啊。
Zǐqiān zhìshǎo nǐ yíbèizi dōu búhuì wàngjì zhètàng lǚxíng a

俊文：不說 這個了，你看起來心情 很 好，跟 佳英
Jùnwén　bù shuō zhèige le　　nǐ kànqǐlái xīnqíng hěnhǎo　gēn Jiāyīng

什麼 時候 有 好 消息啊？
shéme shíhòu yǒu hǎo xiāoxí　a

子千：我們 在 討論 這件 事情了，有 好 消息一定
Zǐqiān　wǒmen zài tǎolùn zhèjiàn shìqíng le　　yǒu hǎo xiāoxí　yídìng

第一個告訴你。
dì　yī ge gàosù nǐ

俊文： 眞 的嗎？眞 是太好了！
Jùnwén　zhēnde ma　zhēn shì tàihǎo le

子千：等 著 接我們 的「紅色 炸彈」吧！
Zǐqiān　děngzhe jiē wǒmen de　hóngsè zhàdàn　　ba

俊文：我一定 會爲你們 準備一分大禮物的。
Jùnwén　wǒ　yídìng　huì wèi nǐmen　zhǔnbèi yí fèn dà　lǐwù de

(二)問題
wèntí

_____ 1. 從 對話 中 可以 知道「蜜月 旅行」跟 什麼
cóng duìhuàzhōng　kěyǐ zhīdào　mìyuè lǚxíng gēn shéme
最 有 關係？
zuì yǒu guānxì
(A)學校假期
(B)生日
(C)結婚
(D)畢業

_____ 2. 美 美 跟 俊 文 的 關係是？
Měiměi gēn Jùnwén de guānxì shì

(A) 先生和太太

(B) 同學

(C) 哥哥和妹妹

(D) 老師和學生

_____ 3. 「別提了！」的「提」和下面　哪一個意思一樣？
bié tí le　de tí　hé xiàmiàn nǎ yíge yìsi yíyàng

(A) 這袋子太重，我提不起來

(B) 你上次提過的那件事我忘記了，可以再說一次嗎？

(C) 這家餐廳提供的服務很好

(D) 今年的學費提高了

_____ 4. 爲什麼俊文　說「一說到　這個我就頭
wèishéme Jùnwén shuō yì shuōdào zhèige wǒ jiù tóu

痛」？
tòng

(A) 他忘記了旅行的事情

(B) 想到旅行的事情，所以他心情不好

(C) 旅行時間太久，所以他的身體不舒服

(D) 事情太多他記不起來

_____ 5. 「潮濕」和下面　哪一個詞最有　關係？
cháoshī　hé xiàmiàn nǎyíge cí zuì yǒu guānxì

(A) 烤

(B) 乾

(C) 太陽

(D) 水

_____ 6. 「甜甜蜜蜜」原本可以說　成「甜蜜」，
tián tián mì mì　yuánběn kěyǐ shuōchéng tiánmì

下面　哪一個詞也可以這樣　說？
xiàmiàn nǎyíge cí yě kěyǐ zhèyàng shuō

(A) 方便→方方便便

(B) 安靜→安安靜靜

(C) 幫忙→幫幫忙忙

(D) 難過→難難過過

_____ 7. 「苦 瓜 臉」的意思是 指一個人？
　　　　 kǔguāliǎn　de yìsi shì zhǐ yígerén

　　(A) 心情不好

　　(B) 很開心

　　(C) 肚子很餓

　　(D) 長得不好看

_____ 8. 下 面 哪一個 是 對 的？
　　　　 xiàmiàn nǎyíge　shì duì de

　　(A) 俊文和美美沒有趕上飛機

　　(B) 一提到旅行，俊文的心情就很好

　　(C) 子千之後可能要結婚了

　　(D) 俊文覺得飯店的食物很難吃

(三) 生 詞
shēngcí

	生詞	漢語拼音	解釋
1	蜜月旅行	mìyuè lǚxíng	honeymoon
2	提	tí	mention, refer to, promote, bring up
3	甜甜蜜蜜（甜蜜）	tián tián mì mì (tiánmì)	sweet, happy
4	苦瓜臉	kǔguāliǎn	long face, agonized look
5	事先	shìxiān	in advance, beforehand
6	行李	xínglǐ	luggage, baggage
7	匆忙	cōngmáng	in a hurry, hastily
8	差點	chàdiǎn	almost
9	嘆氣	tànqì	to sigh

	生詞	漢語拼音	解釋
10	飯店	fàndiàn	hotel
11	潮濕	cháoshī	wet, moist, damp, humid
12	隔壁	gébì	next door
13	半夜	bànyè	midnight, (in) the middle of the night, half a night
14	糟糕	zāogāo	Too bad!
15	難道	nándào	do you really mean to say that...
16	至少	zhìshǎo	at (the) least
17	一輩子	yíbèizi	all one's life, lifetime
18	討論	tǎolùn	to discuss, to take something up with someone, to talk about
19	紅色炸彈	hóngsè zhàdàn	(lit) red bomb, (fig.) wedding reception card
20	準備	zhǔnbèi	to prepare
21	禮物	lǐwù	present, gift

十七、失眠
shīmián

李先生： 楊 小姐，最近有 好一點 嗎？
Lǐ xiānshēng Yáng xiǎojiě zuìjìn yǒu hǎo yìdiǎn ma

楊 小姐：老 樣子！晚 上 還是 睡不著，隔天 上
Yáng xiǎojiě lǎoyàngzi wǎnshàng háishì shuìbùzháo gétiān shàng

課覺得 很累。
kè juéde hěnlèi

李先生：這樣 啊……。看 樣子我 上次 給妳的 藥
Lǐ xiānshēng zhèyàng a kànyàngzi wǒ shàngcì gěi nǐ de yào

沒有 什麼 作用。
méiyǒu shéme zuòyòng

楊 小姐：你有 別 的 方法嗎？
Yáng xiǎojiě nǐ yǒu bié de fāngfǎ ma

李先生：妳已經 吃過那麼 多 種 藥都 沒有
Lǐ xiānshēng nǐ yǐjīng chīguò nàme duō zhǒng yào dōu méyǒu

作 用，讓 我 想 想……。
zuòyòng ràng wǒ xiǎngxiǎng

楊 小姐：最近學 校 要 考試了，我必須要 認 真
Yáng xiǎojiě zuìjìn xuéxiào yào kǎoshì le wǒ bìxū yào rènzhēn

幫 學 生 複習功課，你有 更 好 的方法
bāng xuéshēng fùxí gōngkè nǐ yǒu gènghǎo de fāngfǎ

嗎？
ma

李先生：妳可以試試 睡 前 喝杯熱牛奶，或是 泡
Lǐ xiānshēng nǐ kěyǐ shìshì shuìqián hē bēi rèniúnǎi huòshì pào

熱水澡 讓 自己放 鬆 一下。
rèshuǐzǎo ràng zìjǐ fàngsōng yíxià

多 少 會有 幫 助的！
duōshǎo huì yǒu bāngzhù de

楊 小姐：我試過了，還是 沒用。
Yáng xiǎojiě wǒ shìguò le háishì méiyòng

李先生：那好吧！妳試試 睡前 從1數到3000，過
Lǐ xiānshēng　nǎ hǎo ba　nǐ shìshì shuìqián cóng shùdào　　guò

幾天 再來 找 我吧。
jǐtiān　zàilái zhǎo wǒ ba

※過了幾天
　guòle　jǐtiān

李先生：怎麼樣？上次教 妳的 方法有用 嗎？
Lǐ xiānshēng　zěnmeyàng shàngcì jiāo nǐ de fāngfǎ yǒuyòng ma

楊 小姐：我依然 睡不著，而且還更 有精神了。
Yáng xiǎojiě　wǒ yīrán shuìbùzháo　érqiě hái gèng yǒu jīngshén le

李先生：怎麼會呢？妳是怎麼做的？
Lǐ xiānshēng　zěn me huì ne　nǐ shì zěnme zuò de

楊 小姐：我按照 你說 的 從1開始數，但我 數到
Yáng xiǎojiě　wǒ ànzhào nǐ shuō de cóng kāishǐ shǔ　dàn wǒ shǔdào

1754的 時候，實在很 想 睡覺。於是我
　de shíhòu　shízài hěn xiǎng shuìjiào　yúshì wǒ

就喝了一杯咖啡， 終 於才 數到3000。
jiù hēle　yìbēi kāfēi　zhōngyú cái shǔdào

但是 這樣一來，我就更 睡不著了。
dànshì zhèyàng yì lái　wǒ jiù gèng shuìbùzháo le

(二)問題
　wèntí

＿＿＿＿ 1. 這 段 對話可能 發生 在什麼地方？
　　　　zhèduàn duìhuà kěnéng fāshēng zài shéme dìfāng
　　　(A)銀行

(B) 醫院

(C) 公園

(D) 辦公室

_____ 2. 楊 小 姐 可 能 是？
Yáng xiǎojiě kěnéng shì

(A) 服務生

(B) 學生

(C) 護士

(D) 老師

_____ 3.「老 樣 子」是 什 麼 意思？
lǎoyàngzi shì shéme yì si

(A) 年紀大，身體不好

(B) 變得比以前差

(C) 變得比以前好

(D) 跟以前一樣，沒有什麼變化

_____ 4. 下 面 哪一個 不是 李 先 生 覺得 楊 小 姐
xiàmiàn nǎyíge búshì Lǐ xiānshēng juéde Yáng xiǎojiě
可以 試試 的 方法？
kěyǐ shìshì de fāngfǎ

(A) 喝咖啡

(B) 數數字

(C) 喝熱牛奶

(D) 泡澡

_____ 5. 哪 個 方法 對 楊 小 姐 有 用？
nǎ ge fāngfǎ duì Yáng xiǎojiě yǒu yòng

(A) 吃藥

(B) 數數字

(C) 喝熱牛奶

(D) 都沒有用

十七、失眠

91

_____ 6. 下面 哪一個 句子裡的「多少」和「多少 會有
xiàmiàn nǎ yíge jùzilǐ de duōshǎo hé duōshǎo huì yǒu

幫 助 的！」裡的「多少」意思一樣？
bāngzhù de lǐ de duōshǎo yìsi yíyàng

(A) 你搬來臺灣「多少」年了？

(B) 老闆，這本書「多少」錢？

(C) 不管你餓不餓，「多少」吃一點。

(D)「多少」年的努力才能換來一次成功？

_____ 7. 為什麼 楊 小姐最後還是 睡不著？
wèishéme Yáng xiǎojiě zuìhòu háishì shuìbù zháo

(A) 她要幫學生複習功課

(B) 她為了數數字所以喝了咖啡

(C) 她沒有聽李先生的話數到3000

(D) 她偷喝了熱牛奶

_____ 8. 哪個 是對的？
nǎge shì duì de

(A) 楊小姐白天很有精神，一直不想睡覺

(B) 李先生建議她不要喝熱牛奶，換喝咖啡比較好

(C) 楊小姐為了讓晚上的精神更好，所以去找李先生

(D) 楊小姐擔心她睡不著的問題會影響到工作

(三)生詞 shēngcí

	生詞	漢語拼音	解釋
1	最近	zuìjìn	recently, lately
2	老樣子	lǎoyàngzi	still the same
3	隔天	gétiān	every other day
4	累	lèi	to be tired
5	看樣子	kànyàngzi	it seems

	生詞	漢語拼音	解釋
6	藥	yào	medicine
7	作用	zuòyòng	action, function, effect, intention, motive
8	複習	fùxí	to review (a lesson, etc.)
9	功課	gōngkè	homework
10	方法	fāngfǎ	method, way, means
11	泡熱水澡	pào rèshuǐzǎo	take a hot bath
12	放鬆	fàngsōng	to relax
13	多少	duōshǎo	somewhat, to some extent
14	幫助	bāngzhù	to help, to assist
15	依然	yīrán	still, as before
16	有精神	yǒu jīngshén	spiritedly
17	按照	ànzhào	according to, in the light of, on the basis of
18	實在	shízài	indeed, really, honestly, in fact, as a matter of fact
19	於是	yúshì	thereupon, hence, consequently, as a result
20	這樣一來	zhèyàngyìlái	In such case…
21	更	gèng	even more, still more

十八、有趣的故事
yǒuqù de gùshì

(一)對話
duìhuà

有 一個 人 叫 毛 空，他 喜歡 講 一些 很 誇張
yǒu yíge rén jiào Máokōng　tā xǐhuān jiǎng yìxiē hěn kuāzhāng

而且 沒有 根據 的 話。有 一天，艾 先 生 旅行 回來，
érqiě méiyǒu gēnjù de huà　yǒu yìtiān　Ài xiānshēng lǚxíng huílái

毛 空 去 探望 他，兩 個人 就 開始 聊天。
Máokōngqù tànwàng tā　liǎngge rén jiù kāishǐ liáotiān

艾 先 生：我 這 一 次 去 旅行 了 好 幾個 月，這段　時間
Ài xiānshēng wǒ zhè yí cì qù lǚxíngle hǎo jǐge yuè zhèduàn shíjiān

　　　　　國內 有 什麼 新聞？你 講 幾件 給我 聽聽，
　　　　　guónèi yǒu shéme xīnwén nǐ jiǎng jǐjiàn gěi wǒ tīngtīng

　　　　　好 不 好？
　　　　　hǎo bù hǎo

毛　　空：告 訴 你 一件 事情，村裡 有 隻 鴨子 下了 一千
Máokōng　gàosù nǐ yíjiàn shìqíng cūnlǐ yǒu zhī yāzi xiàle yìqiān

　　　　　顆 蛋。
　　　　　kē dàn

艾 先 生：怎麼 可 能？！
Ài xiānshēng zěnme kěnéng

毛　　空：好 吧，也許 不是 一隻 鴨子，而是 兩 隻 鴨子
Máokōng　hǎo ba yě xǔ búshì yìzhī yāzi ér shì liǎngzhī yāzi

　　　　　下 的 蛋。
　　　　　xià de dàn

艾 先 生：兩 隻 鴨子 也 不 可能 吧。這 太 離譜 了！
Ài xiānshēng liǎngzhī yāzi yě bù kěnéng ba zhè tài lípǔ le

毛　　空：那 應 該 是 三隻 鴨子！
Máokōng　nà yīnggāi shì sānzhī yāzi

艾 先 生：三 隻 也 不 可能。你 怎麼 一直 增 加 鴨子 的
Ài xiānshēng sānzhī yě bù kěnéng nǐ zěnme yìzhí zēngjiā yāzi de

　　　　　數 量，而 不 減少　蛋 的 數 量 呢？
　　　　　shùliàng ér bù jiǎnshǎo dàn de shùliàng ne

毛　　空：我 寧 願　增加 鴨子 的 數量 也 不 減少　蛋
Máokōng　wǒ níngyuàn zēngjiā yāzi de shùliàng yě bù jiǎnshǎo dàn

的 數0000000000 量。
de shùliàng

艾 先 生 仍然 不 相信，繼續 問 他 最近 有 沒 有
Ài xiānshēng réngrán bù xiāngxìn jìxù wèn tā zuìjìn yǒuméiyǒu

發生 新鮮 的 事情。
fāshēng xīnxiān de shìqíng

毛 空：之前 天 上 掉下來一塊 長 三十公尺，
Máokōng zhīqián tiānshàng diàoxiàlái yíkuài cháng sānshí gōngchǐ

寬 二十 公 尺的肉！
kuān èrshí gōngchǐ de ròu

艾 先 生 搖了搖頭，沉 默了一下。
Ài xiānshēng yáole yáo tóu chénmòle yí xià

毛 空：好吧，那可能 是塊 長 二十公尺，寬
Máokōng hǎo ba nà kěnéng shì kuài cháng èrshí gōngchǐ kuān

十 公 尺 的 肉。
shí gōngchǐ de ròu

艾 先 生：那你 說 說 看，你是 在哪裡看 到 這 塊
Ài xiānshēng nà nǐ shuōshuōkàn nǐ shì zài nǎlǐ kàndào zhè kuài

肉 的？它是 什麼 時候 掉下來的？
ròu de tā shì shéme shíhòu diàoxiàlái de

還有 什麼 人看到它呢？
háiyǒu shéme rén kàndào tā ne

毛 空：這 不是 我 親眼 看 到 的，我 是 在 路上
Máokōng zhè bú shì wǒ qīnyǎn kàndào de wǒ shì zài lùshàng

聽 別人 說 的。
tīng biérén shuō de

艾 先 生：唉！別人在路上　閒聊的話你怎麼
Ài xiānshēng ai　biérén zài lùshàng xiánliáo de huà nǐ zěnme

可以相信呢？
kěyǐ xiāngxìn ne

(二)問題
wèntí

——— 1. 下面哪一件事情是毛空說的？
xiàmiàn nǎyíjiàn shìqíng shì Máokōng shuō de

(A) 毛空喜歡聽路上的人說話

(B) 村裡的雞下了一千顆蛋

(C) 天上掉下了好大一塊肉

(D) 艾先生旅行了三年

——— 2. 毛空是怎麼知道這些事情的？
Máokōng shì zěnme zhīdào zhèxiē shìqíng de

(A) 學校老師告訴他的

(B) 在路上聽別人講的

(C) 每天看報紙知道的

(D) 艾先生告訴他的

——— 3. 艾先生　為什麼覺得很離譜？
Ài xiānshēng wèishéme juéde hěn lípǔ

(A) 因為下蛋的鴨子應該有五隻，毛空算錯了

(B) 因為發生的事情沒有道理，他覺得不可能會發生

(C) 因為發生的事情太可怕了，他不知道該說什麼

(D) 他也看到了那件事，所以他覺得毛空說的話是對的

——— 4. 「新鮮的事情」這句話裡「新鮮」的意思和
xīnxiān de shìqíng zhèjùhuàlǐ　xīnxiān de yìsi hé

下面哪個一樣？
xiàmiàn nǎge yíyàng

(A) 這家店的麵包都是「新鮮」剛做好的，所以生意特別好

(B) 他常常往山上跑，除了看看美麗的風景，也呼吸「新鮮」空氣

(C) 水果放久了就不「新鮮」了

(D) 這玩具很「新鮮」，你一定沒玩過！

_____ 5. 「寧 願…，也不…」放入哪一個句子是對的？
Níngyuàn　yěbù　fàngrù nǎyíge jùzi shì duì de

(A) ____用盡了所有方法，____還是無法解決這個問題。

(B) 他____一整天待在家裡，____和同學出去打球。

(C) 他____遲到，____該帶的東西也沒帶。

(D) 他____工作再忙再累，____忘記每天跟孩子說聲晚安。

_____ 6. 從 故 事 中 可以知道 毛 空 是 個 什 麼
cóng gùshìzhōng kěyǐ zhīdào Máokōng shì ge shéme
樣 的 人？
yàng de rén

(A) 喜歡幫助別人，很關心生活中發生的事情

(B) 很細心，只相信自己看到的事情

(C) 沒有自己的想法，容易相信別人

(D) 對朋友很好，尤其是艾先生

_____ 7. 哪 個 是 對 的？
nǎge shì duì de

(A) 艾先生不清楚最近國內發生了什麼事情

(B) 毛空說的話是真的

(C) 那一千顆蛋是三隻鴨子生的

(D) 艾先生最後相信了毛空的話

_____ 8. 你 覺 得 這 篇 對 話 的 重 點 是 什麼？
nǐ juéde zhèpiān duìhuà de zhòngdiǎn shì shéme

(A) 要多出去旅行，這樣才能知道一些新的事情

(B) 要常常約朋友聊天，關心他最近發生的事情

(C) 不要太容易相信不真實的話，自己所看到的才是真的

(D) 好朋友很重要，因為他能告訴你什麼事情是對的

(三) 生 詞
shēngcí

	生詞	漢語拼音	解釋
1	誇張	kuāzhāng	exaggerate, overstate
2	根據	gēnjù	basis, grounds, foundation
3	旅行	lǚxíng	to travel, to take a trip
4	探望	tànwàng	to visit
5	聊天	liáotiān	to chat, chatting
6	段	duàn	measure word for a length of time or some distance
7	新聞	xīnwén	news
8	鴨子	yāzi	duck
9	下蛋	xiàdàn	lay eggs
10	離譜	lípǔ	unreasonable
11	增加	zēngjiā	to increase, to raise, to add
12	數量	shùliàng	quantity, amount
13	減少	jiǎnshǎo	reduce, decrease
14	寧願	níngyuàn	(would) rather, better
15	仍然	réngrán	still, yet
16	繼續	jìxù	to continue, to go on
17	新鮮	xīnxiān	fresh（or something interesting）
18	長	cháng	long
19	寬	kuān	wide,broad,generous, lenient
20	親眼	qīnyǎn	with one's own eyes, personally
21	閒聊	xiánliáo	to chat, to talk gossip

十九、約會
yuēhuì

（一）對話
duìhuà

子婷：真 巧，你也來吃飯啊！難得今天 老師 停課，你
Zǐtíng　zhēnqiǎo　nǐ yě lái chīfàn a　nándé jīntiān lǎoshī tíngkè　nǐ

　　　晚 上 有 什麼計畫嗎？
　　　wǎnshàng yǒu shéme jìhuà ma

家華：我 想 去 行 天宮，妳有 興趣嗎？
Jiāhuá　wǒ xiǎng qù Xíngtiāngōng　nǐ yǒu xìngqù ma

子婷：行 天宮？我 之前 去過，我記得那裡很 熱鬧！
Zǐtíng　Xíngtiāngōng　wǒ zhīqián qùguò　wǒ jìdé　nàlǐ hěn rènào

　　你怎麼 會 想 去呢？
　　nǐ zěnme huì xiǎng qù ne

家華：唉，因爲最近做 什麼事 都不 順利，所以我
Jiāhuá　ai　yīnwèi zuìjìn zuò shéme shì dōu bú shunlì　suǒyǐ wǒ

　　想 去拜拜。
　　xiǎng qù bàibài

子婷：發生了什麼事？
Zǐtíng　fāshēngle shéme shì

家華：我 前 陣子 生了一 場 大病。而且最近精 神
Jiāhuá　wǒ qián zhènzi shēngle　yìchǎng dàbìng　érqiě zuìjìn jīngshén

　　很 差，考試 考得很 不理想。
　　hěn chā　kǎoshì kǎode hěn bù lǐxiǎng

子婷：原 來是 這 樣。
Zǐtíng　yuánlái shì zhèyàng

家華：對了！子婷，妳是 屬 什麼 的？
Jiāhuá　duì le　Zǐtíng　nǐ shì shǔ shéme de

子婷：我屬 馬，怎麼了嗎？
Zǐtíng　wǒ shǔ mǎ　zěnmele mā

家華：我 昨天 買了一本 書。書 上 寫 説今年屬
Jiāhuá　wǒ zuótiān mǎile　yìběn shū　shūshàng xiě shuō jīnnián shǔ

　　馬的人要 注意 身體，不僅金錢運 不好，也
　　mǎ de rén yào zhùyì shēntǐ　bùjǐn jīnqiányùn bù hǎo　yě

　　容易和 人發生 爭 吵。
　　róngyì hàn rén fāshēng zhēngchǎo

子婷：你 相 信 這 個 嗎？那 你 屬狗，書 上 怎麼說？
Zǐtíng　　nǐ xiāngxìn zhèige ma　　nà nǐ shǔgǒu　shūshàng zěnme shuō

家華：書 上 寫 說 今 年 要 注意學業。對了！它還
Jiāhuá　　shūshàng xiě shuō jīnnián yào zhùyì xuéyè　　duì le　　tā hái

　　　寫了一句很 重 要 的 話，它 說 會 有喜歡 的
　　　xiěle　yíjù hěn zhòngyào de huà　　tā shuō huì yǒu xǐhuān de

　　　人 出 現，朋 友 中 屬馬的和自己最 適合，所
　　　rén chūxiàn　péngyǒuzhōng shǔmǎ de hé zìjǐ　zuì shìhé　suǒ

　　　以要 常 常 約他出去。
　　　yǐ yào chángcháng yuē tā chūqù

子婷：眞 的 是 這 樣 嗎？
Zǐtíng　zhēnde shì zhèyàng ma

家華：對啊！那 妳 願 意 和我 出 去 約會嗎？
Jiāhuá　duì a　　nà nǐ yuànyì hé wǒ chūqù yuēhuì ma

子婷：你 想 得美！我 怎麼就 沒 看 到 這句話！
Zǐtíng　　nǐ xiǎng de měi　　wǒ zěnme jiù méi kàndào zhèjù huà

㈡問題
wèntí

──────── 1. 對 話 可 能 發 生 在 哪裡？
duìhuà kěnéng fāshēng zài nǎlǐ
　　　㈎辦公室
　　　㈏車站
　　　㈐餐廳
　　　㈑廁所

2. 晚 上 的 時間，家華 本來要 做 什麼？
wǎnshàng de shíjiān Jiāhuá běnlái yào zuò shéme
(A) 買書
(B) 上課
(C) 跟朋友一起吃飯
(D) 看醫生

3. 下 面 哪一個不是 家 華 最近發 生 的事？
xiàmiàn nǎ yíge búshì Jiāhuá zuìjìn fāshēng de shì
(A) 和朋友吵架
(B) 身體不好
(C) 功課表現不好
(D) 精神不好

4. 第18行 中 的「它」，指 的 是 什麼？
dì hángzhōng de tā zhǐ de shì shéme
(A) 家華屬馬的朋友
(B) 子婷
(C) 家華
(D) 那本書

5. 對 話 中 的 書 最 可 能 是 下 面 哪一本？
duìhuàzhōng de shū zuì kěnéng shì xiàmiàn nǎyìběn
(A)「如何做出美味的食物」
(B)「2012年十二生肖的運勢」
(C)「臺灣報紙」
(D)「華語文字典」

6. 「想 得 美」是 什麼 意思？
xiǎng de měi shì shéme yìsi
(A) 覺得很有趣
(B) 不可能
(C) 希望對方再努力的意思
(D) 答應對方

———— 7. 從 對 話 中 可以知道，今 年 屬馬 的 人
cóng duìhuàzhōng kěyǐ zhīdào　jīnnián shǔmǎ de rén

要 注意 什麼 事 情？
yào zhùyì shéme shìqíng

(A) 爸爸媽媽可能會吵架

(B) 考試成績太差，表現不好

(C) 可能會生病

(D) 上面的都對

———— 8. 哪個 是 對 的？
nǎge shì duì de

(A) 子婷也看了那本書

(B) 家華是屬狗的

(C) 子婷會和家華一起約會

(D) 家華說的那些書上的話都是真的

(三)生 詞
shēngcí

	生詞	漢語拼音	解釋
1	巧	qiǎo	fortuitously
2	難得	nándé	hard to come by, rare, seldom
3	行天宮	Xíngtiāngōng	XingTian Temple is a popular temple in Taipei
4	順利	shùnlì	smooth, successful, without a hitch
5	拜拜	bàibài	to do obeisance to, to worship, to prostrate oneself
6	陣子	zhènzi	period of time
7	生病	shēngbìng	to become ill, to be sick
8	而且	érqiě	furthermore, besides, moreover
9	最近	zuìjìn	recently, lately

	生詞	漢語拼音	解釋
10	精神	jīngshén	vitality
11	差	chā	inferior, poor
12	理想	lǐxiǎng	perfect, ideal
13	屬	shǔ	to belong to the Chinese zodiac sign of
14	注意	zhùyì	to pay attention to, to take notice of
15	金錢運	jīnqiányùn	luck for wealth
16	爭吵	zhēngchǎo	quarrel
17	學業	xuéyè	school work
18	重要	zhòngyào	to be important, to be vital
19	適合	shìhé	suit, fit
20	願意	yuànyì	be willing
21	約會	yuēhuì	appointment, engagement, date
22	想得美	xiǎng de měi	Fat chance. Nice try. to have picture too good an image (before really doing it)

二十、學校 宿舍
xuéxiào sùshè

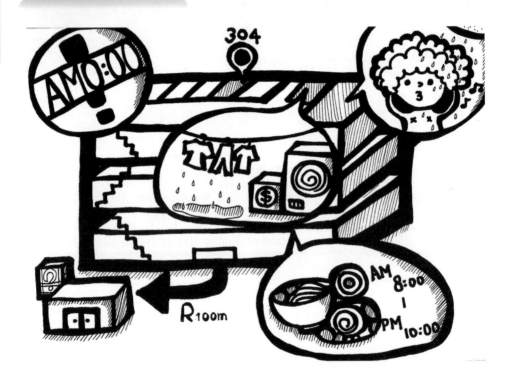

又婷：妳好，我 是 又婷。歡 迎 來到 新華 樓。
Yòutíng nǐ hǎo   wǒ shì Yòutíng huānyíng láidào Xīnhuá lóu

莉文：妳好，我 是 莉文。
Lìwén   nǐ hǎo   wǒ shì Lìwén

又婷：莉文，你好。妳的 房間 號碼是304，樓梯在 左
Yòutíng Lìwén   nǐ hǎo   nǐ de fángjiān hàomǎ shì   lóutī zài zuǒ

手 邊，三樓第四間 房就是妳的 房間了。
shǒu biān　sānlóu dì sìjiān fáng jiùshì nǐ de fángjiān le

莉文：請 問 浴室在哪裡呢？是 共 用 的嗎？
Lìwén　qǐngwèn yùshì zài nǎlǐ ne　shì gòngyòng de ma

又婷：三樓直走 到底就是 浴室了，這 棟 大樓的浴室
Yòutíng　sānlóu zhízǒu dàodǐ jiù shì yùshì le　zhèdòng dàlóu de yùshì

都是 共 用 的。
dōushì gòngyòng de

莉文：那洗衣間 在 哪裡呢？
Lìwén　nà xǐyījiān zài nǎlǐ ne

又婷：洗衣間 就 在浴室的 旁 邊，如果 需要 換 零
Yòutíng　xǐyījiān jiù zài yùshì de pángbiān　rúguǒ xūyào huàn líng

錢，洗衣間裡也 有兌幣機。
qián　xǐyījiān lǐ yě yǒu duìbì jī

莉文：眞 方便！那有 烘衣機嗎？冬 天的衣服總 是
Lìwén　zhēn fāngbiàn　nà yǒu hōngyījī ma dōngtiān de yī fú zǒngshì

特別 難 乾，如果 有 烘衣機就太好 了！
tèbié nán gān　rúguǒ yǒu hōngyījī jiù tàihǎo le

又婷：裡面 也有 烘衣機，烘 完 之後 請盡快把
Yòutíng　lǐmiàn yě yǒu hōngyījī hōngwán zhīhòu qǐng jìnkuài bǎ

衣服拿出來，好 方 便 下一個人 使用。
yīfú náchūlái　hǎo fāngbiàn xià yí ge rén shǐyòng

莉文：我 知道了！喔，對了，請問 大樓有 餐廳 嗎？
Lìwén　wǒ zhīdào le　o　duìle qǐngwèn dàlóu yǒu cāntīng ma

又 婷：餐廳 在一樓，營業 的 時間 從 早上 八點
Yòutíng　cāntīng zài yìlóu yíngyè de shíjiān cóng zǎoshàng bādiǎn

到 晚 上 十點。所以如果 妳有 吃 宵夜的習
dào wǎnshàng shídiǎn suǒyǐ rúguǒ nǐ yǒu chī xiāoyè de xí

慣，只能 選擇便利 商 店了。
guàn zhǐnéng xuǎnzé biànlì shāngdiàn le

莉文：那 便利 商 店 在 哪裡呢？
Lìwén   nà biànlì shāngdiàn zài nǎlǐ ne

又婷：出 大門 之後 右 轉，走 大概100公尺就 到了。
Yòutíng chū dàmén zhīhòu yòuzhuǎn zǒu dàgài   gōngchǐ jiù dào le

莉文：謝謝妳！請問 還有 什麼我 需要 注意的嗎？
Lìwén   xièxie nǐ qǐngwèn háiyǒu shéme wǒ xūyào zhùyì de ma

又婷：喔，大樓的門禁是 晚 上 十二 點，最好 在
Yòutíng ō   dàlóu de ménjìn shì wǎnshàng shíèr diǎn zuìhǎo zài

這個時間 之前 回來。
zhèige shíjiān zhīqián huílái

莉文：如果 超 過 時間 還可以進來嗎？
Lìwén   rúguǒ chāoguò shíjiān hái kěyǐ jìnlái ma

又婷：可以是可以，但是 會留下記錄。一旦 有十次
Yòutíng kěyǐ shì kěyǐ   dànshì huì liúxià jìlù   yídàn yǒu shícì

記錄，下次就不能 再 住進來了。
jìlù   xiàcì jiù bùnéng zài zhùjìnlái le

莉文：那我要 小心了！
Lìwén   nà wǒ yào xiǎoxīn le

又婷：妳早點 休息吧，以免 明 天第一天 上 課
Yòutíng nǐ zǎodiǎn xiūxí ba   yǐmiǎn míngtiān dìyītiān shàngkè

遲到。別 忘了明 天 的迎新 晚會，這是個
chídào bié wàngle míngtiān de yíngxīn wǎnhuì zhèshì ge

認識新 朋 友的好機會。
rènshì xīn péngyǒu de hǎo jīhuì

莉文： 明 天 我一定 會去的，晚安！
Lìwén   míngtiān wǒ yídìng huì qù de   wǎnān

(二)問題
wèntí

_____ 1. 請 問 又 婷 可能 是 誰？
qǐngwèn Yòutíng kěnéng shì shéi

(A) 跟莉文一起住的朋友

(B) 宿舍管理員

(C) 飯店服務生

(D) 房東

_____ 2. 莉 文 可 能 是？
Lìwén kěnéng shì

(A) 要買房子的人

(B) 老師

(C) 在這棟大樓工作的人

(D) 學生

_____ 3. 想 洗衣服的 時候 發現 沒 有 零 錢，去哪裡
xiǎng xǐ yīfú de shíhòu fāxiàn méiyǒu língqián qù nǎlǐ

最 方 便？
zuì fāngbiàn

(A) 廁所

(B) 餐廳

(C) 洗衣間

(D) 便利商店

_____ 4. 哪一個是 對 的？
nǎyíge shì duì de
(A) 晚上十點半的時候餐廳已經關了
(B) 每個房間裡都有浴室
(C) 便利商店離大樓有200公尺遠
(D) 洗衣間在餐廳的旁邊

_____ 5. 文 中 「門禁是 晚 上 十二點」的意思 是？
wénzhōng ménjìn shì wǎnshàng shíèrdiǎn de yìsi shì
(A) 晚上十二點才可以出門
(B) 晚上十二點之後才能回來
(C) 晚上十二點之前要回來
(D) 晚上十二點就進不了大樓了

_____ 6. 對 話 可 能 發生 在 什 麼 時候？
duìhuà kěnéng fāshēng zài shéme shíhòu
(A) 學校開學前一天
(B) 學校考試之前
(C) 放暑假之前
(D) 莉文搬家前一天

_____ 7. 「一旦」可以 放 進 下 面 哪個 句子？
yídàn kěyǐ fàngjìn xiàmiàn nǎge jùzi
(A) 出門記得帶把雨傘，□□下雨。
(B) 有些話□□說出口，就很難收回了。
(C) 他□□去過很多國家旅行，所以知道許多有趣的事情。
(D) 這個地方□□空氣好，風景也非常美麗。

_____ 8. 下 面 哪個 不 對？
xiàmiàn nǎge búduì
(A) 莉文會去明天的活動
(B) 莉文如果晚上十一點肚子餓，她可以去便利商店買東西吃。

(C) 莉文的房間在餐廳的樓上

(D) 「宵夜」是指午餐之後，下午的點心。

(三) 生 詞
shēngcí

	生詞	漢語拼音	解釋
1	左手邊	zuǒshǒu biān	left
2	浴室	yùshì	bathroom, shower room
3	共用	gòngyòng	public use
4	洗衣間	xǐyījiān	laundry room
5	零錢	língqián	small change, small money
6	兌幣機	duìbìjī	coin change machine
7	烘衣機	hōngyījī	tumble
8	烘	hōng	to dry by heating
9	盡快	jìnkuài	as soon as possible
10	營業	yíngyè	do business
11	宵夜	xiāoyè	midnight snack
12	習慣	xíguàn	habit
13	選擇	xuǎnzé	to choose, to select
14	便利商店	biànlì shāngdiàn	convenience store
15	大概	dàgài	probably
16	公尺	gōngchǐ	meter
17	注意	zhùyì	to pay attention to, to take notice of
18	門禁	ménjìn	curfew
19	超過	chāoguò	outstrip, surpass, exceed
20	記錄	jìlù	record

	生詞	漢語拼音	解釋
21	以免	yǐmiǎn	in order to avoid, so as not to
22	遲到	chídào	to be, come, arrive late
23	迎新晚會	yíngxīn wǎnhuì	welcome party
24	認識	rènshì	to recognize, to realize
25	機會	jīhuì	chance, opportunity

單元三　短文

二十一、宵夜
xiāoyè

(一)文 章
wénzhāng

　　宵夜是 晚餐 時間 過 後 吃 的 小 東西。所謂 的
　　xiāoyè shì wǎncān shíjiān guòhòu　chī de xiǎodōngxi　　suǒwèi de

「小　東西」，可以是　點心，也可以是　小吃。「消夜」
xiǎodōngxi　　　kěyǐ shì　diǎnxīn　yě kěyǐ shì xiǎochī　　　xiāoyè

這個詞最早可以在　中　國 的唐詩 中　看 到，本來
zhèige cí zuì zǎo　kěyǐ zài Zhōngguó de Tángshī zhōng kàndào　běnlái

的意思是　用 食物和酒來「消磨夜晚」、打發晚　上 的
de yìsi shì yòng shíwù hé jiǔ lái xiāomó yèwǎn dǎfā wǎnshàng de

時間，後來人 們　就把 晚餐 時間　過　後 吃 的 東西叫
shíjiān hòulái rénmen jiù bǎ wǎncān shíjiān guò hòu chī de dōngxi jiào

做「消夜」。從　清代開始，消夜 這 個詞 有 時 又 會 寫
zuò xiāoyè cóng qīngdài kāishǐ xiāoyè zhège cí yǒushí yòuhuì xiě

成「夜消」。另一方　面，因爲「消夜」是夜晚　的 時
chéng yèxiāo lìngyìfāngmiàn yīnwèi xiāoyè shì yèwǎn de shí

候 吃 的 小 東西，「宵」這個字有「夜晚」的意思，因
hòu chī de xiǎodōngxi xiāo zhège zì yǒu yèwǎn de yìsi yīn

此 現代 又 有「宵夜」及「夜宵」兩 個寫法。
cǐ xiàndài yòu yǒu xiāoyè jí yèxiāo liǎng ge xiěfǎ

　　很多 人 有 吃 宵夜的習慣。有 的人因爲　工 作
hěnduō rén yǒu chī xiāoyè de xíguàn yǒu de rén yīnwèi gōngzuò

忙碌、沒 時間 吃 晚飯，所以只好　等 下班 後 再吃
mánglù méi shíjiān chī wǎnfàn suǒyǐ zhǐhǎo děng xiàbān hòu zài chī

東西。有 的 人因爲　工 作壓力大，所以下班了　想 要
dōngxi yǒu de rén yīnwèi gōngzuò yālì dà suǒyǐ xiàbān le xiǎngyào

再吃一點 好吃 的 東西來放　鬆 心情。還有 的 人 因
zài chī yìdiǎn hǎochī de dōngxi lái fàngsōng xīnqíng hái yǒu de rén yīn

爲　深夜 還在 加班、念書，雖然已經 吃 過　晚餐，可是
wèi shēnyè háizài jiābān niànshū suīrán yǐjīng chīguò wǎncān kěshì

肚子又 餓了，所以會 吃一點　宵夜。不管　吃 宵夜的
dùzi yòu è le suǒyǐ huì chī yìdiǎn xiāoyè bùguǎn chī xiāoyè de

　原因是 什麼，長 期吃 宵夜對　身體是不健康 的，
yuányīn shì shéme chángqí chī xiāoyè duì shēntǐ shì bú jiànkāng de

所以，營 養師建議，最好 不要 有 吃 宵夜的 習慣，
suǒyǐ　yíngyǎngshī jiànyì　zuìhǎo búyào yǒu chī xiāoyè de xíguàn

如果一定　要 吃 宵夜，最好 在 睡 前 2個 小 時吃完，
rúguǒ yídìng yào chī xiāoyè　zuìhǎo zài shuì qián　ge xiǎoshí chīwán

才 能 減 少 對 身體造成　的 負擔。
cáinéng jiǎnshǎo duì shēntǐ zàochéng de fùdān

(二)問題
wèntí

_____ 1. 「消夜」總 共 有 幾 種　寫法？
xiāoyè zǒnggòng yǒu jǐzhǒng xiěfǎ

(A) 1

(B) 2

(C) 3

(D) 4

_____ 2. 「消 夜」這 個詞最 早 出 現 在 中 國 的
xiāoyè zhèige cí zuì zǎo chūxiàn zài Zhōngguó de

什麼　時候？
shéme shíhòu

(A) 唐代

(B) 明代

(C) 清代

(D) 現代

_____ 3. 「消 夜」這 個詞爲 什麼 也可以 寫 成 「宵夜」？
xiāoyè zhèigecí wèishéme yě kěyǐ xiěchéng xiāoyè

(A) 因爲「宵」有「夜晚」的意思

(B) 因爲「宵」跟「消」兩個字的音一樣

(C) 因爲「宵」跟「消」兩個字寫起來很像

(D) 上面的答案都不對

_____ 4. 下面 哪一個 是「消 夜」？
xiàmiàn nǎ yí ge shì xiāoyè

(A) 豆花

(B) 臭豆腐

(C) 小籠包

(D) 以上都可以是消夜

_____ 5. 關於 現代人 吃 消夜的 原因，哪一個 在
guānyú xiàndàirén chī xiāoyè de yuányīn nǎ yí ge zài

文 章 中 看不到？
wénzhāng zhōng kànbúdào

(A) 想放鬆心情

(B) 沒時間吃晚飯

(C) 晚餐沒有吃飽

(D) 深夜加班、念書

_____ 6.「不 管」這 個 詞 不 能 放 在 哪個□□裡面？
bùguǎn zhèige cí bùnéng fàngzài nǎge lǐmiàn

(A) □□哪一天，我都有空。

(B) □□不吃飯，我都會去運動。

(C) □□天氣怎麼樣，我都喜歡。

(D) □□遠近，我都要走路去那個地方。

_____ 7. 下 面 哪一個 是 營 養 師 對 於 吃 宵 夜 的
xiàmiàn nǎyíge shì yíngyǎngshī duìyú chī xiāoyè de

建 議？
jiànyì

(A) 最好不要吃消夜

(B) 晚餐後兩小時可以吃消夜

(C) 不吃宵夜會對身體造成負擔

(D) 睡前兩小時吃消夜不會對身體造成負擔

_____ 8. 下 面 哪 一個 不 對？
xiàmiàn nǎ yí ge búduì

(A) 消夜這個詞可以寫成「宵夜」

(B) 天天吃消夜對身體是不健康的

(C) 消夜可以是點心，也可以是小吃

(D) 消夜本來的意思是晚餐時間過後吃的小東西

(三) 生詞
shēngcí

	生詞	漢語拼音	解釋
1	消／宵夜	xiāoyè	midnight snack
2	所謂	suǒwèi	so-called
3	小吃	xiǎochī	snack, refreshment, cold/prepared dish
4	唐詩	Tángshī	Tang poetry
5	消磨	xiāomó	to kill time
6	夜晚	yèwǎn	evening
7	打發	dǎfā	to while away (one's time)
8	清代	Qīngdài	Qing Dynasty
9	另一方面	lìngyìfāngmiàn	On the other hand
10	忙碌	mánglù	be busy, bustle about
11	壓力	yālì	pressure
12	放鬆	fàngsōng	relax, slacken, loosen
13	深夜	shēnyè	late at night
14	加班	jiābān	work overtime, work extra shift
15	長期	chángqí	long period of time, long-term
16	營養師	yíngyǎngshī	dietician
17	建議	jiànyì	propose, suggest, recommend
18	減少	jiǎnshǎo	reduce, decrease
19	造成	zàochéng	create, bring about
20	負擔	fùdān	burden, load, encumbrance

二十二、手指 長 度研究
shǒuzhǐ chángdù yánjiù

㈠文 章
wénzhāng

你仔細看 過你的 手 嗎？人的五 根 手指，長度
nǐ zǐxì kànguò nǐ de shǒu ma　rén de wǔ gēn shǒuzhǐ chángdù

都不一樣，你是第二根 手指比第四根 手指 長 嗎？
dōu bù yíyàng　nǐ shì dì èr gēn shǒuzhǐ bǐ dì sì gēn shǒuzhǐ cháng ma

還是第四根 手指比第二根 手指 長 呢？
háishì dì sì gēn shǒuzhǐ bǐ dì èr gēn shǒuzhǐ cháng ne

許多 科學家根據 手指的 長度 做了一些 研究，
xǔduō kēxuéjiā gēnjù shǒuzhǐ de chángdù zuòle yìxiē yánjiù

其中 最 常 研究的是 食指與無名 指 長度的 關
qízhōng zuì cháng yánjiù de shì shízhǐ yǔ wúmíngzhǐ chángdù de guān

係。例如：英 國 的 科學家發現，觀 察兒童 食指和無
xì lìrú Yīngguó de kēxuéjiā fāxiàn guānchá értóng shízhǐ hé wú

名 指的 長 度，可以看 出 小孩的語文 能力比較
míngzhǐ de chángdù kěyǐ kàn chū xiǎohái de yǔwén nénglì bǐjiào

好，還是 數理 能力 比較 好。食指比無 名 指 長 的
hǎo háishì shùlǐ nénglì bǐjiào hǎo shízhǐ bǐ wúmíngzhǐ cháng de

兒童，不論是 語文 的學習 能力或是 語文 考試 的
értóng búlùn shì yǔwén de xuéxí nénglì huòshì yǔwén kǎoshì de

成績，都 會比數理科目好，而無 名 指比食指 長 的
chéngjī dōu huì bǐ shùlǐ kēmù hǎo ér wúmíngzhǐ bǐ shízhǐ cháng de

兒童 則 相反。他們 也發現，無 名 指比食指 長 的
értóng zé xiāngfǎn tāmen yě fāxiàn wúmíngzhǐ bǐ shízhǐ cháng de

人，學習科技的 能力也會 比較 強。另外，韓國 的科
rén xuéxí kējì de nénglì yě huì bǐjiào qiáng lìngwài Hánguó de kē

學家則發現，不論是 男 性 還是女性，如果 無 名 指比
xuéjiā zé fāxiàn búlùn shì nánxìng háishì nǚxìng rúguǒ wúmíngzhǐ bǐ

食指 長，會喜歡 比較具有 暴力性 的娛樂活 動。
shízhǐ cháng huì xǐhuān bǐjiào jùyǒu bàolì xìng de yúlè huódòng

科學家認為，無 名 指會比食指 長，是 因為 在
kēxuéjiā rènwéi wúmíngzhǐ huì bǐ shízhǐ cháng shì yīnwèi zài

胎兒時期接觸 到 較 多 的睪固酮（testosterone）及荷爾
tāiérshíqí jiēchù dào jiào duō de gǎogùtóng jí hèěr

蒙（hormone）的 關係。不過 科學家 也 認爲，這些 研
méng　　　　　de guānxì　　búguò kēxuéjiā yě rènwéi　zhèxiē yán

究結果 只能　當作 參考，不能 完 全　用 研究結果
jiù jiéguǒ zhǐnéng dāngzuò cānkǎo　bùnén wánquán yòng yánjiù jiéguǒ

判　斷 一個人的 能力。另外， 也 有 人 認爲， 一個 人
pànduàn yí ge rén de nénglì　　lìngwài　yě yǒu rén rènwéi　　yí ge rén

的 數理或是 語文　能力 好 不 好，與 學習 環 境 比較
de　shùlǐ huòshì yǔwén nénglì hǎo bù hǎo　yǔ xuéxí huánjìng bǐjiào

有　關係。你的 看法是　什麼 呢？
yǒu guānxì　　nǐ de kànfǎ shì shéme ne

(二)問題
wèntí

_____ 1. 請 看 下 面 的圖，「甲」 應 該 是？
qǐng kàn xiàmiàn de tú　　jiǎ　　yīnggāi shì
(A) 大拇指
(B) 食指
(C) 中指
(D) 無名指

甲

_____ 2. 英 國 的科學家發現，無 名 指 比 食 指　長
Yīngguó de kēxuéjiā fāxiàn wúmíngzhǐ bǐ shízhǐ cháng
的 人　應 該？
de rén yīnggāi
(A) 數理能力比語文能力好
(B) 語文能力比數理能力好
(C) 語文能力比學習科技的能力好
(D) 數理能力比學習科技的能力好

_____ 3. 關 於 無 名 指 比 食 指　長　的　研究結果，哪
guānyú wúmíngzhǐ bǐ shízhǐ cháng de yánjiù jiéguǒ nǎ
個 是　錯 誤 的？
ge shì cuòwù de
(A) 語文能力比較好
(B) 數理能力比較好
(C) 學習科技的能力比較好
(D) 比較喜歡暴力性的娛樂活動

_____ 4.「兒童」不 能　放 進 去 下 面　那 個 句子的□□？
értóng bùnéng fàng jìnqù xiàmiàn nǎge jùzi de
(A) 這個表演不適合□□觀看，所以沒有賣兒童票。
(B) 他才三歲就會背許多文章，可以說是一個天才□□。
(C) 地上很濕，請你看好你的□□，不要讓他到處跑來跑
去。
(D)「兒童」可以放進去上面三個句子的□□中

_____ 5. 科 學 家 認 爲 無 名 指 比 食 指　長　的　原 因
kēxuéjiā rènwéi wúmíngzhǐ bǐ shízhǐ cháng de yuányīn
是　什 麼？
shì shéme
(A) 兒童時期的學習環境
(B) 科學家還沒找到原因
(C) 兒童時期接觸到睪固酮
(D) 胎兒時期接觸到睪固酮及荷爾蒙

_____ 6. 「不論」這個詞不能 放 在 哪個□□裡面？
búlùn zhèige cí bùnéng fàngzài nǎge lǐmiàn

(A) □□天氣怎麼樣，我都喜歡。

(B) □□不吃飯，我都會去公園運動。

(C) □□哪一天，我都有空跟你約會。

(D) □□遠近，我都要坐車去那個地方。

_____ 7. 發現「無 名 指 比 食 指 長 的 人，學習科技的
fāxiàn wúmíngzhǐ bǐ shízhǐ cháng de rén xuéxí kējì de

能 力 也 會 比 較 強」的 是 誰？
nénglì yě huì bǐjiào qiáng de shì shéi

(A) 英國科學家

(B) 韓國科學家

(C) 美國科學家

(D) 不是科學家發現的

_____ 8. 關 於 這 篇 文 章，下 面 哪 一 個 不 對？
guānyú zhè piān wénzhāng xiàmiàn nǎ yí ge búduì

(A) 有醫師認為，科學家的研究只能當作參考

(B) 科學家最常研究的是食指與無名指長度的關係

(C) 有人認為，一個人的數理能力好不好跟學習環境比較
有關係

(D) 英國的科學家研究了食指與無名指長度與語文、數理
能力的關係

㈢生詞
shēngcí

	生詞	漢語拼音	解釋
1	手指	shǒuzhǐ	finger
2	長度	chángdù	length
3	仔細	zǐxì	be careful

	生詞	漢語拼音	解釋
4	根據	gēnjù	on the basis of, according to
5	觀察	guānchá	observe, survey, inspect
6	語文	yǔwén	(spoken and written) language, language and literature
7	數理	shùlǐ	mathematics and science
8	科目	kēmù	school subject/course, headings in account book, category of subjects
9	則	zé	then, in that case
10	相反	xiāngfǎn	opposite, contrary, reverse
11	科技	kējì	science and technology
12	另外	lìngwài	in addition, besides, moreover
13	不論	búlùn	no matter how/who/what/etc.
14	具有	jùyǒu	possess, have, be provided with
15	暴力	bàolì	violence, force
16	娛樂	yúlè	amusement, entertainment, recreation
17	胎兒時期	tāiérshíqí	the period during which an embryo develops
18	接觸	jiēchù	come into contact with, get in touch with, engage, contact
19	參考	cānkǎo	consult, refer to
20	判斷	pànduàn	judge, determine

二十三、老王賣瓜，自賣自誇
Lǎo wáng mài guā　zì mài zì kuā

㈠文章
wénzhāng

「老王賣瓜，自賣自誇」是一句常見的歇後
Lǎo wáng mài guā　zì mài zì kuā　shì yí jù chángjiàn de xiēhòu

語。意思是形容人喜歡誇耀自己的能力或本領。
yǔ　yìsi shì xíngróng rén xǐhuān kuāyào zìjǐ de nénglì huò běnlǐng

這句話的背後有個小故事。以前有一個人叫
zhèjù huà de bèihòu yǒu ge xiǎo gùshì　yǐqián yǒu yí ge rén jiào

王坡，因爲他很嘮叨，做起事來婆婆媽媽的，既擔
Wángpō yīnwèi tā hěn láodāo zuò qǐ shì lái pó pó mā mā de jì dān

心這個，又擔心那個，所以大家都叫他「王婆」。
xīn zhèige yòu dānxīn nàge suǒyǐ dàjiā dōu jiào tā Wángpó

王婆的工作是種瓜，這種瓜是外地來的，
Wángpó de gōngzuò shì zhòngguā zhèzhǒng guā shì wàidì lái de

樣子不太好看，但是吃起來非常甜。
yàngzi bú tài hǎokàn dànshì chīqǐlái fēicháng tián

王婆把種好的瓜拿到市場上賣，但是
Wángpó bǎ zhǒnghǎo de guā nádào shìchǎngshàng mài dànshì

因爲大家都沒看過這種奇怪樣子的瓜，所以
yīnwèi dàjiā dōu méi kànguò zhèzhǒng qíguài yàngzi de guā suǒyǐ

賣了好幾天，一顆都沒賣出去。王婆很著急，於
màile hǎo jǐ tiān yī kē dōu méi màichūqù Wángpó hěn zhāojí yú

是就開始大聲的介紹自己的瓜有多麼好吃，而
shì jiù kāishǐ dàshēng de jièshào zìjǐ de guā yǒu duóme hǎochī ér

且把瓜切開讓大家吃看看。剛開始大家都不太敢
qiě bǎ guā qiēkāi ràng dàjiā chīkànkàn gāng kāishǐ dàjiā dōu bú tài gǎn

吃，後來有個大膽的人吃了一口之後說：「這個瓜
chī hòulái yǒu ge dàdǎn de rén chīle yìkǒu zhīhòu shuō zhèige guā

好甜啊！跟蜂蜜一樣甜！」後來這件事一傳十，
hǎotián a gēn fēngmì yíyàng tián hòulái zhèjiàn shì yì chuán shí

十傳百，大家都知道王婆的瓜很好吃，王婆
shí chuán bǎi dàjiā dōu zhīdào Wángpó de guā hěn hǎochī Wángpó

的生意也越來越好了。
de shēngyì yě yuè lái yuè hǎo le

有一天，皇帝經過這個地方，看見 王婆 正
yǒu yìtiān huángdì jīngguò zhèige dìfāng　kànjiàn Wángpó zhèng

在介紹自己的瓜。而且 王婆看見了 皇帝也不害
zài jièshào zìjǐ de guā　érqiě Wángpó kànjiànle huángdì yě bú hài

怕，也跟　皇帝介紹 起自己的瓜。皇帝一吃之後非
pà　yě gēn huángdì jièshào qǐ　zìjǐ de guā huángdì yì chī zhīhòu fēi

常 開心，問　王婆：「你的瓜 這麼甜！爲什麼還
cháng kāixīn　wèn Wángpó　　nǐ de guā zhèmetián　wèishéme hái

要 努力的 向 大家介紹 呢？」王婆 説：「我這個瓜
yào nǔlì de xiàng dàjiā jièshào ne　Wángpó shuō　wǒ zhèige guā

是 外地來的，大家都 不認識，不介紹 的話 大家就不會
shì wàidì lái de　dàjiādōu búrènshì　bú jièshào de huà dàjiā jiù búhuì

買 了。」皇帝聽了之後 説：「這麼 好吃的瓜，眞
mǎi le　huángdì tīngle zhīhòu shuō　zhème hǎochī de guā　zhēn

是 誇得有 道理啊！」
shì kuā de yǒu dàolǐ a

(二)問題
wèntí

_____ 1. 爲什麼 剛 開始沒有人要買　王婆的
wèishéme gāng kāishǐ méiyǒu rén yào mǎi Wángpó de

瓜？
guā

(A) 王婆介紹瓜的聲音太小了

(B) 王婆的瓜不好吃

(C) 大家都不喜歡王婆

(D) 大家都不認識這種瓜

_____ 2. 關於 王婆 種 的瓜，哪一個是 錯 的？
guānyú Wángpó zhòng de guā nǎ yí ge shì cuò de

(A) 樣子不漂亮

(B) 是從外面地方來的

(C) 剛開始沒有人要買瓜

(D) 瓜不甜，所以要跟其他東西一起吃

_____ 3. 王 婆 是 怎麼 讓 大家喜歡 他的 瓜 的？
Wángpó shì zěnme ràng dàjiā xǐhuān tā de guā de

(A) 他跟大家大聲地介紹他的瓜

(B) 他請他的婆婆和媽媽來幫他賣瓜

(C) 他賣得特別便宜

(D) 他請皇帝來吃他的瓜

_____ 4.「一 傳 十，十 傳 百」是 什麼 意思？
yì chuán shí shí chuán bǎi shì shéme yìsi

(A) 客人一個一個來，東西賣得很好

(B) 一塊到十塊，十塊到一百塊，錢越來越多

(C) 一個人告訴一個人，很快最後大家都知道了

(D) 沒有客人，東西賣不出去越來越多

_____ 5.「婆 婆 媽 媽」是 什麼 意思？
pó pó mā mā shì shéme yìsi

(A) 很聰明，會想很多辦法解決問題

(B) 很會說話，可以讓很多人買自己東西

(C) 做事情的時候想很多，不容易做決定

(D) 做菜很厲害，就像媽媽一樣

_____ 6. 皇帝最後 說：「真 是 誇 得 有 道理阿！」
huángdì zuìhòu shuō zhēnshì kuā de yǒu dàolǐ a

是 什麼 意思？
shì shéme yìsi

(A) 瓜真的很好吃，但王婆不會說話，也不會介紹自己的瓜

(B) 瓜沒有王婆說的那麼好吃，所以王婆說錯話了

(C) 瓜好不好吃沒關係，他只是覺得王婆很會說話

(D) 瓜真的很好吃，所以王婆說的沒有錯

_____ 7. 下面 哪一件 事情 可以 說 它是「老 王 賣
xiàmiàn nǎyíjiàn shìqíng kěyǐ shuō tā shì Lǎo wáng mài

瓜，自 賣 自 誇」？
guā zì mài zì kuā

(A) 坐火車的時候，車掌（Conductor）跟大家說幾件重要
的事情，請大家注意安全

(B) 餐廳老闆說他店裡的每樣菜都很好吃

(C) 買完麵包之後，老闆跟你說希望你下次能再來他的店
買麵包

(D) 上課的時候老師跟同學介紹了一本好書

_____ 8. 哪 個 是 對 的？
nǎge shì duì de

(A) 王婆的瓜沒有他說的那麼好吃，所以後來大家都不買
他的瓜了

(B) 王婆的瓜看起來就很好吃，只是因為大家都不認識，
所以剛開始沒人買

(C) 皇帝也覺得王婆的瓜很好吃

(D) 王婆是個聰明的人，想到什麼事馬上就去做，不會想
太多

㈢生詞
shēngcí

	生詞	漢語拼音	解釋
1	老王賣瓜，自賣自誇	Lǎo wáng mài guā, zì mài zì kuā	to praise one's own work or wares
2	歇後語	xiēhòuyǔ	Chinese two-part allegorical sayings
3	形容	xíngróng	describe

	生詞	漢語拼音	解釋
4	誇耀	kuāyào	to brag about, to show off
5	能力	nénglì	ability, capability, might
6	本領	běnlǐng	capability, skill, ability
7	背後	bèihòu	behind, in the rear, behind
8	嘮叨	láodāo	chatter, be garrulous
9	婆婆媽媽	pó pó mā mā	to be garrulous (like old ladies)
10	擔心	dānxīn	to worry, feel anxious
11	瓜	guā	melon, gourd
12	外地	wàidì	place other than where one is
13	而且	érqiě	furthermore, besides, moreover
14	切	qiē	cut,slice
15	敢	gǎn	to dare
16	大膽	dàdǎn	audacious, bold, daring
17	蜂蜜	fēngmì	honey
18	一傳十，十傳百	yì chuán shí, shí chuán bǎi	news pass quickly from mouth to mouth, to spread far and wide
19	生意	shēngyì	business,trade
20	皇帝	huángdì	emperor
21	……的話	de huà	If….(?)
22	誇	kuā	to praise, to boast, brag
23	有道理	yǒu dàolǐ	it makes sense

二十四、誰是對的？
shéi shì duì de

㈠文章
wénzhāng

很久以前，中　國　有一位　很　有　名　的老師，他的
hěnjiǔ yǐqián Zhōngguó yǒu yíwèi hěn yǒumíng de lǎoshī　tā de

名字　叫做「孔子」。孔子讀了很　多　書，所以　他的　知識
míngzi jiàozuò Kǒngzǐ　　Kǒngzǐ dúle hěnduō shū　suǒyǐ tā de zhīshì

非　常　的　豐富，大家都　很　尊　敬他。有一天，他在路
fēicháng de fēngfù　dàjiā dōu hěn zūnjìng tā　yǒuyìtiān　tā zài lù

上　遇到了　兩個　正在　吵架的　小孩，他心裡覺得奇
shàng yùdàole liǎngge zhèngzài chǎojià de xiǎohái　tā xīnlǐ juéde qí

怪，於是就走過去問他們在吵什麼。
guài　yúshì jiù zǒuguòqù wèn tāmen zài chǎo shéme

其中　一個　小孩　說：「我覺得太陽　剛　出來的
qízhōng yí ge xiǎohái shuō　　wǒ juéde tàiyáng gāng chūlái de

時候離我們比較近，中　午的時候　才離我們　比較
shíhòu　lí wǒmen bǐjiào jìn　zhōngwǔ de shíhòu cái lí wǒmen bǐjiào

遠。」另一個小孩　覺得不對，他說：「我覺得是相
yuǎn　lìng yí ge xiǎohái juéde búduì　tā shuō　　wǒ juéde shì xiāng

反的，太陽　剛　出來的時候比較　遠，　中午的時候
fǎn de　tàiyáng gāng chūlái de shíhòu bǐjiào yuǎn　zhōngwǔ de shíhòu

比較近。」第一個　小孩聽了，馬上　回答：「不對阿！
bǐjiào jìn　　dì yī ge xiǎohái tīngle　mǎshàng huídá　　búduì a

太陽　剛　出來的時候大得　像　車蓋，中午的時候
tàiyáng gāng chūlái de shíhòu dàde xiàng chēgài　zhōngwǔ de shíhòu

就只有　盤子那麼大，這不　正　是近的　東西比較大，
jiù zhǐyǒu pánzi nàme dà　zhè bú zhèngshì jìn de dōngxi bǐjiào dà

遠　的　東西比較　小　的道理嗎？」另一個　小孩接著
yuǎn de dōngxi bǐjiào xiǎo de dàolǐ ma　　lìng yí ge xiǎohái jiēzhe

說：「可是早　上　的時候天氣比較　涼，中午的
shuō　　kěshì zǎoshàng de shíhòu tiānqì bǐjiào liáng　zhōngwǔ de

時候　天氣熱，這不是　遠　的太陽比較　涼，近的太陽
shíhòu tiānqì rè　zhè búshì yuǎn de tàiyáng bǐjiào liáng　jìn de tàiyáng

比較　熱的　道理嗎？」
bǐjiào rè de dàolǐ ma

這 兩個 小孩 沒有 辦法分出 勝負，於是他們
zhè liǎngge xiǎohái méiyǒu bànfǎ fēnchū shèngfù　yúshì tāmen

請 聰明 的 孔子來 評 評理。這樣 簡單 的 問題卻
qǐng cōngmíng de Kǒngzǐ lái píngpinglǐ　zhèyàng jiǎndān de wèntí què

把那時候的 孔 子給難 倒了，因爲以前 的科學 知識
bǎ nà shíhòu de Kǒngzǐ gěi nándǎo le　yīnwèi yǐqián de kēxué zhīshì

還不像 今天 這麼 豐富，所以 孔子很 難就 兩個
hái búxiàng jīntiān zhème　fēngfù　suǒyǐ Kǒngzǐ hěn nán jiù liǎngge

小孩各自的 想法，來判 定 誰是 誰非。孔子臉色
xiǎohái gèzì de xiǎngfǎ　lái pàndìng shéi shì shéi fēi　Kǒngzǐ liǎnsè

一沉，啞口無 言，兩個孩子看到 之後就 笑了起來，
yì chén　yǎ kǒu wú yán　liǎngge háizi kàndào zhīhòu jiù xiàole qǐlái

對著 孔子說：「大家都 說你懂 很多 知識，沒有
duìzhe Kǒngzǐ shuō　dàjiā dōu shuō nǐ dǒng hěnduō zhīshì　méiyǒu

你不知道的事情，原 來你也有 不懂 的地方啊！」
nǐ bù zhīdào de shìqíng yuánlái nǐ yě yǒu bùdǒng de dìfāng a

(二)問題
wèntí

_____ 1. 兩個 小孩 爲什麼 在 吵架？
liǎngge xiǎohái wèishéme zài chǎojià

(A) 他們不知道太陽什麼時候才會出現

(B) 他們不知道太陽什麼時候比較近，什麼時候比較遠

(C) 他們不知道太陽什麼時候會變得比較大

(D) 他們不知道太陽什麼時候比較涼，什麼時候比較熱

2. 有個小孩說：「太陽剛出來的時候大
yǒu ge xiǎohái shuō　tàiyáng gāng chūlái de shíhòu dà
得像車蓋，中午的時候就只有盤子那
de xiàng chēgài　zhōngwǔ de shíhòu jiù zhǐyǒu pánzi nà
麼大。」這是從太陽的什麼地方來說
me dà　　zhèshì cóng tàiyáng de shéme dìfāng lái shuō
的？
de
(A) 輕重
(B) 高低
(C) 大小
(D) 顏色

135

3. 有一個小孩說：「這不是近的東西比較
yǒu yíge xiǎohái shuō　zhè búshì jìn de dōngxi bǐjiào
大，遠的東西比較小的道理嗎？」因為他
dà yuǎn de dōngxi bǐjiào xiǎo de dàolǐ ma　　yīnwèi tā
覺得？
juéde
(A) 這個道理有問題
(B) 這是近的東西比較大，遠的東西比較小的道理
(C) 他完全不知道
(D) 這不是近的東西比較大，遠的東西比較小的道理

4. 孔子聽了兩個小孩的問題之後「臉色一
Kǒngzǐ tīngle liǎngge xiǎohái de wèntí zhīhòu liǎnsè yì
沉」，因為他？
chén　　yīnwèi tā
(A) 路上太多人了，孔子覺得很不好意思
(B) 覺得這個問題太難了
(C) 覺得小孩不應該問他這麼簡單的問題
(D) 心裡覺得很好笑，但又不能笑

_____ 5. 第22行 的「啞 口 無 言」是 什 麼 意思？
dì háng de yǎ kǒu wú yán shì shéme yìsi

(A) 孔子覺得這個問題太簡單了，他想讓小孩自己想

(B) 兩個小孩一直在說話，所以孔子沒有辦法說話

(C) 孔子很認真的在想這個問題

(D) 孔子不知道怎麼回答，說不出話來

_____ 6. 「難 倒」可以 放 進 哪一個 句子？
nándǎo kěyǐ fàngjìn nǎyíge jùzi

(A) 這兩個漢字這麼像，真是把我□□了。

(B) 真□□，你今天居然這麼早就起床了。

(C) 今天本來就不用上課，□□沒人告訴你嗎？

(D) 人都會犯錯，發生這種事是□□的。

_____ 7. 「兩 個 孩 子 看 到 之 後 笑 了 起 來」，「起 來」和
liǎngge háizi kàndào zhīhòu xiàole qǐ lái qǐlái hé

下 面 哪個 意思一 樣？
xiàmiàn nǎge yìsi yíyàng

(A) 快點起來，你要遲到了。

(B) 這件衣服你穿起來真漂亮

(C) 只因為一點小事情，他們居然在教室裡打了起來

(D) 他站了起來，把房間的門打開了

_____ 8. 哪個 是 對 的？
nǎge shì duì de

(A) 這件事情發生在教室裡

(B) 孔子解決了這個問題

(C) 這兩個小孩是孔子的學生

(D) 這兩個小孩的想法是相反的

(三)生 詞
shēngcí

	生詞	漢語拼音	解釋
1	有名	yǒumíng	well-known, famous
2	知識	zhīshì	knowledge
3	豐富	fēngfù	rich, abundant, plentiful
4	尊敬	zūnjìng	respect, honor, esteem
5	遇到	yùdào	to run into, encounter, meet
6	吵架	chǎojià	quarrel, have a row, spat
7	其中	qízhōng	among (which, them, etc.), in (which, it, etc.)
8	相反	xiāngfǎn	opposite, contrary, reverse
9	車蓋	chēgài	carriage cover
10	只有	zhǐyǒu	can only, have no choice but, to be forced to
11	道理	dàolǐ	reason, rationality, the right way
12	接著	jiēzhe	and then, after that
13	分	fēn	to distribute, allot
14	勝負	shèngfù	win and lose
15	評評理	píngpinglǐ	to say the point of view
16	想法	xiǎngfǎ	idea
17	難倒	nándǎo	to baffle, beat
18	科學	kēxué	science
19	就	jiù	with regard to, concerning
20	各自	gèzì	each, respective, oneself
21	是 / 非	shì / fēi	right and wrong
22	臉色一沉	liǎnsè yì chén	one's face [countenance] falls
23	啞口無言	yǎ kǒu wú yán	dumbstruck and unable to reply (idiom), left speechless at a loss for words

二十五、父親節的由來
fùqīnjié de yóulái

(一)文章
wénzhāng

　　父親節 是 感謝父親 的 節日。每個 國家父親節的日期
　　fùqīnjié shì gǎnxiè fùqīn de jiérì　　měige guójiā fùqīnjié de rìqí

都 不同，大多數 國家的父親節 是 在 六月 的 第三 個
dōu bùtóng　dàduōshù guójiā de fùqīnjié shì zài liùyuè de dì sān gē

禮拜日。
lǐbàirì

臺灣 的父親節則是 八 月八日，因為「爸爸」跟「八八」
Táiwān de fùqīnjié zé shì bāyuè bā rì　yīnwèi　bà ba　gēn　bābā

的 拼音很　像，所以父親節 又 叫做「爸爸節」或 是
de pīnyīn hěn xiàng suǒyǐ fùqīnjié yòu jiàozuò　bàba jié　huòshì

「八八節」。你的 國家 的父親節 是 什麼 時候 呢？你
bā bā jié　nǐ de guójiā de fùqīnjié shì shéme shíhòu ne　nǐ

知道 為什麼會 有 父親節嗎？
zhīdào wèishéme huì yǒu fùqīnjié ma

1909年，在美國 華　盛　頓 州（State of Washington）
nián　zài Měiguó Huáshèngdùn zhōu

斯波肯 市（Spokane），有一位 杜德夫人（Mrs. Dodd），
Sīpōkěn shì　yǒu yíwèi Dùdé fūrén

她在 參加完 教會舉辦 的 母親節 活 動 以後，有了一
tā zài cānjiā wán jiàohuì jǔbàn de mǔqīnjié huódòng yǐhòu　yǒule yí

個 念頭：為什麼 沒有 紀念 父親 的節日呢？
ge niàntóu　wèishéme méiyǒu jìniàn fùqīn de jiérì ne

杜德夫人十三 歲的 時候，她的 母親 過世了，杜德
Dùdé fūrén shísānsuì de shíhòu　tā de mǔqīn guòshì le　Dùdé

夫人和她的五個弟弟是 由 父親 威 廉‧斯馬特（William
fūrén hé tā de wǔge dìdi shì yóu fùqīn Wēilián　Sīmǎtè

Smart）一個人撫養　長 大 的。威廉‧斯馬特 在妻子
yí ge rén fǔyǎng zhǎngdà de　Wēilián　Sīmǎtè zài qīzǐ

過 世 以後，並 沒有 再娶。他白天 辛苦地工 作，晚
guòshì yǐhòu　bìng méiyǒu zài qǔ　tā báitiān xīnkǔ de gōngzuò　wǎn

上　回 到家不但 要 做家事，還要　照 顧家 中　每
shàng huí dào jiā búdàn yào zuò jiāshì　háiyào zhàogù jiāzhōng měi

一個 孩子。好不 容易，六個孩子 終 於 長 大 成
yí ge háizi　　hǎo bù róngyì　　liùge háizi zhōngyú zhǎng dà chéng

人，他卻積勞 成 疾，生 病 過世了。
rén　　tā què jī láo chéng jí　shēngbìng guòshì le

　　杜德 夫人 覺得自己的父親一個人父 兼 母職，非常
　　Dùdé fūrén　juéde zìjǐ de fùqīn yígerén fù jiān mǔ zhí　fēicháng

辛苦。遺憾 的 是，她來不及好 好 孝 順 父親，父親就
xīnkǔ　yíhàn de shì　tā láibù jí hǎohǎo xiàoshùn fùqīn　fùqīn jiù

過世了。在 參加完 教會的母親節 活 動 後，她特別
guòshì le　zài cānjiā wán jiàohuì de mǔqīn jié huódòng hòu　tā tèbié

地 想 念父親，她希望 一 年也 能 有一天 來紀念 全
de xiǎngniàn fùqīn　tā xīwàng yìnián yě néng yǒu yìtiān lái jìniàn quán

天下 偉大的父親。於是她 向 州 政府提議，設立
tiānxià wěidà de fùqīn　yúshì tā xiàng zhōuzhèngfǔ　tíyì　shèlì

「父親節」。因爲她的努力，她的意見 很 快地得到
fùqīnjié　yīnwèi tā de nǔlì　tā de yìjiàn hěn kuài de dédào

州 政府的 支持。1910年6月19日，斯波肯市 舉行了
zhōu zhèngfǔ de zhīchí　nián yuè rì　Sīpōkěnshì jǔxíngle

全 世界第一個父親節 慶 祝 活 動。這就是父親節 最早
quánshìjiè dì yī ge fùqīnjié qìngzhù huódòng zhè jiùshì fùqīnjié zuìzǎo

的 由來。
de yóulái

(二)問題
wèntí

————— 1. 從 第一 段 我們 可以知道 什麼 事 情？
cóng dì yī duàn wǒmen kěyǐ zhīdào shéme shìqíng

(A) 父親節的意思

(B) 父親節的由來

(C) 為什麼會有父親節

(D) 每個國家父親節的日期

————— 2. 為 什 麼 臺灣 的 父親節 是 八 月 八 號？
wèishéme Táiwān de fùqīnjié shì bā yuè bā hào

(A) 沒有特別的原因

(B) 臺灣的總統決定的

(C) 想跟其他國家的父親節不一樣

(D)「八八」跟「爸爸」唸起來差不多

————— 3.「她 在 參 加 完 教 會 舉辦 的 母 親 節 活 動
tā zài cānjiā wán jiàohuì jǔbàn de mǔqīnjié huódòng

以後，有了一個『念 頭』」，「念 頭」也 可以 換
yǐhòu yǒule yíge niàntóu niàntóu yě kěyǐ huàn

成 下 面 哪 一個詞？
chéng xiàmiàn nǎ yí ge cí

(A) 辦法

(B) 想法

(C) 意思

(D) 方法

————— 4. 小 明 說：「好 不 容 易，我 把 功 課 寫 完
Xiǎomíng shuō hǎo bù róngyì wǒ bǎ gōngkè xiě wán

了！」小 明 覺得寫 功課這件 事 情 怎麼
le Xiǎomíng juéde xiě gōngkè zhè jiàn shìqíng zěnme

樣？
yàng

(A) 很容易

(B) 不困難

(C) 不辛苦

(D) 不簡單

_____ 5. 第 三 段 沒有 告訴我們 什麼？
dì sān duàn méiyǒu gàosù wǒmen shéme

(A) 杜德夫人有五個弟弟

(B) 杜德夫人的母親13歲過世

(C) 威廉‧斯馬特先生只有一個太太

(D) 威廉‧斯馬特先生一個人照顧孩子

_____ 6. 哪一個不是 威廉‧斯馬特做 的 事 情？
nǎ yí ge búshì Wēilián Sīmǎtè zuò de shìqíng

(A) 做家事

(B) 辛苦地工作

(C) 照顧六個孩子

(D) 提議設立「父親節」

_____ 7. 「舉行」這 個詞不 可以 放 進去 下面 哪個□□
jǔxíng zhèige cí bù kěyǐ fàng jìnqù xiàmiàn nǎge

裡面？
lǐmiàn

(A) 運動會在操場□□。

(B) 學校的活動中心正在□□比賽。

(C) 她要結婚了，她準備在五月□□婚禮。

(D) 這個活動我們□□過好多次，交給我們一定沒問題。

_____ 8. 哪個 正 確？
nǎge zhèngquè

(A) 杜德夫人有六個孩子

(B) 杜德夫人提議設立「母親節」

(C) 州政府不支持杜德夫人的提議

(D) 第一個父親節慶祝活動在1910年舉行

(三) 生詞
shēngcí

	生詞	漢語拼音	解釋
1	父親節	fùqīnjié	Father's day
2	由來	yóulái	origin, cause
3	則	zé	then, in that case
4	夫人	fūrén	Lady, Madame, Mrs.
5	教會	jiàohuì	(Christian) church
6	舉辦	jǔbàn	conduct, hold, run
7	念頭	niàntou	thought, idea, intention
8	紀念	jìniàn	commemorate, mark
9	去世	qùshì	die, pass away
10	由	yóu	from, via, by, through, owing/due to
11	撫養	fǔyǎng	foster, raise, bring up
12	妻子	qīzǐ	wife
13	娶	qǔ	take a wife
14	長大成人	zhǎng dà chéngrén	to become a grown-up
15	積勞成疾	jī láo chéng jí	to break down from constant overwork
16	父兼母職	fù jiān mǔ zhí	single father
17	遺憾	yíhàn	regret, pity
18	來不及	láibùjí	be too late to do sth.
19	孝順	xiàoshùn	show filial obedience
20	偉大	wěidà	great, mighty
21	於是	yúshì	thereupon, hence, consequently, as a result

	生詞	漢語拼音	解釋
22	州政府	zhōuzhèngfǔ	state government
23	提議	tíyì	propose, suggest
24	支持	zhīchí	support, stand by, back up

本文參考資料：

http://www.christianstudy.com/data/feast/father01.html（父親節的來源）

http://zh.wikipedia.org/wiki/%E7%88%B6%E8%A6%AA%E7%AF%80
　　（維基百科─父親節介紹）

http://www.fhl.net/main/fatherday/father01.htm（父親節的由來。作者：徐千祐）

二十六、難寫的 萬字
nán xiě de wàn zì

㈠文章
wénzhāng

　　某 個　鄉 村裡 有一位　姓「萬」的 老 先 生。他非
　mǒu ge　xiāngcūnlǐ yǒu yíwèi xìng　wàn　 de lǎo xiānsheng tā fēi

常　有 錢，但是他卻是 文 盲，家裡世世代 代 都 沒
cháng yǒu qián dànshì tā quèshì wénmáng　jiālǐ shì shì dài dài dōu méi

有 讀過 書，所以也 不會寫字。有一天，他覺得這 樣
yǒu dúguò shū　suǒyǐ　yě búhuì xiě zì　 yǒu yìtiān　 tā juéde zhèyàng

下去不是辦法，因爲他連最簡單的字「之、也」都不
xiàqù búshì bànfǎ　yīnwèi tā lián zuì jiǎndān de zì　zhī　yě　dōu bú

認識。這樣做起事來非常不方便，鄰居也常
rènshì　zhèyàng zuò qǐ shì lái fēicháng bù fāngbiàn　lín jū yě cháng

常笑他們，所以他決定要讓兒子念書寫字。
cháng xiào tāmen　suǒyǐ tā juédìng yào ràng érzi niànshū xiězì

有一年，老先生請了一個外地老師來教他的
yǒu yìnián　lǎo xiānsheng qǐngle yíge　wàidì lǎoshī lái jiāo tā de

兒子寫字。第一天，老師用毛筆在紙上寫了一個
érzi xiězì　dì yītiān　lǎoshī yòng máobǐ zài zhǐshàng xiěle yí ge

「一」字，教兒子這是「一」。兒子覺得很有意思，所
yī　zì　jiāo érzi zhèshì　yī　érzi juéde hěn yǒu yìsi　suǒ

以牢牢記住了。第二天，老師在紙上寫了一個「二」
yǐ láoláo jìzhù le　dì èrtiān　lǎoshī zài zhǐshàng xiěle yí ge　èr

字，教兒子說這是「二」，兒子這次面無表情，但
zì　jiāo érzi shuō zhèshì　èr　érzi zhècì miàn wú biǎoqíng　dàn

也記住了。到了第三天，老師教了一個「三」字。兒子
yě jìzhù le　dào le dìsāntiān　lǎoshī jiàole yí ge　sān　zì　érzi

突然覺得很高興，書包也沒帶上，就趕快跑回
túrán juéde hěn gāoxìng　shūbāo yě méi dàishàng　jiù gǎnkuài pǎo huí

家裡。兒子跟老先生說：「爸爸，寫字實在很簡
jiālǐ　érzi gēn lǎo xiānsheng shuō　bà ba　xiězì shízài hěn jiǎn

單，你不用再浪費錢請那位老師了，還是把老師
dān　nǐ búyòng zài làngfèi qián qǐng nà wèi lǎoshī le　háishì bǎ lǎoshī

辭退了吧！」老先生看到兒子這麼聰明，就高
cítuì le ba　lǎo xiānsheng kàndào érzi zhème cōngmíng　jiù gāo

興 的 照 著他的話 做了。
xìng de zhàozhe tā de huà zuò le

　　過了幾天，老 先 生 想 要 請 他的 朋 友 到家
　　guòle jǐ tiān lǎo xiānsheng xiǎng yào qǐng tā de péngyǒu dào jiā

裡吃飯，於是 叫他的兒子寫一 張 卡片。過了半 天，
lǐ chīfàn yúshì jiào tā de érzi xiě yìzhāng kǎpiàn guòle bàntiān

兒子還 沒 完 成，他便 過去 看看 情 況。一進 門，就
érzi hái méi wánchéng tā biàn guòqù kànkàn qíngkuàng yí jìnmén jiù

看到兒子拿著一把 沾了墨汁的 梳子在紙 上 畫著，
kàndào érzi názhe yì bǎ zhānle mòzhī de shūzi zài zhǐshàng huàzhe

煩 惱 地 說：「爲什 麼我們 要 姓 萬呢？這把梳子
fánnǎo de shuō wèishéme wǒmen yào xìng wàn ne zhè bǎ shūzi

一次可以寫二十 多 畫，我 從 早 寫到 現在，手 都
yí cì kěyǐ xiě èrshí duō huà wǒ cóng zǎo xiědào xiànzài shǒu dōu

痠了還 沒寫到 三 千畫呢！」
suānle hái méi xiědào sānqiān huà ne

(二)問題
wèntí

_____ 1. 第二天 老 師 教「二」 這 個字的 時候，兒子的心
dì èrtiān lǎoshī jiào èr zhèige zì de shíhòu érzi de xīn
情 怎麼 樣？
qíng zěnme yàng
(A) 很緊張
(B) 覺得很有意思
(C) 太難了，記不住
(D) 覺得沒有意思

_____ 2. 為什麼兒子一直寫不完「萬」字？
wèishéme érzi yìzhí xiěbùwán wàn zì
(A) 老師教錯了，所以寫不好
(B) 老師教「萬」字的時候，兒子沒去上課
(C) 他不想幫爸爸寫卡片
(D) 兒子把「萬」字寫錯了

_____ 3. 為什麼老先生不繼續讓老師教兒子寫
wèishéme lǎo xiānsheng bú jìxù ràng lǎoshī jiào érzi xiě
字？
zì
(A) 兒子太笨，所以老師不想教了
(B) 老先生沒有錢可以讓老師教兒子了
(C) 他覺得兒子很聰明，所以不用學習了
(D) 老師教的不好，所以老先生要換新的老師

_____ 4. 如果要寫「五」字，你覺得兒子會寫成什
rúguǒ yào xiě wǔ zì nǐ juéde érzi huì xiěchéng shé
麼樣子？
me yàngzi
(A) 五
(B)
─────
─────
─────
(C) 5
(D)

_____ 5. 「老先生『請』了一個外地老師」的「請」和
lǎo xiānsheng qǐngle yíge wàidì lǎoshī de qǐng hé
下面哪個是一樣的？
xiàmiàn nǎge shì yíyàng de
(A) 這間醫院最近新請了三位醫生
(B) 這麼久沒見了，這頓飯我請你吧！
(C) 這是我自己做的餅乾，請你吃
(D) 可以請你幫我一個忙嗎？

_____ 6. 這 樣 下去「不是 辦法」，是 什 麼 意思？
zhèyàng xiàqù búshì bànfǎ shì shéme yìsi
　　(A) 想出來的方法沒有用
　　(B) 想不出方法
　　(C) 不好、不行的意思
　　(D) 找不到人幫忙

_____ 7. 這個 故 事 告 訴我們 什麼？
zhèige gùshì gàosù wǒmen shéme
　　(A) 念書的重要，一定要讓自己的孩子唸書，才不會被人笑
　　(B) 學習不能只學一半，必須認真、好好地學習才能學得好
　　(C) 好的老師很重要，只要老師教的好，回家不用念書也可以
　　(D) 錢的重要，有錢才能有好的老師，這樣才能學得好

_____ 8. 哪 個 是 對 的？
nǎge shì duì de
　　(A) 因為老先生沒有錢，所以不能讓他的孩子念書
　　(B) 老師從「一」教到「十」字，兒子都學很好
　　(C) 因為兒子太笨了一直學不好，所以老先生就不讓老師繼續教兒子寫字了
　　(D) 兒子不會寫萬字，不是老師教的不好，是因為兒子沒有好好地學習下去

(三)生詞
shēngcí

	生詞	漢語拼音	解釋
1	鄉村	xiāngcūn	village, countryside, rural area
2	文盲	wénmáng	illiterate
3	世世代代	shì shì dài dài	for generations

	生詞	漢語拼音	解釋
4	不是辦法	búshì bànfǎ	won't do, won't make it, will not play the trick
5	連	lián	to include even
6	鄰居	línjū	neighbor
7	外地	wàidì	other places, parts of the country other than where one is
8	毛筆	máobǐ	a Chinese writing brush
9	牢牢（的）	láoláo (de)	firmly
10	記住	jìzhù	remember, learn by heart, bear in mind
11	面無表情	miàn wú biǎoqíng	straightfaced, expressionless
12	突然	túrán	suddenly, abruptly
13	浪費	làngfèi	waste, squander
14	請	qǐng	to employ, to hire
15	辭退	cítuì	to dismiss, to fire, to discharge
16	照	zhào	according to, in accordance with, towards
17	完成	wánchéng	to accomplish, to complete, to fulfill
18	情況	qíngkuàng	circumstances, situation
19	沾	zhān	moisten, soak, be stained with, touch
20	墨汁	mòzhī	chinese ink
21	梳子	shūzi	comb
22	煩惱	fánnǎo	vexed, worried
23	畫（筆畫）	huà (bǐhuà)	stroke
24	痠	suān	muscular pains

參考出處：http://www.minghui-school.org/school/article/2009/10/5/79377.html

（網站名：明慧學校）

二十七、杞人憂 天
qǐ rén yōu tiān

㈠文 章
wénzhāng

　　從 前，有個 住 在 杞國 的 人，他 常　常　擔 心一
　　cóngqián　yǒu ge zhù zài Qǐguó de rén　tā chángcháng dānxīn yì

些 奇怪 的 事 情。例如，他 曾 經 擔 心 天 空 會 塌下
xiē qíguài de shìqíng　lìrú　tā céngjīng dānxīn tiānkōng huì tāxià

來。他 覺得，如果 天 空 塌下來了，在 天 空 下 面 的
lái　tā juéde　rú guǒ tiānkōng tāxiàlái le　zài tiānkōng xiàmiàn de

人 還可以逃到 哪裡去呢？人如果 這 樣 就被天 空 壓
rén hái kěyǐ táodào nǎlǐ qù ne　rén rúguǒ zhèyàng jiù bèi tiānkōng yā

死了，不是 很可憐 嗎？他因爲太煩惱 天 空 會塌下
sǐ le　búshì hěn kělián ma　tā yīnwèi tài fánnǎo tiānkōng huì tāxià

來這件 事 情，所以每天 都 睡不著 覺，飯也吃不
lái zhèjiàn shìqíng　suǒyǐ měitiān dōu shuìbùzháo jiào　fàn yě chībú

下。他的 朋 友 看到他臉色 憔悴、精 神 不 好，就問
xià　tā de péngyǒu kàndào tā liǎnsè qiáocuì　jīngshén bù hǎo　jiùwèn

他發 生 了什麼 事 情。知道 原因以後，他的 朋 友
tā fāshēngle shéme shìqíng　zhīdào yuányīn yǐhòu　tā de péngyǒu

安慰他：「天 空其實就是一堆 空氣，空氣無 所不
ānwèi tā　tiānkōng qíshí jiùshì yìduī kōngqì　kōngqì wú suǒ bú

在，我們 現 在就是在 空氣裡呼吸、走 動。你怎麼 會
zài　wǒmen xiànzài jiùshì zài kōngqìlǐ hūxī　zǒudòng nǐzěnme huì

擔心 空氣掉下來呢？」
dānxīn kōngqì diàoxiàlái ne

杞國人聽了以後，不但 沒有 放心，反而又 想
Qǐguórén tīngle yǐhòu　búdàn méiyǒu fàngxīn　fǎnér yòu xiǎng

到，如果 天 空 只是一堆 空氣，那麼 怎麼 可以支 撐
dào　rúguǒ tiānkōng zhǐshì yì duī kōngqì　nàme zěnme kěyǐ zhīchēng

住 星 星、月 亮、太 陽 的 重 量 呢？星 星、月 亮、
zhù xīngxing yuèliàng tàiyáng de zhòngliàng ne xīngxing yuèliàng

太 陽 會不會 掉下來？如果 走 在路上 被 掉下來的
tàiyáng huì bú huì diàoxiàlái　rúguǒ zǒu zài lùshàng bèi diàoxiàlái de

星 星、月 亮、太 陽 打到了，該 怎麼辦 呢？他的 朋
xīngxing yuèliàng tàiyáng dǎdào le　gāi zěnmebàn ne　tā de péng

友 聽 了，又 告訴他：「星 星、月 亮、太陽 只是 空
yǒu tīng le　　yòu gàosù tā　　xīngxing　yuèliàng　tàiyáng zhǐshì kōng

氣 中 的 光 線，光 線 掉下來也不會 怎麼樣
qì zhōng de guāngxiàn guāngxiàn diàoxiàlái yě búhuì zěnmeyàng

啊！」聽 了 朋 友 的 話 以後，杞國人 覺得比較 放心
a　　　tīngle péngyǒu de huà yǐhòu　Qǐguórén juéde bǐjiào fàngxīn

了。不過 之後他又 想 到了很多奇怪 的問題，又因
le　búguò zhīhòu tā yòu　xiǎngdàole hěnduō qíguài de wèntí　yòu yīn

爲 這樣 常 常 擔心 得吃不下飯、睡不 著 覺。後
wèi zhèyàng chángcháng dānxīn de chībúxià fàn　shuìbùzháo jiào　hòu

來的人就 根據 這個故事，濃 縮 成「杞人 憂 天」這
lái de rén jiù gēnjù zhèige gùshì　nóngsuō chéng　Qǐ rén yōu tiān　zhèi

個 成 語，來比喻 爲了不必要 的問題 擔心的 狀 況。
ge chéngyǔ　lái bǐyù wéile bú bìyào de wèntí dānxīn de zhuàngkuàng

(二)問題
wèntí

——— 1. 杞 國 人 沒有 擔 心 過 什麼事 情？
Qǐguórén méiyǒu dānxīn guò shéme shìqíng
　　(A)吃不下飯
　　(B)天空塌下來
　　(C)被天空壓死
　　(D)被月亮打到

——— 2.「天 空 塌下來」這 句話 中 的「塌」，換
tiānkōng tāxiàlái　zhè jù huà zhōng de　tā　huàn
　　　成 哪個字以後，句子的意思 差不 多？
chéng nǎge zì yǐhòu　jùzi de yìsi chàbùduō

(A) 掉

(B) 打

(C) 丟

(D) 跌

_____ 3. 「下來」不可以 放 進去哪個 句子的□□裡面？
　　 xiàlái　bù kěyǐ fàng jìnqù nǎge jùzi de　　lǐmiàn

(A) 請你把車停□□，我想要下車。

(B) 雨欣很難過，她的眼淚流了□□。

(C) 下雨了，你留□□吃個飯再回家吧！

(D) 我知道這個藥很苦，但是還是請妳吃□□。

_____ 4. 「空 氣 無 所 不 在」的 意思 是？
　　 kōngqì wú suǒ bú zài　de yìsi shì

(A) 沒有空氣

(B) 到處都有空氣

(C) 有些地方有空氣，有些地方沒有空氣

(D) 上面的答案都不對

_____ 5. 第二 段 在 說 什麼？
　　 dì èr duàn zài shuō shé me

(A) 杞國人被太陽打到了

(B) 杞國人不擔心天空塌下來了

(C) 杞國人的朋友也怕被月亮打到

(D) 杞國人擔心天上的星星掉下來

_____ 6. 第三 段 告訴 我 們 什麼？
　　 dì sān duàn gàosù wǒmen shéme

(A) 天空就是一堆空氣

(B) 杞國人睡得著、吃得下飯了

(C) 被掉下來的月亮打到該怎麼辦

(D) 杞國人還是常常擔心其他事情

———— 7. 關於杞國人在文章 每一段 的心情，
guānyú Qǐguórén zài wénzhāng měi yí duàn de xīnqíng

下面哪一個 正 確？
xiàmiàn nǎ yí ge zhèngquè

⒜第一段：擔心；第二段：擔心；第三段：放心。

⒝第一段：擔心；第二段：放心；第三段：擔心。

⒞第一段：擔心；第二段：擔心；第三段：擔心。

⒟第一段：擔心；第二段：放心；第三段：放心。

———— 8. 關於這 篇 文 章，下 面 哪個不對？
guānyú zhè piān wénzhāng xiàmiàn nǎge búduì

⒜杞國人最後被天空壓死了

⒝杞國人常常擔心一些奇怪的事情

⒞這篇文章說的是「杞人憂天」成語的由來

⒟杞國人的朋友覺得星星、月亮、太陽只是空氣中的光
線

㈢生詞
shēngcí

	生詞	漢語拼音	解釋
1	杞國	Qǐguó	Qi, a minor feudal state, appears in Chinese history from the beginning of the Shang Dynasty (16th c. BCE) until the beginning of the Warring States Period.
2	曾經	céngjīng	once, ever
3	天空	tiānkōng	sky, heaven
4	塌	tā	collapse, droop, settle down
5	逃	táo	escape, flee, evade, shirk
6	壓	yā	press, push/hold down, control, quell
7	可憐	kělián	have pity on, pity

	生詞	漢語拼音	解釋
8	煩惱	fánnǎo	vexed, worried
9	臉色	liǎnsè	complexion, look, facial expression
10	憔悴	qiáocuì	wan and sallow
11	安慰	ānwèi	comfort, console
12	堆	duī	collective measure word for : (1) a large number of people gathering together; (2) a mass of things in piles.
13	無所不在	wú suǒ bú zài	omnipresent
14	呼吸	hūxī	breathe, respire
15	反而	fǎnér	on the contrary, instead
16	支撐	zhīchēng	prop up, keep up
17	重量	zhòngliàng	weight
18	光線	guāngxiàn	light, ray
19	之後	zhīhòu	later, behind, at the back of, after
20	根據	gēnjù	on the basis of, according to
21	濃縮	nóngsuō	condense
22	成語	chéngyǔ	set phrase, idiom
23	比喻	bǐyù	metaphor, analogy
24	必要	bìyào	necessary, indispensable
25	狀況	zhuàngkuàng	condition, state (of affairs)

二十八、微笑
wéixiào

(一)文章
wénzhāng

你喜歡 微笑 嗎？
nǐ xǐhuān wéixiào ma

你知道「微笑」這個 動作 會 影響 你的心情
nǐ zhīdào wéixiào zhèi ge dòngzuò huì yǐngxiǎng nǐ de xīnqíng

嗎？有 兩位 美國 學者 曾經 做過 一個研究，他們
ma yǒu liǎngwèi Měiguó xuézhě céngjīng zuò guò yí ge yánjiù tāmen

把參加研究的人分 成 兩組，
bǎ cānjiā yánjiù de rén fēnchéng liǎngzǔ

要求 兩組的人都咬著 鉛筆
yāoqiú liǎngzǔ de rén dōu yǎozhe qiānbǐ

觀 賞 卡通 影 片。
guānshǎng kǎtōng yǐngpiàn

他們 希望A組的人一邊 微笑
tāmen xīwàng zǔ de rén yìbiān wéixiào

一邊 看 卡通，所以 請A組的
yìbiān kàn kǎtōng suǒyǐ qǐng zǔ de

人 用 牙齒咬 住 鉛筆。他們
rén yòng yáchǐ yǎozhù qiānbǐ tāmen

希望B組的人不要 笑 著 看卡
xīwàng zǔ de rén búyào xiàozhe kàn kǎ

通，所以他們 請B組的人 用 嘴
tōng suǒ yǐ tāmen qǐng zǔ de rén yòng zuǐ

唇 含 著 鉛筆，這 樣B組的人 就
chún hánzhe qiānbǐ zhèyàng zǔ de rén jiù

沒有 辦法微笑。等 兩組的人看 完卡通以後，他
méiyǒu bànfǎ wéixiào děng liǎngzǔ de rén kànwán kǎtōng yǐhòu tā

們 問A、B兩組看 完卡通 的 感覺，結果A組的人 都
men wèn liǎngzǔ kàn wán kǎtōng de gǎnjué jiéguǒ zǔ derén dōu

認爲卡通 影 片 很 好 笑，B組的人 就 不那麼 覺得。
rènwéi kǎtōng yǐngpiàn hěn hǎo xiào zǔ de rén jiù bú nàme juéde

還有 研究 顯示，微笑 能 讓你的大腦 釋放 出
háiyǒu yánjiù xiǎnshì wéixiào néng ràng nǐ de dànǎo shìfàng chū

讓你「感覺 良 好」的化學 物質—「腦內啡」
ràng nǐ gǎnjué liánghǎo de huàxué wùzhí nǎonèifēi

（endorphin），這 種 物質不但 能 讓你有快樂的
zhè zhǒng wùzhí búdàn néng ràng nǐ yǒu kuàilè de

感覺，而且還能 稍微 減輕 身體上 的 疼痛。常
gǎnjué érqiě hái néng shāowéi jiǎnqīng shēntǐ shàng de téngtòng cháng

常 笑的人看起來也 比較 年輕，也會有比較 多
cháng xiào de rén kàn qǐ lái yě bǐ jiào niánqīng yě huì yǒu bǐjiào duō

的 朋 友，因爲 跟他 相 處 很 開心，所以大家 都喜
de péngyǒu yīnwèi gēn tā xiāngchǔ hěn kāixīn suǒyǐ dàjiā dōu xǐ

歡 跟他交 朋 友。
huān gēn tā jiāo péngyǒu

英 國 的心理學家還 做 過一個實驗，他們 讓 參
Yīngguó de xīnlǐxuéjiā hái zuòguò yíge shíyàn tāmen ràng cān

加實驗的男 生、女生 看四種 照片，第一 種
jiā shíyàn de nánshēng nǔshēng kàn sìzhǒng zhàopiàn dì yī zhǒng

是「看 著你但是不笑」，第二 種 是「雖然 笑 了，
shì kànzhe nǐ dànshì bú xiào dì èr zhǒng shì suīrán xiào le

但是 沒 看你」，第三 種 是「不笑 也不看 著
dànshì méi kàn nǐ dì sān zhǒng shì bú xiào yě bú kànzhe

你」，最後 一種 照片是「邊 微笑 邊 看著你」。
nǐ zuìhòu yìzhǒng zhàopiàn shì biān wéixiào biān kànzhe nǐ

心理學家發現，大部分 參加實驗 的人 都覺得，第四
xīnlǐxuéjiā fāxiàn dà bùfèn cānjiā shíyàn de rén dōu juéde dì sì

種 照 片 中 的人 對他們 來 說 最有 魅力。人都
zhǒng zhàopiànzhōng de rén duì tāmen lái shuō zuìyǒu mèilì rén dōu

會 被 面 帶 笑 容 的 人 吸引，所以 多　微笑　還 可以 讓
huì bèi miàn dài xiàoróng de rén xīyǐn　suǒyǐ duō wéixiào hái kěyǐ ràng

你 更 有 魅力、更 有 吸引力 呢！
nǐ gèngyǒu mèilì　gèngyǒu　xīyǐnlì ne

　　既然 微笑 的 好處 這麼 多，看 到 這裡 的 你，不
　　jìrán wéixiào de hǎochù zhème duō　kàndào zhèlǐ de nǐ　bù

如 現在 就 笑 一個 吧！☺
rú xiànzài jiù xiào yíge ba

(二)問題
wèntí

_____ 1. 關 於 第 一 段，下 面 哪 一個 不 對？
guānyú dì yī duàn xiàmiàn nǎ yíge búduì

(A) 告訴我們美國學者做的研究

(B) 學者把參加研究的人分成兩組

(C) 一組的人看卡通要微笑，一組的人不用

(D) 不笑的那一組覺得卡通很好笑

_____ 2. 第一個 研究　中，B組 的 人 看 完 卡通　影片
dì yī ge yánjiùzhōng　zǔ de rén　kànwán kǎtōng yǐngpiàn

以後 的 感覺 怎麼 樣？
yǐhòu de gǎnjué zěnmeyàng

(A) 卡通影片很好笑

(B) 卡通影片不那麼好笑

(C) B組的人沒有看卡通影片

(D) B組的感覺跟A組的感覺一樣

_____ 3. 哪 一個 不是 文 章 中　說 到 的 常
nǎ yíge búshì wénzhāngzhōng　shuōdào de cháng

常　微笑 的 好處？
cháng wéixiào de hǎochù

(A) 考試成績進步

(B) 會有快樂的感覺

(C) 看起來比較年輕

(D) 減輕身體上的疼痛

——— 4. 第 三 段 告 訴 我 們 什 麼 ？
dì sān duàn gàosù wǒmen shéme

(A) 微笑會影響心情

(B) 英國心理學家的實驗內容

(C) 微笑的時候大腦會釋放腦內啡

(D) 看著你但是不笑的人，很有吸引力

——— 5. 英 國 的 心 理 學 家 覺 得 哪 種 人 比 較 有 魅
Yīngguó de xīnlǐxuéjiā juéde nǎzhǒng rén bǐjiào yǒu mèi
力？
lì

(A)

笑了但是沒看你

(B)

不笑也不看著你

(C)

邊微笑邊看著你

(D)

看著你但是不笑

——— 6. 下 面 哪 個 句 子 有 問 題 ？
xiàmiàn nǎge jùzi yǒu wèntí

(A) 我不但不吃蘋果，還要吃香蕉。

(B) 這篇文章不但寫了美國的實驗，還寫了英國的實驗。

(C)我打破杯子，媽媽不但沒生氣，還問我有沒有受傷。

(D)常常微笑的人不但看起來比較年輕，還會有比較多的朋友。

_____ 7. 文 章 最 後 一 段 希 望 讀 者 做 什 麼？
wénzhāng zuìhòu yíduàn xīwàng dúzhě zuò shéme

(A)現在就微笑

(B)看懂文章以後再微笑

(C)看完文章以後不要微笑

(D)把文章看完以後才可以微笑

_____ 8. 關 於 這 篇 文 章，下 面 哪 個 不 對？
guānyú zhèpiān wénzhāng xiàmiàn nǎge búduì

(A)微笑可以增加吸引力

(B)看卡通影片可以幫助你微笑

(C)這篇文章說了很多微笑的好處

(D)這篇文章告訴我們兩個關於微笑的實驗

(三)生詞 shēngcí

	生詞	漢語拼音	解釋
1	微笑	wéixiào	smile
2	動作	dòngzuò	demeanor, motion, behavior, performance, operation, looseness, agency, gesticulation, movement, comportment, business, action
3	學者	xuézhě	scholar
4	曾經	céngjīng	once, ever
5	咬	yǎo	bite, snap at
6	觀賞	guānshǎng	watch, view
7	卡通	kǎtōng	cartoon

	生詞	漢語拼音	解釋
8	影片	yǐngpiàn	film, movie
9	嘴唇	zuǐchún	lips
10	含	hán	keep in mouth
11	顯示	xiǎnshì	show, display, demonstrate, manifest
12	大腦	dànǎo	cerebrum
13	釋放	shìfàng	release, set free
14	良好	liánghǎo	good, well
15	化學	huàxué	chemistry
16	物質	wùzhí	matter, substance, material
17	腦內啡	nǎonèifēi	endorphin
18	稍微	shāowéi	slightly, a bit
19	減輕	jiǎnqīng	lighten, ease, mitigate
20	疼痛	téngtòng	a pain
21	相處	xiāngchǔ	get along (with one another)
22	實驗	shíyàn	experiment, test
23	魅力	mèilì	glamor, charm, enchantment
24	吸引力	xīyǐnlì	attraction, lure, attractive power
25	不如	bùrú	it would be better to

參考資料

1. http://www.books.com.tw/exep/prod/booksfile.php?item=0010490714
（博客來書籍館—《秒殺緊張》書籍內容簡介）
2. 聯合新聞網 2008/09/09（情場得意關鍵：一盯二笑三告白）

二十九、聰 明 的 使者
cōngmíng de shǐzhě

(一)文 章
wénzhāng

　從 前，有一個 國家有一個 很 特別 的 習俗。這個
cóngqián　yǒu yíge　guójiā yǒu yíge　hěn　tèbié de xísú　　zhèige

國家規定 所有 的人在 國王 的宴席 上 吃飯 時，
guójiā guīdìng suǒyǒu de rén zài guówáng de yànxíshàng　chīfàn shí

都不能 翻動 盤子裡的菜，只能 吃最 上 面 的部
dōu bùnéng fāndòng　pánzilǐ de cài　zhǐnéng chī zuì shàngmiàn de bù

分。有一天，有一個外國 的 使者 來到 這個 國家，國
fèn　yǒu yìtiān　yǒu　yíge wàiguó de shǐzhě láidào zhèige guójiā　guó

王 因爲要 歡迎 他，所以 準備了好吃的宴席要
wáng yīnwèi yào huānyíng tā　suǒyǐ zhǔnbèile hǎochī de yànxí yào

好好 招待他。
hǎohǎo zhāodài tā

但是在吃飯的時候，卻發 生了一件 事情。原來
dànshì zài chīfàn de shíhòu　què fāshēngle yíjiàn shìqíng　yuánlái

這個使者 因爲以前 沒來過 這個 王國，不知道
zhèige shǐzhě yīnwèi yǐqián méi láiguò zhèige wángguó　bù zhīdào

這個習俗，所以他在 吃飯 的 時候，把吃完 一面 的 魚
zhèige xí sú　suǒyǐ tā zài chīfàn de shíhòu　bǎ chīwán yímiàn de yú

翻了過去。旁 邊 的人看到以後非常 生氣，對國
fānle guòqù　pángbiān de rén kàndào yǐhòu fēicháng shēngqì　duì guó

王 説：「國 王，他這樣 做很 不禮貌！以前 從來
wáng shuō　guówáng tā zhèiyàng zuò hěn bù lǐmào　yǐqián cónglái

沒有人敢這 樣 做，您必須處死他！」國王 看著
méiyǒu rén gǎn zhèyàng zuò　nín bìxū chǔsǐ tā　guówáng kànzhe

使者 説：「今天 我一定要 處死你，否則其他人 就會
shǐzhě shuō　jīntiān wǒ yídìng yào chǔ sǐ nǐ　fǒuzé qítā rén jiùhuì

嘲 笑我。但是看在你們 和我們 的 國家有 很好的
cháoxiào wǒ　dànshì kànzài nǐmen hé wǒmen de guójiā yǒu hěnhǎo de

關係，在你死之前，你可以 向 我 請求一件 事，我一
guānxì　zài nǐ sǐ zhīqián　nǐ kěyǐ xiàng wǒ qǐngqiú yíjiàn shì　wǒ yí

定會 幫 你做到。」
dìng huì bāng nǐ zuòdào

使者 想了想，説：「好，那麼我 有一個小 小 的
shǐzhě xiǎngle xiǎng shuō hǎo nàme wǒ yǒu yígexiǎoxiǎo de

請求。」國 王 説：「沒 問題！除了讓 你活 命 的
qǐngqiú guówáng shuō méi wèntí chúle ràng nǐ huómìng de

請求，我 都可以答應你。」使者 説：「我希望 在
qǐngqiú wǒ dōu kěyǐ dāyìng nǐ shǐzhě shuō wǒ xīwàng zài

我死之前，您 能把所有看到我翻動 那條魚的人
wǒ sǐ zhīqián nín néng bǎ suǒyǒu kàndào wǒ fāndòng nàtiáoyú de rén

的眼睛 全 都挖掉。國 王 聽了之後嚇一跳，連忙
de yǎnjīng quán dōu wādiào guówáng tīngle zhīhòu xiàyítiào liánmáng

説 自己什麼也沒 看 見，旁 邊 的人聽了也 忙 著
shuō zìjǐ shéme yě méi kànjiàn pángbiān de rén tīngle yě mángzhe

説自己什麼都 沒 看 到，所以不該挖掉自己的眼
shuō zìjǐ shéme dōu méi kàndào suǒyǐ bù gāi wādiào zìjǐ de yǎn

睛。使者 聽了之後 微笑，和 全 部的人 説：「既然
jīng shǐzhě tīngle zhīhòu wéixiào hé quánbù de rén shuō jìrán

大家什麼 都 沒 看 見，那我 們 就繼續吃飯吧！」最後
dàjiā shéme dōu méi kànjiàn nà wǒmen jiù jìxù chīfàn ba zuìhòu

他也 平安 地離開了。
tā yě píngān de líkāi le

(二)問題
wèntí

_____ 1. 請 問 使者 爲什麼 要 到 這個國家？
qǐngwèn shǐzhě wèishéme yào dào zhèige guójiā

(A)因爲他想跟國王吃飯

(B) 他只是經過

(C) 他帶了禮物要送給國王

(D) 文章沒有說

_____ 2. 和 使 者 一 起 吃 飯 的 其 他 人 爲 什 麼 要 生 氣？
hé shǐzhě yìqǐ chīfàn de qítā rén wèishéme yào shēngqì

(A) 因爲他們覺得使者是壞人

(B) 因爲使者沒有把魚吃完

(C) 因爲東西不好吃

(D) 使者翻動了那條魚

_____ 3. 使 者 聽 了 大 家 說 的 話 之後，爲 什 麼 笑？
shǐzhě tīngle dàjiā shuō de huà zhīhòu wèishéme xiào

(A) 因爲他覺得那些人說錯話了

(B) 因爲他的問題解決了，可以安全回家了

(C) 因爲那條魚很好吃，所以他很高興

(D) 因爲他很害怕，不知道應該怎麼辦

_____ 4. 爲 什 麼 大 家 後 來 說 的 和 以 前 說 的 話 不
wèishéme dàjiā hòulái shuō de hé yǐqián shuō de huà bù

一 樣？
yíyàng

(A) 他們忘記自己以前說什麼，不小心說錯了

(B) 在國王面前說話很緊張，所以說錯了

(C) 使者沒有翻動那條魚，他們看錯了

(D) 他們害怕使者說的話

_____ 5. 「既 然」可 以 放 進 下 面 哪 個 句 子？
jìrán kěyǐ fàngjìn xiàmiàn nǎge jùzi

(A) □□你，我不會再喜歡別人了。

(B) □□你不相信我，我也要做給你看。

(C) □□我們是朋友，這點小事你就不用說謝謝了。

(D) □□你再怎麼討厭我，我還是想和你做朋友。

_____ 6. 「國 王 聽了之後 嚇一跳，連 忙 說 自己
guówáng tīngle zhīhòu xiàyítiào liánmáng shuō zìjǐ

什麼 也 沒 看 見」，「連 忙」 是 什麼 意思？
shéme yě méi kànjiàn liánmáng shì shéme yìsi

(A) 著急、快點的意思

(B) 每天都很忙，沒有時間休息

(C) 很緊張，說話說得很慢

(D) 繼續，沒辦法停下來的意思

_____ 7. 「吃 完 一 面 的魚」的「面」和哪個意思一樣？
chīwán yímiàn de yú de miàn hé nǎge yìsi yíyàng

(A) 你的衣服穿錯了，應該穿這一面才對

(B) 我們要約在哪裡見「面」？

(C) 再走一下，郵局就在前「面」了

(D) 外「面」正在下雨，今天不能打球了

_____ 8. 「否則」可以 放 進 下 面 哪個句子？
fǒuzé kěyǐ fàngjìn xiàmiàn nǎge jùzi

(A) □□有你的幫忙，不然我真的不知道應該怎麼辦。

(B) 你今天不要太晚回家，□□媽媽又要高興了。

(C) 你快一點，□□我們又要遲到了。

(D) 我□□考試，也不想寫功課。

(三) 生 詞
shēngcí

	生詞	漢語拼音	解釋
1	王國	wángguó	kingdom
2	習俗	xísú	custom
3	規定	guīdìng	provide, formulate, fix, set
4	國王	guówáng	king
5	宴席	yànxí	banquet, feast

	生詞	漢語拼音	解釋
6	翻（動）	fān (dòng)	turn over, turn around, reverse
7	部分	bùfèn	part
8	外國	wàiguó	foreign country
9	使者	shǐzhě	emissary
10	招待	zhāodài	receive (guests), serve (customers)
11	面	miàn	face, surface, side
12	禮貌	lǐmào	polite
13	處死	chǔsǐ	to execute, to put to death
14	嘲笑	cháoxiào	to ridicule, to deride
15	請求	qǐngqiú	ask, request, entreat
16	除了	chúle	besides, except for
17	活命	huómìng	to earn a bare living, to keep alive
18	答應	dāyìng	answer, reply
19	挖	wā	to dig
20	嚇一跳	xiàyítiào	startle, start
21	連忙	liánmáng	promptly, at once, immediately
22	微笑	wéixiào	smile
23	既然	jìrán	since, as, now that
24	繼續	jìxù	to continue, to go on
25	平安	píngān	safe and sound

＊故事參考來源：http://softwarecenter.idv.tw/intelligence.htm

（網站名：小故事大啟示）

三十、送禮
sònglǐ

㊀文章
wénzhāng

　　俗話　說　得　好：「禮多人不怪」，送禮是　向　親
súhuà shuō de hǎo　　　lǐ duō rén bú guài　　sònglǐ shì xiàng qīn

朋　好　友　傳　達　關心的表現。但是，不同　文化
péng hǎo yǒu chuándá guānxīn de biǎoxiàn dànshì　bùtóng wénhuà

中　有　不同　的　送禮禁忌。在　臺灣，你不能　不知道
zhōng yǒu bùtóng de sònglǐ jìnjì　　zài Táiwān　nǐ bùnéng bùzhīdào

下面 的 送禮禁忌：在 中 國 文化裡，有 不 送 時
xiàmiàn de sònglǐ jìnjì zài Zhōngguó wénhuàlǐ yǒu bú sòng shí

鐘、雨傘、扇子、刀子的習慣。因爲「送 鐘」跟「送
zhōng yǔsǎn shànzi dāozi de xíguàn yīnwèi sòngzhōng gēn sòng

終」諧音，如果 眞的一定要 送 時 鐘，必須要加
zhōng xiéyīn rúguǒ zhēnde yídìng yào sòng shízhōng bì xū yào jiā

送 一 本 書，諧音「有 始 有 終」；不能 送 雨傘 或
sòng yì běn shū xiéyīn yǒu shǐ yǒu zhōng bùnéng sòng yǔsǎn huò

是 扇子，也是因爲「傘」字、「扇」與「散」的字音很
shì shànzi yěshìyīnwèi sǎn zì shàn yǔ sàn de zìyīn hěn

像，好 像 送了雨傘 或 扇子給 朋 友 後，兩個人
xiàng hǎoxiàng sòngle yǔsǎn huò shànzi gěi péngyǒu hòu liǎngge rén

的 友誼就「散」了，不再是 朋 友，所以大家都 不喜
de yǒuyì jiù sàn le búzài shì péngyǒu suǒyǐ dàjiā dōu bù xǐ

歡 收到 這 樣 的禮物。如果 你送 剪刀 或是 菜刀
huān shōudào zhèyàng de lǐwù rúguǒ nǐ sòng jiǎndāo huòshì càidāo

給親 朋 好 友，朋 友會 覺得你是 想 要跟他「一刀
gěi qīn péng hǎo yǒu péngyǒu huì juéde nǐ shì xiǎngyào gēn tā yìdāo

兩 斷」，不再 聯絡。
liǎng duàn bú zài liánluò

另外，如果 親 朋 好 友 生 病 或是開刀 住
lìngwài rúguǒ qīn péng hǎo yǒu shēngbìng huòshì kāidāo zhù

院 了，我們 去 探 病 的時候 通 常 也會 帶些禮物
yuàn le wǒmen qù tànbìng de shíhòu tōngcháng yěhuì dài xiē lǐwù

給他們。可是你最好別帶 香 蕉 給 朋 友，因爲 香
gěi tāmen kěshì nǐ zuìhǎo bié dài xiāngjiāo gěi péngyǒu yīnwèi xiāng

蕉 在 臺語的音 跟 臺語「招」這個字一樣，送 人 香
jiāo zài Táiyǔ de yīn gēn Táiyǔ zhāo zhèige zì yíyàng sòng rén xiāng

蕉，有「希望 別人 生 更多 病」的意思。送 花 是
jiāo yǒu xīwàng biérén shēng gèngduō bìng de yìsi sònghuā shì

個不錯 的 主意，不過 你要 先 打聽 清楚，你的 朋 友
ge búcuò de zhǔyì búguò nǐ yào xiān dǎtīng qīngchǔ nǐ de péngyǒu

會不會對 花粉 過敏，而且 不能 送 菊花，因為 菊花
huì bú huì duì huāfěn guòmǐn érqiě bùnéng sòng júhuā yīnwèi júhuā

是 葬禮常 用 的 花，生 日、探病 都 不能 送，收
shì zànglǐ chángyòng de huā shēngrì tànbìng dōu bùnéng sòng shōu

到 的 人 會 覺得你是希望 他 趕 快 死掉，而不是 早 日
dào de rén huì juéde nǐ shì xīwàng tā gǎnkuài sǐdiào ér búshì zǎo rì

康 復。
kāng fù

　　所以，住 在 臺灣，必須 清楚 臺灣 的 送禮禁忌，
suǒyǐ zhùzài Táiwān bìxū qīngchǔ Táiwān de sònglǐ jìnjì

送 臺 灣人禮物 的 時候，你 就不會「失禮」了。
sòng Táiwānrén lǐwù de shíhòu nǐ jiù búhuì shīlǐ le

(二)問題
wèntí

_____ 1.「不 能 不知道」的意思 跟 下 面 哪 一個意思一
bùnéng bùzhīdào de yìsi gēn xiàmiàn nǎ yíge yìsi yí

樣？
yàng

(A)一定要知道

(B) 可能不知道

(C) 可以不知道

(D) 不一定知道

———— 2. 「禁忌」是 什 麼 意思？
jìn jì　shì shéme yìsi

(A) 不能送禮物

(B) 不能做的事情

(C) 在臺灣不能買的禮物

(D) 生病的時候不能做的事情

———— 3. 如果 一定 要 送 時鐘 給 朋友，必須 怎
rúguǒ yídìng yào sòng shízhōng gěi péngyǒu　bìxū zěn

麼 做 比較 好？
me zuò bǐjiào hǎo

(A) 加送雨傘

(B) 買很貴的時鐘

(C) 請朋友不要掛在牆上

(D) 把一本書跟時鐘一起送給朋友

———— 4. 在 臺灣 為什麼 不能 送 雨傘 或是 扇子
zài Táiwān wèishéme bùnéng sòng yǔsǎn huòshì shànzi

給 朋友？
gěi péngyǒu

(A) 送雨傘有希望朋友趕快死掉的意思

(B) 臺灣的夏天非常熱，送扇子沒有太大的幫助

(C) 「傘」跟「扇」與「散」的字音很像，有不好的意思

(D) 臺灣常常下雨，大家都有雨傘，所以不希望收到傘當
禮物

———— 5. 第二 段 告訴我們 什麼？
dì èr duàn gàosù wǒmen shéme

(A) 不能帶進去醫院的東西

(B) 探病的時候不能送的東西

(C) 送禮是向親朋好友表示情誼的表現

(D) 了解臺灣的送禮禁忌，才不會「失禮」

_____ 6. 要 送 生 病 的 人 花，除 了 要 注 意 不 能
yào sòng shēngbìng de rén huā chúle yào zhùyì bùnéng

送 菊 花 以外，還要 注 意 什 麼？
sòng júhuā yǐwài háiyào zhùyì shéme

(A) 不能送香蕉

(B) 不能送玫瑰花

(C) 不能只送一種花

(D) 朋友對花會不會過敏

_____ 7. 第三 段 裡的「失禮」是 什 麼意思？
dì sān duàn lǐ de shīlǐ shì shéme yìsi

(A) 對朋友生氣

(B) 把禮物弄丟了

(C) 送給朋友的禮物不夠多

(D) 把朋友不願意收到的禮物送給朋友

_____ 8. 哪 個 是 錯 的？
nǎge shì cuò de

(A) 可以送朋友菊花當生日禮物

(B) 不同文化中有不同的送禮禁忌

(C) 送剪刀的意思是不想再跟朋友聯絡了

(D) 送香蕉有希望朋友「生更多病」的意思。

(三) 生 詞
shēngcí

	生詞	漢語拼音	解釋
1	禮多人不怪	lǐ duō rén bú guài	Civility costs nothing
2	傳達	chuándá	pass on, transmit, communicate
3	禁忌	jìnjì	taboo

	生詞	漢語拼音	解釋
4	扇子	shànzi	fan
5	送終	sòngzhōng	to attend upon a dying parent or other senior member of one's family
6	諧音	xiéyīn	homonyms or homonymic
7	有始有終	yǒu shǐ yǒu zhōng	to carry out an undertaking from start to finish
8	友誼	yǒuyì	friendship
9	剪刀	jiǎndāo	scissors, shears
10	菜刀	càidāo	Chinese chopper
11	一刀兩斷	yì dāo liǎng duàn	to make a clean break
12	聯絡	liánluò	contact
13	另外	lìngwài	in addition, besides, moreover
14	開刀	kāidāo	perform/have operation, make sb. first target of attack
15	住院	zhùyuàn	be hospitalized
16	探病	tànbìng	visit a patient
17	通常	tōngcháng	generally, usually, normally
18	臺語	Táiyǔ	Hokenese
19	招	zhāo	cause (sth.) to happen
20	打聽	dǎtīng	inquire/ask about
21	清楚	qīngchǔ	understand clearly
22	花粉	huāfěn	pollen
23	過敏	guòmǐn	have allergy
24	菊花	júhuā	chrysanthemum
25	葬禮	zànglǐ	funeral rites, funeral

	生詞	漢語拼音	解釋
26	早日康復	zǎo rì kāng fù	get well soon
27	失禮	shīlǐ	breach of etiquette

三十一、吃「醋」
chī　cù

(一)文章
wénzhāng

　　「醋」是中國食物裡常見的調味料，許多
　　cù　shì Zhōngguó　shíwùlǐ chángjiàn de tiáowèiliào　xǔduō

好吃的食物中也少不了它的存在。「醋」酸酸
hǎochī de shíwùzhōng yě shǎobùliǎo tā de cúnzài　　cù　suān suān

甜甜的味道，也常常被用來形容心裡的感
tián tián de wèidào　yě chángcháng bèi yònglái xíngróng　xīnlǐ de gǎn

覺。「吃醋」這個詞就是在 說 人在嫉妒的時候，心裡
jué　　　chīcù　zhèige cí jiùshì zài shuō rén zài jídù de shíhòu　　xīnlǐ

會覺得酸酸的，常　常　用在男女朋友、情人
huì juéde suān suān de　chángcháng yòngzài nán nǚ péngyǒu　qíngrén

的關係中。
de guānxìzhōng

　　以前有一個「吃醋」的故事。有一個 皇帝叫唐
　　yǐqián yǒu yíge　　chīcù　de gùshì　yǒu yíge huángdì jiào Táng

太宗，他有一個朋友叫房　玄齡。房　玄齡很
tài zōng　tā yǒu yíge péngyǒu jiào Fáng Xuánlíng　Fáng Xuánlíng hěn

聰明，常　常　給唐太宗許多好意見，幫助他
cōngmíng chángcháng gěi Táng tàizōng xǔduō hǎo yìjiàn　bāngzhù tā

處理許多政治上的事情。唐太宗　很感謝房
chùlǐ xǔduō zhèngzhìshàng de shìqíng Táng tàizōng hěn gǎnxiè Fáng

玄齡的幫忙，於是想　送他幾位美女，但是房
Xuánlíng de bāngmáng yúshì xiǎng sòng tā jǐwèi měinǚ　dànshì Fáng

玄齡是個尊重老婆的人，他怕老婆會因此不高
Xuánlíng shì ge zūnzhòng lǎopó de rén　tā pà lǎopó huì yīncǐ bù gāo

興，於是拒絕了很多次。唐太宗　知道房玄齡有
xìng　yúshì jùjuéle hěnduō cì　Táng tàizōng zhīdào Fáng Xuánlíng yǒu

個很兇的老婆，所以他不敢收自己的禮物。
ge hěn xiōng de lǎopó　suǒyǐ tā bùgǎn shōu zìjǐ de lǐwù

　　有一天，唐太宗　叫人送了一杯酒給房　玄齡
　　yǒu yìtiān Táng tàizōng jiào rén sòngle yìbēi jiǔ gěi Fáng Xuánlíng

的老婆，跟她說：「如果妳不收下這些美女，就把
de lǎopó　gēn tā shuō　　rúguǒ nǐ bù shōuxià zhèxiē měinǚ　jiù bǎ

這杯毒酒喝了吧！」沒 想 到，房 玄 齡的老婆一點
zhèbēi dújiǔ hēle ba　　méixiǎngdào Fáng Xuánlíng de lǎopó yìdiǎn

也不害怕，反而把酒拿了過來，一口喝 光。結果她居
yě bú hàipà　fǎnér bǎ jiǔ nále guòlái　yìkǒu hēguāng jiéguǒ tā jū

然 沒死，原來杯子裡 裝 的並 不是毒酒，而是醋。
rán méi sǐ　yuánlái bēizilǐ zhuāng de bìng búshì dújiǔ　ér shì cù

　唐 太宗開了個玩 笑，想 看看房 玄 齡的老婆
Táng tàizōng kāile ge wánxiào xiǎng kànkàn Fáng Xuánlíng de lǎopó

是 個什麼 樣 的人，他事後 告訴房 玄 齡：「你
shì ge shéme yàng de rén　tā shìhòu gàosù Fáng Xuánlíng　　nǐ

老婆 真的 是個 剛烈的人，我也非常 敬 重 她，你
lǎopó zhēnde shì ge gāngliè de rén　wǒ yě fēicháng jìngzhòng tā　nǐ

以後就好好 聽她的話吧！」從此，「吃醋」的故事就
yǐhòu jiù hǎohǎo tīng tā de huà ba　cóngcǐ　chīcù de gùshì jiù

開始流 傳 下來，這個詞也一直 使用 到 現在。
kāishǐ liúchuán xiàlái　zhèige cí yě yìzhí shǐyòng dào xiànzài

(二)問題
wèntí

―――― 1. 房 玄 齡爲什麼不 收下禮物？
Fáng Xuánlíng wèishéme bù shōuxià lǐwù
　(A)他怕他的老婆不高興
　(B)他不喜歡這個禮物
　(C)他喜歡美女，但他覺得那些美女不夠漂亮
　(D)他覺得自己沒有幫上唐太宗什麼忙

───── 2. 唐 太 宗 為什麼 要 送 酒 給 房 玄 齡
Táng tàizōng wèishéme yào sòng jiǔ gěi Fáng Xuánlíng
的 老婆？
de lǎopó
(A) 他想知道她是個什麼樣的人
(B) 他很喜歡房玄齡的老婆
(C) 房玄齡的老婆喜歡喝酒
(D) 他不喜歡房玄齡的老婆

───── 3. 唐 太 宗 送 酒 給 房 玄 齡 的 老婆，她
Táng tàizōng sòng jiǔ gěi Fáng Xuánlíng de lǎopó tā
怎 麼 做？
zěnme zuò
(A) 她把酒留給房玄齡喝
(B) 她很喜歡，所以全部喝光了
(C) 她不喜歡酒，所以請人拿回去了
(D) 他很難過，但是她還是喝光了

───── 4. 唐 太 宗 後來覺得 房 玄 齡 的 老婆是個
Táng tàizōng hòulái juéde Fáng Xuánlíng de lǎopó shìge
什麼 樣 的 人？
shéme yàng de rén
(A) 是個很喜歡生氣的人，所以下次不敢跟她說話了
(B) 是個很棒的人，所以叫房玄齡聽她的話
(C) 是個很討厭的人，所以更不喜歡她了
(D) 很喜歡漂亮禮物的人，所以下次要送她更好的禮物

───── 5.「開 玩 笑」是 什 麼意思？
kāi wánxiào shì shéme yìsi
(A) 認真準備禮物，希望收禮物的人會喜歡
(B) 因為有趣而做的一些事情或說的一些話
(C) 怕兩個人說話的時候太無聊而說一些有趣的話
(D)「玩笑」是禮物的意思，意思是收下禮物的人把禮物
打開

_____ 6. 下面 哪個句子是 錯的？
xiàmiàn nǎge jùzi shì cuò de
(A) 多吃水果對身體很有幫助。
(B) 這裡好熱，你可以幫我把窗戶打開嗎？
(C) 這個問題太難了，對不起我不能幫你的助。
(D) 有你的幫忙我才能做完這件事，真是太感謝你了。

_____ 7. 「許多 好吃的 食物 中 也 少 不了 它的 存
xǔduō hǎochī de shíwùzhōng yě shǎobùliǎo tā de cún
在」，「少 不了」的意思 是？
zài shǎobùliǎo de yìsi shì
(A) 常常加太多，所以要少一點
(B) 一定不會少
(C) 少了也沒關係
(D) 太少了，沒有也不會發現

_____ 8. 哪個 是 錯 的？
nǎge shì cuò de
(A) 「吃醋」這個詞用的時間很久了，現在也還看得到
(B) 唐太宗因為要謝謝房玄齡的幫忙，所以送他禮物
(C) 「吃醋」常用在媽媽和孩子的關係中
(D) 房玄齡的老婆已經知道那杯酒是醋，所以才把它喝了

(三) 生詞 shēngcí

	生詞	漢語拼音	解釋
1	醋	cù	vinegar
2	調味料	tiáowèiliào	flavoring
3	存在	cúnzài	exist
4	形容	xíngróng	describe
5	感覺	gǎnjué	sense, perception, feeling

	生詞	漢語拼音	解釋
6	吃醋	chīcù	to be jealous (usually of a rival in love)
7	嫉妒	jídù	to be jealous of, to be envious of
8	情人	qíngrén	lover, sweetheart
9	關係	guānxì	relationship
10	皇帝	huángdì	emperor
11	意見	yìjiàn	idea, view, opinion, suggestion
12	處理	chùlǐ	handle, deal with, dispose of, process
13	政治	zhèngzhì	politics, political affairs
14	尊重	zūnzhòng	respect, value,esteem
15	因此	yīncǐ	therefore, consequently
16	拒絕	jùjué	refuse, reject, decline
17	兇	xiōng	fiendish, ferocious
18	敢	gǎn	to dare
19	毒	dú	poisonous
20	反而	fǎnér	on the contrary ,instead
21	結果	jiéguǒ	result, outcome, consequence
22	居然	jūrán	unexpectedly, to one's surprise, going so far as to
23	開玩笑	kāiwánxiào	to joke, to make fun of
24	事後	shìhòu	after the event
25	剛烈	gāngliè	staunch with moral integrity
26	敬重	jìngzhòng	to worship, to adore
27	流傳	liúchuán	spread

三十二、數字「四」
shùzì sì

(一)文章
wénzhāng

　你 有 特別喜歡 　或是 不喜歡 的 數字嗎？什麼 數字
nǐ yǒu tèbié xǐhuān huòshì bù xǐhuān de shùzì ma shéme shùzì

對你來 説 有特別的意思呢？每個 文 化 對於 每個數字
duì nǐ lái shuō yǒu tèbié de yìsi ne měige wénhuà duìyú měige shùzì

的 感覺 都不太一樣，既然你現在 正 在學習華語，
de gǎnjué dōu bú tài yíyàng jìrán nǐ xiànzài zhèngzài xuéxí huáyǔ

那麼我們就一起來看看數字「四」在華人文化
nàme wǒmen jiù yìqǐ lái kànkàn shùzì sì zài huárén wénhuà

中代表的意義吧！
zhōng dàibiǎo de yìyì ba

有些華人不太喜歡「四」這個數字，因為在華語
yǒuxiē huárén bú tài xǐhuān sì zhèige shùzì yīnwèi zài huáyǔ

和大部分的方言中，「四」這個字的發音和「死」這
hé dà bùfèn de fāngyán zhōng sì zhèige zì de fāyīn hé sǐ zhèi

個字的發音，只有在聲調上有些不同，讓人
ge zì de fāyīn zhǐyǒu zài shēngdiào shàng yǒuxiē bùtóng ràng rén

容易聯想到「死」。所以，有些華人覺得「四」這
róngyì liánxiǎng dào sǐ suǒyǐ yǒuxiē huárén juéde sì zhèi

個數字是不吉利的。
ge shùzì shì bù jílì de

「『四』是不吉利」的情況最容易在醫院觀
sì shì bù jílì de qíngkuàng zuì róngyì zài yīyuàn guān

察到，在臺灣，醫院的樓層、看診的序號和住
chádào zài Táiwān yīyuàn de lóucéng kànzhěn de xùhào hé zhù

院的病房號碼，都會儘量避免裡面有「四」這
yuàn de bìngfáng hàomǎ dōuhuì jìnliàng bìmiǎn lǐmiàn yǒu sì zhèi

個數字。除了醫院以外，臺灣的車牌也沒有「四」這
ge shùzì chúle yīyuàn yǐwài Táiwān de chēpái yě méiyǒu sì zhèi

個數字，因為「四」跟臺語的「四」發音非常像，
ge shùzì yīnwèi sì gēn Táiyǔ de sì fāyīn fēicháng xiàng

所以臺灣的民眾如果拿到「四」的車牌號碼時，
suǒyǐ Táiwān de mínzhòng rúguǒ nádào sì de chēpái hàomǎ shí

常 常 寧 願自己多 花錢 重新 選擇新的 號
chángcháng níngyuàn zìjǐ duō huāqián chóngxīn xuǎnzé xīn de hào

碼，也不要拿 號 碼裡面 有「四」的 車牌。因此，從
mǎ yě búyào ná hàomǎ lǐmiàn yǒu sì de chēpái yīncǐ cóng

2008年 開始，臺灣 的 政府決定，發給 民 眾 的車
nián kāishǐ Táiwān de zhèngfǔ juédìng fāgěi mínzhòng de chē

牌 號 碼裡，不會再 有「四」這個 數字。另外，如果你
pái hàomǎlǐ búhuì zài yǒu sì zhèige shùzì lìngwài rúguǒ nǐ

和三位 朋 友，一起去臺灣 的一些 餐廳 或是 飯店
hé sānwèi péngyǒu yìqǐ qù Táiwān de yìxiē cāntīng huòshì fàndiàn

吃飯，服務生 帶 位子的 時候，不會告訴 餐廳裡其他
chīfàn fúwùshēng dài wèizi de shíhòu búhuì gàosù cāntīnglǐ qítā

的 工 作 人 員 有「四」位客人來了，而是 會 說「三
de gōngzuò rényuán yǒu sì wèi kèrén lái le ér shì huì shuō sān

加一位」呢！
jiā yíwèi ne

知 道了華人 對「四」的 看法，下次你在 華人 社會
zhīdàole huárén duì sì de kànfǎ xià cì nǐ zài huárén shèhuì

中 找 不 到「四」這個 數字的 時候，就不會 大驚
zhōng zhǎobúdào sì zhèige shùzì de shíhòu jiù búhuì dà jīng

小 怪了！
xiǎo guài le

(二)問題
wèntí

_____ 1. 下面 討論 第一 段 內 容 的句子，哪 個 正
xiàmiàn tǎolùn dì yī duàn nèiróng de jùzi nǎge zhèng
確？
què
(A) 數字很有意思
(B) 每個數字在不同文化中有不同的意義
(C) 問正在讀這篇文章的人喜不喜歡「四」這個數字
(D) 數字在華人文化中特別有意思

_____ 2. 第二 段 告訴我 們 什麼？
dì èr duàn gàosù wǒmen shéme
(A) 方言中的「四」有哪些意思
(B) 「四」這個字也有「死」的意思
(C) 爲什麼有些華人不喜歡數字四
(D) 所有跟「死」的發音很像的字，都會讓人聯想到
「死」

_____ 3. 在 臺灣 醫院 裡不會 看 到 什麼？
zài Táiwān yīyuànlǐ búhuì kàndào shéme
(A) 醫院的樓層有3樓、4樓也有5樓
(B) 漢洋住在520號病房
(C) 我的看診序號是13號
(D) 林醫師在7樓幫大家看病

_____ 4. 2008年 以前，臺灣 政 府發給民 衆 車牌
nián yǐqián Táiwān zhèngfǔ fāgěi mínzhòng chēpái
號 碼 的 情 形 是 什麼？
hàomǎ de qíngxíng shì shéme
(A) 發給民衆的車牌號碼裡面一定會有「四」這個數字
(B) 如果民衆拿到的車牌號碼有「四」這個數字，會自己
花錢換一個新的號碼

(C) 臺灣政府決定不會再發有「四」的車牌號碼給民眾

(D) 民眾會花錢買一個有「四」這個數字的車牌號碼

_____ 5. 下 面 哪 個 人 工 作 的 地 方 比 較 不 會 覺 得
xiàmiàn nǎge rén gōngzuò de dìfāng bǐjiào búhuì juéde

「四」是 不 吉 利 的？
sì shì bù jílì de

(A) 醫生

(B) 老師

(C) 服務生

(D) 廚師

_____ 6. 如 果 有4個 人 一 起 到 飯 店 吃飯，服 務 生
rúguǒ yǒu ge rén yìqǐ dào fàndiàn chīfàn fúwùshēng

會 做 什 麼 事 情？
huì zuò shéme shìqíng

(A) 安靜地把4位客人帶到他們的桌子

(B) 告訴其他工作人員，有5位客人來了

(C) 告訴其他工作人員，有3+1位客人來了

(D) 請3位客人坐一桌，1位客人自己坐一桌

_____ 7. 下 面 有「既然」這 個 詞 的 句 子，哪個 不 對？
xiàmiàn yǒu jìrán zhèige cí de jùzi nǎge búduì

(A) 既然你那麼喜歡她，那就趕快去追她啊！

(B) 既然她覺得你不是她的朋友，你就不要那麼關心她
了。

(C) 既然明天會下雨，我想明天還是不要去爬山好了。

(D) 既然天氣不好，所以公園裡一個人也沒有。

_____ 8. 下 面 討 論 這 篇 文 章 的 句 子，哪個 正
xiàmiàn tǎolùn zhèpiān wénzhāng de jùzi nǎge zhèng

確？
què

(A) 文章介紹了數字「四」在不同文化中的意思

(B) 文章沒有告訴我們為什麼有些華人不喜歡「四」這個

數字
(C)「『四』是不吉利」這件事情只能在醫院觀察到
(D)文章告訴我們數字「四」在臺灣醫院、車牌號碼、餐廳出現的情形

(三)生 詞
shēngcí

	生詞	漢語拼音	解釋
1	數字	shùzì	numeral, figure, digit, quantity, amount
2	對於	duìyú	(in regard) to, toward, at, for
3	既然	jìrán	since, as, now that
4	意義	yìyì	meaning, sense, significance
5	方言	fāngyán	dialect
6	發音	fāyīn	pronounce
7	聯想	liánxiǎng	associate, connect in one's mind
8	吉利	jílì	lucky, auspicious, good fortune
9	觀察	guānchá	observe, survey, inspect
10	樓層	lóucéng	floor(s)
11	看診	kànzhěn	see a doctor
12	序號	xùhào	order number
13	住院	zhùyuàn	be hospitalized
14	病房	bìngfáng	hospital ward, sickroom
15	盡量	jǐnliàng	to the best of one's ability
16	避免	bìmiǎn	avoid, refrain from, avert
17	車牌	chēpái	license plate
18	臺語	Táiyǔ	Hokenese

	生詞	漢語拼音	解釋
19	民眾	mínzhòng	the masses
20	寧願	níngyuàn	(would) rather, better
21	重新	chóngxīn	again, anew, afresh
22	因此	yīncǐ	therefore, consequently
23	政府	zhèngfǔ	government
24	另外	lìngwài	in addition, besides, moreover
25	人員	rényuán	personnel, staff
26	而	ér	on the contrary, instead
27	社會	shèhuì	society
28	大驚小怪	dà jīng xiǎo guài	much fuss about nothing

三十三、熟能生巧
shóu néng shēng qiǎo

(一)文章
wénzhāng

　　古 時候，有 一個 人 的 名字 叫　陳　堯咨。他 很　會
　　gǔ shíhòu　yǒu yíge rén de míngzi jiào Chén Yáozī　　tā hěn huì

射箭，每 次 射 箭 的 時候 都 能　正　中　目標，大家
shèjiàn　měi cì shèjiàn de shíhòu dōu néng zhèngzhòng mùbiāo　dàjiā

都 覺得 他 非　常　厲害，所以 也 有 人 叫 他「神射手」。
dōu juéde tā fēicháng　lìhài　suǒyǐ yě yǒu rén jiào tā shénshèshǒu

陳　堯咨因爲　這　樣，自己也覺得非　常　　驕傲，他覺得
Chén Yáozī yīnwèi zhèyàng　　zìjǐ　yě juéde fēicháng jiāoào　　tā juéde

自己是世界上　　射箭最屬害的人，不管　是誰　都　贏
zìjǐ　shì shìjièshàng shèjiàn zuì lìhài de rén　bùguǎn shìshéi dōu yíng

不了他。
bùliǎo tā

　　　有一天，他在　練習射箭，每一箭　都　　正　中　　紅
　　　yǒu yìtiān　　tā zài　liànxí shèjiàn　měi yíjiàn dōu zhèngzhòng hóng

心，觀　眾　看了都非常　開心。這個時候，旁　邊
xīn　guānzhòng kànle dōu fēicháng kāixīn　zhèige shíhòu　pángbiān

有個賣油的老　先　生　卻　沒有　表情，只是搖了搖
yǒu ge mài yóu de lǎo xiānsheng què méiyǒu biǎoqíng　zhǐshì yáole yáo

頭看著他，什麼話都沒有　説。陳　堯咨覺得非
tóu kànzhe tā　　shéme huà dōu méiyǒu shuō　Chén Yáozī juéde fēi

常奇怪，於是就　問他：「你會射箭嗎？你看我射
cháng qíguài　yúshì jiù wèn tā　　nǐ huì shèjiàn ma　nǐ kàn wǒ shè

得怎麼樣？」老　先　生　回答：「不怎麼樣，這沒
de zěnmeyàng　　lǎo xiānsheng huídá　　bù zěnmeyàng　zhè méi

什麼！只是　熟　練而已。」
shéme　zhǐshì shóuliàn éryǐ

　　　陳　堯咨聽了，覺得老　先　生　看不起自己，於是很
　　　Chén Yáozī tīngle　juéde lǎo xiānsheng kànbùqǐ zìjǐ　yúshì hěn

生氣地説：「那你有　什麼屬害的本事嗎？讓我看
shēngqì de shuō　　nà nǐ yǒu shéme lìhài de běnshì ma　ràng wǒ kàn

看吧。」老　先　生　一句話也沒説，拿出了一個杯子和
kàn ba　　lǎo xiānsheng yíjù huà yě méishuō　náchūle　yíge bēizi hé

一個 錢幣。（古時候的錢幣形 狀 雖然也是圓
yíge qiánbì　　gǔ shíhòu de qiánbì xíngzhuàng suīrán yěshì yuán

的，但 中 間 卻 有 個 方 形 的 小 孔）老 先 生 把
de　dàn zhōngjiān què　yǒu ge fāngxíng de xiǎokǒng　lǎo xiānsheng bǎ

錢幣 放在杯子上，接著把一杓 的油 慢 慢 地 從
qiánbì fàngzài bēizishàng　jiēzhe bǎ yìsháo de yóu mànmàn de cóng

方形 的 小孔 倒進杯子裡。只見 油 從 小孔 中
fāngxíng de xiǎokǒng dàojìn　bēizilǐ　zhǐ jiàn yóu cóng xiǎokǒngzhōng

流下去，錢幣一點 油也沒有 沾到。這 時候老 先
liúxiàqù　qiánbì yìdiǎnyóu yě méiyǒu zhāndào　zhè shíhòu lǎo xiān

生 才回答：「我 這也沒什麼，只是 熟練 而已啊!」
sheng cái huídá　　wǒ zhè yě méishéme　zhǐshì shóuliàn éryǐ　a

這就是 成 語「熟 能 生 巧」的故事，意思是
zhè jiùshì chéngyǔ　shóu néng shēng qiǎo　de gùshì　　yìsi shì

做 事情只要 熟練了，就 能 知道其中 巧妙 的
zuò shìqíng zhǐyào shóuliàn le　jiù néng zhīdào qízhōng qiǎomiào de

方法。我們 在學習新 東西的時候，會因爲不 熟練
fāngfǎ　wǒmen zài xuéxí xīn dōngxi de shíhòu　huì yīnwèi bù shóuliàn

而 常 常 失敗，但是只要我們 繼續努力地練習，
ér chángcháng shībà　dànshì zhǐyào wǒmen jìxù　nǔlì de liànxí

最後也會有 成 功 的一天！
zuìhòu yě huì yǒu chénggōng de yìtiān

（二）問題
wèntí

———— 1. 老 先 生 看了 陳 堯 咨 射 箭 以後，搖了
lǎo xiānsheng kànle Chén Yáozī shèjiàn yǐhòu yáole

搖 頭 不 說 話 是 因 為？
yáotóu bù shuōhuà shì yīnwèi

(A) 他不知道陳堯咨是怎麼做到的

(B) 他很緊張，因為來看表演的人太多、太熱鬧了

(C) 他覺得陳堯咨很棒，因為他很會射箭

(D) 他認為這不是一件特別高興的事情，不是只有陳堯咨
可以做到

———— 2. 賣 油 的 老 先 生 為 什 麼 不 說 話，卻 把
màiyóu de lǎo xiānsheng wèishéme bù shuōhuà què bǎ

油 倒進 杯子裡？
yóu dàojìn bēizi lǐ

(A) 他想把油賣給陳堯咨

(B) 他想讓陳堯咨知道射箭和倒油一樣，只要常常練習就
可以做得很好

(C) 因為旁邊的人很多，他要賣油給客人

(D) 他一直在練習怎麼把油倒好，他也想和陳堯咨一樣棒

———— 3. 這 個 故 事 主 要 告 訴 我 們 什 麼？
zhège gùshì zhǔyào gàosù wǒmen shéme

(A) 很多事情只要努力練習就可以知道其中的技巧

(B) 朋友的重要，遇到困難的時候才有人幫助你

(C) 有些事情努力了也沒有用，所以做不好也不用難過

(D) 有些人不必練習就可以把事情做好，我們都想成為那
一種人

_____ 4. 老　先　生　拿　出的　錢幣是 什麼　樣子？
lǎo xiānsheng náchū de qiánbì shì shéme yàngzi

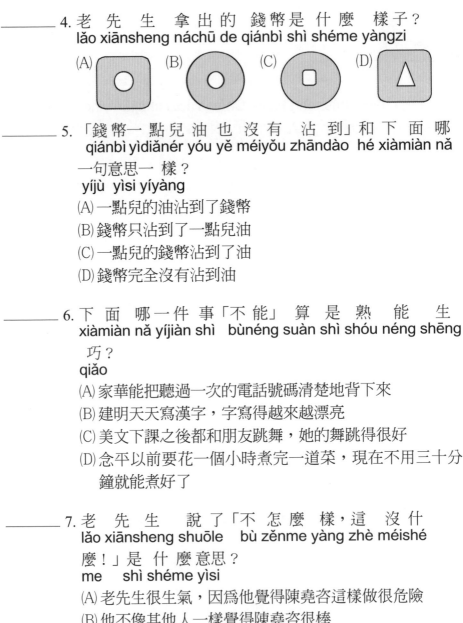

(A)　　　(B)　　　(C)　　　(D)

_____ 5. 「錢幣一點兒油也沒有　沾到」和下　面 哪
qiánbì yìdiǎnér yóu yě méiyǒu zhāndào hé xiàmiàn nǎ

一句意思一　樣？
yíjù　yìsi yíyàng

(A) 一點兒的油沾到了錢幣

(B) 錢幣只沾到了一點兒油

(C) 一點兒的錢幣沾到了油

(D) 錢幣完全沒有沾到油

_____ 6. 下　面　哪一件　事「不能」　算　是　熟　能　生
xiàmiàn nǎ yíjiàn shì　bùnéng suàn shì shóu néng shēng

巧？
qiǎo

(A) 家華能把聽過一次的電話號碼清楚地背下來

(B) 建明天天寫漢字，字寫得越來越漂亮

(C) 美文下課之後都和朋友跳舞，她的舞跳得很好

(D) 念平以前要花一個小時煮完一道菜，現在不用三十分
鐘就能煮好了

_____ 7. 老　先　生　說了「不怎麼　樣，這　沒什
lǎo xiānsheng shuōle　bù zěnme yàng zhè méishé

麼！」是什麼意思？
me　shì shéme yìsi

(A) 老先生很生氣，因為他覺得陳堯咨這樣做很危險

(B) 他不像其他人一樣覺得陳堯咨很棒

(C) 他覺得陳堯咨很會射箭，他希望陳堯咨能教他

(D) 他想賣東西給陳堯咨所以才這麼說

_____ 8. 哪個是對的？
nǎge shì duì de

(A) 陳堯咨聽了老先生說的話之後非常地開心

(B) 陳堯咨不用練習就很會射箭

(C) 老先生想倒油給陳堯咨看，但是他做不好

(D) 很多人都覺得陳堯咨很棒，但老先生不這樣認為

(三) 生詞
shēngcí

	生詞	漢語拼音	解釋
1	古	gǔ	ancient, age-old
2	射箭	shèjiàn	archery
3	正中	zhèngzhòng	right in the middle (or centre)
4	目標	mùbiāo	target
5	厲害	lìhài	great
6	神射手	shénshèshǒu	marksman
7	驕傲	jiāoào	be proud, take pride in
8	贏	yíng	win
9	正中紅心	zhèngzhòng hóngxīn	be dead on the target, right on the mark
10	觀衆	guānzhòng	spectator, audience
11	表情	biǎoqíng	a facial expression, countenance
12	搖（頭）	yáo	shake one's head
13	熟練	shóuliàn	familiar, skilled, experienced
14	而已	éryǐ	imparting finality (that's all)
15	看不起	kànbùqǐ	look down upon
16	本事	běnshì	abilities, skills

	生詞	漢語拼音	解釋
17	錢幣	qiánbì	coin
18	形狀	xíngzhuàng	appearance, shape
19	方形	fāngxíng	square
20	孔	kǒng	hole
21	杓	sháo	scoop
22	流	liú	to flow
23	沾	zhān	to moisten, to wet
24	成語	chéngyǔ	idiom
25	其中	qízhōng	among (which, them, etc.), in (which, it, etc.)
26	失敗	shībài	be defeated, fail
27	繼續	jìxù	to continue, to go on
28	成功	chénggōng	succeed

三十四、我們 來「講 八卦」！
wǒmen lái　jiǎng bāguà

(一)文 章
wénzhāng

　　根據一項　英國 研究，女生 一天 通 常　花5個
　　gēnjù　yíxiàng Yīngguó yánjiù　nǚshēng yìtiān tōngcháng huā　ge

小時 講 八卦，占了每天 清醒 時間的三 分之一。
xiǎoshí jiǎng bāguà zhànle měitiān qīngxǐng shíjiān de　sānfēnzhīyī

和男生　相比，女生 也比較 不能 保守 祕密，常
hé nánshēng xiāngbǐ　nǚshēng yě bǐjiào bùnéng bǎoshǒu mìmì cháng

常 把朋友不想 說 的事情和別人分享。
cháng bǎ péngyǒu bùxiǎng shuō de shìqíng hé biérén fēnxiǎng

有很多人認爲 講「八卦」是一件 沒有意義的事
yǒu hěnduō rén rènwéi jiǎng bāguà shì yíjiàn méiyǒu yìyì de shì

情，不但 浪費 時間，而且把朋 友 的祕密和別人說，
qíng búdàn làngfèi shíjiān érqiě bǎ péngyǒu de mìmì hé biérén shuō

有時候也會影 響 到彼此的 關係。但 根據美國 的
yǒu shíhòu yě huì yǐngxiǎngdào bǐcǐ de guānxì dàn gēnjù Měiguó de

研究，講 八卦其實有益健康！
yánjiù jiǎng bāguà qíshí yǒuyì jiànkāng

美國的一間大學做了一項 研究，他們 讓 參加
Měiguó de yìjiān dàxué zuòle yíxiàng yánjiù tāmen ràng cānjiā

研究的人都 裝 上了心律監 視 器（Heart Rate
yánjiù de rén dōu zhuāngshàngle xīnlǜ jiānshì qì

Monitor）玩 遊戲。在 遊戲中 他們 發現了一件 事情，
wán yóuxì zài yóuxìzhōng tāmen fāxiànle yíjiàn shìqíng

如果 有 人發現 其他人 作弊，那麼他的心跳 就會 變
rúguǒ yǒu rén fāxiàn qítā rén zuòbì nàme tā de xīntiào jiù huì biàn

快。但是如果他把這件 事 告訴了其他參加 研究的
kuài dànshì rúguǒ tā bǎ zhèjiàn shì gàosùle qítā cānjiā yánjiù de

人，那他的心跳 就會 慢 慢 恢復 正 常。
rén nà tā de xīntiào jiù huì mànmàn huīfù zhèngcháng

根據研究，心跳 變 快是因爲 參加研究的人有
gēnjù yánjiù xīntiào biàn kuài shì yīnwèi cānjiā yánjiù de rén yǒu

負面 情緒。如果 把事情 告訴了其他人，那麼 負面
fùmiàn qíngxù rúguǒ bǎ shìqíng gàosùle qítā rén nàme fùmiàn

情緒就可以得到 紓解，恢復 正 常。許多 研究也 顯
qíngxù jiù kěyǐ dédào shūjiě huīfù zhèngcháng xǔduō yánjiù yě xiǎn

示「講 八卦」可以幫 助人 們 交 朋 友 的時候 更
shì jiǎng bāguà kěyǐ bāngzhù rénmen jiāo péngyǒu de shíhòu gèng

順利，因為彼此都 有 一 樣 的話題。
shùnlì yīnwèi bǐcǐ dōu yǒu yíyàng de huàtí

「講 八卦」不再是一件 不好的 事情，講 八卦
jiǎng bāguà bú zài shì yíjiàn bù hǎo de shìqíng jiǎng bāguà

有益 身體健 康，也能 幫 助 社交 生 活，讓 你和
yǒuyì shēntǐ jiànkāng yě néng bāngzhù shèjiāo shēnghuó ràng nǐ hé

朋 友的 關係變 得更 好！但是，記得「講 八卦」
péngyǒu de guānxì biàn de gèng hǎo dànshì jìdé jiǎng bāguà

也需要 有 限度，如果 浪費太 多 時間 聊天而 忘了
yě xūyào yǒu xiàndù rúguǒ làngfèi tài duō shíjiān liáotiān ér wàngle

自己該 做的 事情，那樣 可就不好 囉！
zìjǐ gāi zuò de shìqíng nàyàng kě jiù bù hǎo lou

(二)問題
wèntí

_____ 1. 為什麼「講 八卦」對健 康 有 幫 助？
wèishéme jiǎng bāguà duì jiànkāng yǒu bāngzhù
(A)講八卦之後可以睡得比較好
(B)知道了別人的很多事情可以讓心情變好
(C)可以讓不好的心情變得舒服一點
(D)無聊的時候有事情可以做

_____ 2. 為什麼參加研究的某些人會有負面
wèishéme cānjiā yánjiù de mǒuxiē rén huì yǒu fùmiàn

情緒？
qíngxù

(A) 研究的時間太長，他們累了

(B) 他們知道了別人作弊

(C) 他們第一次參加研究，所以很緊張

(D) 他們不會玩遊戲

_____ 3. 第三　段　主要　在　說　什麼？
dìsānduàn zhǔyào zài shuō shéme

(A) 心跳為什麼會變快的原因

(B) 英國做的研究

(C) 很多人覺得講八卦是一件不好的事情

(D) 美國大學做的研究

_____ 4. 下　面　哪一件　事情　算　是「八卦」？
xiàmiàn nǎyíjiàn shìqíng suàn shì bāguà

(A) 下禮拜三有一個考試，你的朋友打電話來約你一起念
　　書

(B) 下個禮拜朋友生日，他約大家一起唱歌

(C) 朋友跟你說明天可能會下雨

(D) 聽說你喜歡的偶像（idol）和他的女朋友吵架了

_____ 5. 下　面　哪一個　不是　文　章　裡出　現　的「講　八
xiàmiàn nǎyíge búshì wénzhānglǐ chūxiàn de jiǎng bā

卦」的　好　處？
guà de hǎochù

(A) 比較不容易生病

(B) 對健康有幫助

(C) 可以交到更多的朋友

(D) 和朋友關係變更好

_____ 6. 這篇　文　章　主要　在　說　什麼？
zhèpiān wénzhāng zhǔyào zài shuō shéme

(A) 女生比男生更喜歡講八卦

(B) 講八卦是一件不好的事，沒有好的地方

(C) 講八卦不再是一件不好的事情，它其實對身體健康有
幫助

(D) 心跳變快對身體不好

_____ 7. 下 面 哪個和 花 時 間 的「花」意思一 樣？
xiàmiàn nǎge hé huā shíjiān de huā yìsi yíyàng

(A) 你最喜歡哪種「花」？

(B) 我「花」了兩天才做完工作

(C) 因為兩天沒睡，所以現在我的眼睛很「花」

(D) 這隻小「花」貓是你的嗎？

_____ 8. 哪 個 是 對 的？
nǎge shì duì de

(A) 講八卦對交朋友沒有幫助

(B) 講八卦雖然對健康有幫助，但是也不能太久

(C) 心跳變慢是因為有不好的情緒

(D) 男生講八卦的時間比女生久

(三)生詞
shēngcí

	生詞	漢語拼音	解釋
1	根據	gēnjù	on the basis of, according to
2	項	xiàng	Individual measure word for rules, articles.
3	研究	yánjiù	study, research
4	通常	tōngcháng	generally, usually, normally
5	花	huā	to spend, to cost
6	八卦	bāguà	gossip(?)

	生詞	漢語拼音	解釋
7	占	zhàn	occupy, take
8	清醒	qīngxǐng	be sober, wide-awake
9	三分之一	sānfēnzhīyī	one-third
10	保守祕密	bǎoshǒu mìmì	keep a secret
11	分享	fēnxiǎng	share
12	意義	yìyì	meaning, sense, significance
13	浪費	làngfèi	waste, squander
14	影響	yǐngxiǎng	to influence, to affect
15	彼此	bǐcǐ	each other, one another
16	關係	guānxì	relationship
17	有益	yǒuyì	benefit, be helpful
18	遊戲	yóuxì	games
19	作弊	zuòbì	cheating
20	心跳	xīntiào	heartbeat
21	恢復	huīfù	resume, renew, recover
22	正常	zhèngcháng	normal, regular
23	負面情緒	fùmiàn qíngxù	negative mood
24	紓解	shūjiě	to relieve
25	顯示	xiǎnshì	to show, to reveal
26	順利	shùnlì	smoothly, successfully
27	話題	huàtí	the subject of a talk, the topic of conversation
28	社交	shèjiāo	social contact, social intercourse
29	限度	xiàndù	limits, limitations

★本篇參考新聞：「講八卦不等於道是非！適度八卦有益身心健康」。

出處：ETtoday新聞雲http://www.ettoday.net/news/20120120/20502.htm

三十五、「樂透」樂不樂？
lètòu　　lè bú lè

㈠文章
wénzhāng

　　「中 樂透」是 每個人的 夢 想，大家 都希望 自
　　zhōng lètòu　 shì měige rén de mèngxiǎng　dàjiā dōu xīwàng zì

己可以 贏 得 頭獎，變　成 大家 都 羨慕 的人。但是，
jǐ　kěyǐ yíngdé tóujiǎng biànchéng dàjiā dōu xiànmù de rén　 dànshì

那些　中 了樂透的人，以後　真 的 過 著 快樂的日子
nàxiē　zhòngle lètòu de rén　 yǐhòu zhēnde guòzhe kuàilè de rìzi

嗎？答案可能 是你 想 不到 的。
ma　dáàn kěnéng shì nǐ xiǎngbúdào de

美國 維吉尼亞大學（University of Virginia）的 史帝
Měiguó　Wéijíníyǎ dàxué　　　　　　　　　　de Shǐdì

夫‧丹尼許（Steve Danish）發現 許多 得主 中 獎 之
fū　Dānníxǔ　　　　　　　fāxiàn xǔduō dézhǔ zhòngjiǎng zhī

後，人生 並 沒有 變得 更 好。有些人 因為 錢 的
hòu　rénshēng bìng méyǒu biànde gènghǎo yǒuxiē rén yīnwèi qián de

問題而離婚；有些人 被他們 的 親戚綁架，只 因為 親
wèntí ér líhūn　yǒuxiē rén bèi tāmen de qīnqī bǎngjià　zhǐ yīnwèi qīn

戚 想 得到他們的 錢。惠塔克（Jack Whittaker）在2002
qī xiǎng dédào tāmen de qián　Huìtǎkè　　　　　　　　zài

年 中了威力球（Powerball）的 頭 獎，獎 金 三億一
nián zhòngle wēilìqiú　　　　　de tóujiǎng　jiǎngjīn sānyì yì

千 五百萬 美元（臺幣104億元），這是 那個 時候 最
qiān wǔbǎiwàn měiyuán　táibì　yìyuán　zhèshì nàge shíhòu zuì

高 的 獎金。惠塔克做了很 多 好 事，他 蓋了教 堂、
gāo de jiǎngjīn　Huìtǎkè zuòle hěnduō hàoshì　tā gàile jiàotáng

成立了基金會，幫 助了許多 人；雖然 他 做了這麼 多
chénglìle jījīnhuì　bāngzhùle xǔduō rén　suīrán tā zuòle zhème duō

的 好事，但是他的 人 生 卻發生 了許多 不好 的 事
de hǎoshì　dànshì tā de rénshēng què fāshēngle xǔduō bùhǎo de shì

情，他 失去了許多 朋 友，有 數百件 的 官司，連他
qíng　tā shīqùle xǔduō péngyǒu　yǒu shùbǎijiàn de guānsī　lián tā

的 孫 女也死於非 命。
de sūnnǚ yě sǐ yú fēi mìng

惠塔克說：「我　中了樂透 之後，真的 覺得人非
Huìtǎkè shuō　　wǒ zhòngle lètòu zhīhòu zhēnde juéde rén fēi

常　地貪心，你只要一有　錢，大家就會開始打你的
cháng de tānxīn　nǐ zhǐyào yì yǒuqián　dàjiā jiù huì kāishǐ dǎ nǐ de

壞 主意，如果 知道 事情 會 變 成　這樣，那我 應
huài zhǔyì　rúguǒ zhīdào shìqíng huì biànchéng zhèyàng　nà wǒ yīng

該把彩券撕掉！」
gāi bǎ cǎijuàn sīdiào

原來，不是 全部 的樂透得主　都　過著　開心的日
yuánlái　búshì quánbù de lètòu dézhǔ dōu guòzhe kāixīn de rì

子，他們 也有 許多 煩惱。也許我們　現在 簡單 的
zi　tāmen yěyǒu xǔduō fánnǎo　yěxǔ wǒmen xiànzài jiǎndān de

生 活，已經 是一 種　最大的幸福了！
shēnghuó　yǐjīng shì yìzhǒng zuì dà de xìngfú le

（二）問題
wèntí

_____ 1. 下 面　哪個 不是 惠塔克發 生　的事 情？
xiàmiàn nǎge búshì Huìtǎkè fāshēng de shìqíng
(A) 他的孫女死了
(B) 他生病了
(C) 有很多麻煩的事要解決
(D) 他的朋友變少了

_____ 2. 那些　中 了樂透的人，之後 都　變得怎麼
nàxiē zhòngle lètòu de rén　zhīhòu dōu biànde zěnme
樣？
yàng

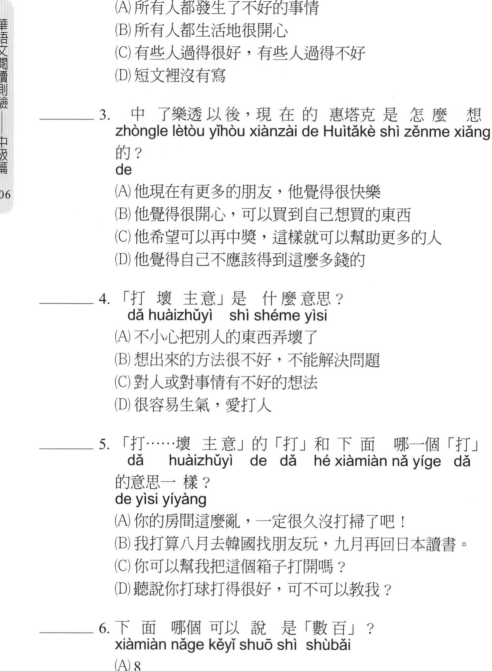

(A) 所有人都發生了不好的事情

(B) 所有人都生活地很開心

(C) 有些人過得很好，有些人過得不好

(D) 短文裡沒有寫

_____ 3. 中 了樂透以後，現 在 的 惠塔克是 怎麼 想
zhòngle lètòu yǐhòu xiànzài de Huìtǎkè shì zěnme xiǎng
的？
de

(A) 他現在有更多的朋友，他覺得很快樂

(B) 他覺得很開心，可以買到自己想買的東西

(C) 他希望可以再中獎，這樣就可以幫助更多的人

(D) 他覺得自己不應該得到這麼多錢的

_____ 4.「打 壞 主意」是 什麼意思？
dǎ huàizhǔyì shì shéme yìsi

(A) 不小心把別人的東西弄壞了

(B) 想出來的方法很不好，不能解決問題

(C) 對人或對事情有不好的想法

(D) 很容易生氣，愛打人

_____ 5.「打……壞 主意」的「打」和 下 面 哪一個「打」
dǎ huàizhǔyì de dǎ hé xiàmiàn nǎ yíge dǎ
的意思一 樣？
de yìsi yíyàng

(A) 你的房間這麼亂，一定很久沒打掃了吧！

(B) 我打算八月去韓國找朋友玩，九月再回日本讀書。

(C) 你可以幫我把這個箱子打開嗎？

(D) 聽說你打球打得很好，可不可以教我？

_____ 6. 下 面 哪個 可以 說 是「數百」？
xiàmiàn nǎge kěyǐ shuō shì shùbǎi

(A) 8

(B) 75

(C) 1200

(D) 260

_____ 7. 「你只要 一 有 錢，大家 就 會 開 始 打 你 的 壞
　　　　 nǐ zhǐyào yì yǒuqián dàjiā jiùhuì kāishǐ dǎ nǐ de huài

　　 主 意」裡的「一」和 下 面 哪個意思一樣？
　　 zhǔyì　 lǐ de　 yī　 hé xiàmiàn nǎge yìsi yíyàng

(A) 一聽到這首歌，我就想起了許多事情。

(B) 天氣一涼，許多人就感冒了。

(C) 你今天去哪裡玩了，怎麼一身髒呢？

(D) 這麼久沒見了，你還是和以前一樣漂亮。

_____ 8. 哪 個 是 錯 的？
　　　　 nǎge shì cuò de

(A) 中樂透雖然可以得到很多錢，但是也會有很多要擔心
　　 的事情

(B) 有很多錢不是一件壞事，所以很多人都想中樂透

(C) 雖然惠塔克做了許多好事，但是他卻不快樂

(D) 如果可以回到過去，惠塔克還是希望他能得到這些錢

(三)生 詞
shēngcí

	生詞	漢語拼音	解釋
1	中／中樂透	zhòng／zhòng lètòu	hit (target), attain, be hit by, hit the jackpot
2	夢想	mèngxiǎng	fond dream
3	贏得	yíngdé	win, gain
4	頭獎	tóujiǎng	first prize
5	羨慕	xiànmù	admire, envy
6	過日子	guò rìzi	live, get along, practice economy
7	答案	dáàn	answer

	生詞	漢語拼音	解釋
8	得主	dézhǔ	winner
9	中獎	zhòngjiǎng	hit the jackpot
10	人生	rénshēng	human life
11	離婚	líhūn	divorce
12	親戚	qīnqī	relatives
13	綁架	bǎngjià	kidnap
14	獎金	jiǎngjīn	money award, bonus
15	蓋	gài	build, construct
16	美元	měiyuán	American dollars
17	臺幣	táibì	NT dollar (New Taiwanese dollar)
18	教堂	jiàotáng	church, cathedral
19	成立	chénglì	found, establish
20	基金會	jījīnhuì	foundation
21	數百	shùbǎi	hundreds of
22	官司	guānsī	lawsuit
23	死於非命	sǐ yú fēi mìng	to die in a disaster, an unnatural death
24	貪心	tānxīn	avaricious, greedy
25	打壞主意	dǎ huàizhǔyì	to harbor indecent thoughts, have bad ideas, brew mischief
26	彩券	cǎijuàn	lottery
27	撕	sī	tear, rip
28	煩惱	fánnǎo	vexation
29	幸福	xìngfú	well-being, happiness

三十六、愚人節
Yúrénjié

　　每年 的四月一號 是「愚人節」，也被 稱 做「萬
měinián de sìyuè yī hào shì　Yúrénjié　　　yě bèi chēngzuò Wàn

愚節」，這 是一個起源 於法國 的節日。每個人一到
yújié　　zhè shì yíge qǐyuán yú Fǎguó de jiérì　　měige rén yídào

這天，都 可以隨意地開別人 玩 笑、捉弄 別人。有
zhètiān　dōu kěyǐ suíyì de kāi biérén wánxiào zhuōnòng biérén　yǒu

些 報紙 或是 電視 新聞 也會 報導一些 假的 新聞,
xiē bàozhǐ huòshì diànshì xīnwén yě huì bàodǎo yìxiē jiǎ de xīnwén

讓 大家 都 能 體驗 這個 有趣的 節日。
ràng dàjiā dōu néng tǐyàn zhège yǒuqù de jiérì

從 以前 到 現在,有幾次 有 名 的「愚人節 事
cóng yǐqián dào xiànzài yǒu jǐ cì yǒumíng de Yúrénjié shì

件」。1957年 美國 的BBC電 視台 報導了這 則 新聞──
jiàn nián Měiguó de diànshìtái bàodǎole zhèzé xīnwén

「義大利 麵 條 樹大 豐 收」,因爲 那個 時候 義大利
Yìdàlì miàntiáo shù dà fēngshōu yīnwèi nàge shíhòu Yìdàlì

菜在 英 國 還不 常見,所以很 多 人 看了 這則 新聞
cài zài Yīngguó hái bù chángjiàn suǒyǐ hěnduō rén kànle zhèzé xīnwén

之後就打電 話 到 電視台 詢問,有的人 還 問 怎麼
zhīhòu jiù dǎ diànhuà dào diànshìtái xúnwèn yǒu de rén hái wèn zěnme

樣 才可以 種 植義大利 麵條 樹!這 是 電視台 最早
yàng cái kěyǐ zhòngzhí Yìdàlì miàntiáo shù zhè shì diànshìtái zuì zǎo

在 愚人節 開大家 玩 笑 的 例子。
zài Yúrénjié kāi dàjiā wánxiào de lìzǐ

1940年 的3月31日,富蘭克林 研 究 員 告 訴大家 明
nián de yuè rì Fùlánkèlín yánjiùyuán gàosù dàjiā míng

天 就是世界末日,這個 事 情被一家 廣 播 電台 報 導
tiān jiùshì shìjiè mòrì zhèige shìqíng bèi yìjiā guǎngbō diàntái bàodǎo

出去。大家 聽 了 之 後 非 常 地害怕,很 多 人 也 打
chūqù dàjiā tīngle zhīhòu fēicháng de hàipà hěnduō rén yě dǎ

電 話 來詢問,一直 到 富蘭克林的 研究員 出來 解釋
diànhuà lái xúnwèn yìzhí dào Fùlánkèlín de yánjiùyuán chūlái jiěshì

這 則 新 聞 是 假 的，大 家 才 漸 漸 放 心。其 實 這 則 新
zhèzé xīnwén shì jiǎ de   dàjiā cái jiànjiàn fàngxīn   qíshí zhèzé xīn

聞 是 威 廉 姆 斯・卡 斯 特 里 爲 了 隔 天 的 講 座《世 界 末
wén shì Wēiliánmǔsī   kǎsītèlǐ wèile gétiān de jiǎngzuò shìjiè mò

日 將 會 怎 樣？》的 宣 傳 而 發 佈 的，沒 想 到 害
rì jiāng huì zěnyàng   de xuānchuán ér fābù de   méi xiǎngdào hài

民 衆 那 麼 害 怕。因 爲 這 個 事 情，卡 斯 特 里 也 丟 了
mínzhòng nàme hàipà yīnwèi zhèige shìqíng   Kǎsītèlǐ yě diūle

他 的 飯 碗，失 去 了 他 的 工 作。雖 然 我 們 在 愚 人 節 這
tā de fànwǎn   shīqùle tā de gōngzuò suīrán wǒmen zài Yúrénjié zhè

天 可 以 開 好 朋 友 的 玩 笑，但 是 玩 笑 也 必 須 要
tiān kěyǐ kāi hǎo péngyǒu de wánxiào dànshì wánxiào yě bìxū yào

控 制，如 果 玩 笑 開 得 太 大，發 生 了 嚴 重 的 事
kòngzhì   rúguǒ wánxiào kāi de tài dà   fāshēngle yánzhòng de shì

情，那 可 就 不 好 了。
qíng   nà kě jiù bùhǎo le

(二)問題
wèntí

_____ 1. 愚 人 節 事 件 是 指 什 麼 事 件？
Yúrénjié shìjiàn shì zhǐ shéme shìjiàn

　(A) 每年愚人節的新聞

　(B) 在愚人節之前的慶祝活動

　(C) 很多人都知道，在愚人節發生的有趣事情

　(D) 一些在愚人節發生的有趣事情，可是很多人都不知道

———— 2. 「義大利 麵 條 樹 大 豐 收」的 新 聞，是 在
Yìdàlì miàntiáo shù dà fēngshōu de xīnwén shì zài

說？
shuō

(A) 一棵義大利麵條的樹

(B) 世界上最長的義大利麵條

(C) 教大家怎麼做義大利麵

(D) 世界上最好吃的義大利麵

———— 3. 大家 聽了「義大利 麵 條 樹 大 豐 收」的 新 聞
dàjiā tīngle Yìdàlì miàntiáo shù dà fēngshōu de xīnwén

以後，覺得？
yǐhòu juéde

(A) 大家都不相信這件事情

(B) 有些人相信

(C) 大家都更喜歡吃義大利麵了

(D) 大家以後都不敢吃義大利麵了

———— 4. 爲 什 麼 會 有「世界 末 日」這 則 新 聞？
wèishéme huì yǒu shìjiè mòrì zhèzé xīnwén

(A) 在電視台工作的人不小心講的笑話

(B) 爲了要讓更多的人來參加某個活動

(C) 大家平常太忙，聽了新聞可以讓大家有好心情

(D) 讓大家知道世界末日的時間，這樣大家就不會有危險
了

———— 5. 很 多 人 聽了「世界 末 日」的 新 聞 之後，都
hěnduō rén tīngle shìjiè mòrì de xīnwén zhīhòu dōu

覺 得？
juéde

(A) 非常開心

(B) 非常生氣

(C) 不相信這件事情

(D) 非常害怕

_____ 6.《世界末日將會怎樣?》是什麼時候的
shìjiè mòrì jiāng huì zěnyàng　shì shéme shíhòu de

活動?
huódòng

(A) 1957年3月30日

(B) 1940年4月1日

(C) 1957年4月1日

(D) 1940年3月31日

_____ 7.「丟飯碗」是什麼意思?
diū fànwǎn shì shéme yìsi

(A) 東西掉了

(B) 肚子餓

(C) 沒有帶錢包

(D) 工作沒了

_____ 8. 哪個是對的?
nǎge shì duì de

(A) 沒有電視新聞會在愚人節這天報導假的新聞

(B)「世界末日」的愚人節事件發生在1957年

(C) 愚人節本來是中國的節日

(D) 卡斯特里因為「世界末日」的假新聞失去了他的工作

(三) 生詞
shēngcí

	生詞	漢語拼音	解釋
1	愚人節	Yúrénjié	April Fool's Day
2	稱	chēng	call
3	起源	qǐyuán	origin
4	節日	jiérì	festival, holiday
5	隨意	suíyì	as one pleases

	生詞	漢語拼音	解釋
6	開玩笑	kāiwánxiào	to joke, to make fun of
7	捉弄	zhuōnòng	to tease, to make fun (or game) of
8	報導	bàodǎo	report
9	體驗	tǐyàn	learn through practice, experience
10	有名	yǒumíng	well-known, famous
11	電視台	diànshìtái	television (or TV) station
12	義大利麵條	yìdàlì miàntiáo	spaghetti
13	豐收	fēngshōu	a bumper crop, a plentiful harvest
14	則	zé	measure word forshort articles, such as news, jokes,etc.
15	詢問	xúnwèn	ask about, inquire
16	種植	zhòngzhí	plant, grow
17	例子	lìzi	example, case, instance
18	研究員	yánjiùyuán	researcher
19	世界末日	shìjiè mòrì	end of the earth, end of the world
20	廣播電台	guǎngbō diàntái	a broadcasting station, a broadcaster
21	解釋	jiěshì	to explain
22	漸漸	jiànjiàn	gradually, by degrees, little by little
23	放心	fàngxīn	to be at ease, not worry
24	其實	qíshí	as a matter of fact, actually, in fact
25	講座	jiǎngzuò	a lecture
26	宣傳	xuānchuán	propagandist, publicist
27	發佈	fābù	to issue, to release
28	丟飯碗	diū fànwǎn	to lose one's job
29	控制	kòngzhì	control, dominate, command
30	嚴重	yánzhòng	serious, grave, critical

三十七、「低頭族」小心！
dītóuzú　　xiǎoxīn

㊀文章
wénzhāng

　　你用 智慧型 手機（smartphone）嗎？你一天 花
　　nǐ yòng zhìhuìxíng shǒujī 　　　　　　ma 　nǐ yìtiān huā

多少 時間 盯著 手機呢？最近 有一個新 的 名詞—
duōshǎo shíjiān dīngzhe shǒujī ne 　zuìjìn yǒu yíge xīn de míngcí

「低頭族」（Smartphone Addicts），指 的 是 那些 隨時 低
　dītóuzú 　　　　　　　　　　　　zhǐ de shì nàxiē suíshí dī

著 頭 使用3C產品的人。因爲 社會越來越進步，出
zhe tóu shǐyòng chǎnpǐn de rén　yīnwèi shèhuì yuèláiyuè jìnbù　chū

現了 很 多 新的3C產品，所以 成 爲「低頭族」的 人
xiànle hěnduō xīn de　chǎnpǐn　suǒyǐ chéngwéi　dītóuzú　de rén

也 越來越 多了。
yě yuèláiyuè duō le

　　使用 智慧型 手機的好 處 有 很 多，你可以隨時
shǐyòng zhìhuìxíng shǒujī de hǎochù yǒu hěnduō　nǐ　kěyǐ suíshí

隨地和 朋 友 聊 天、寫 電子郵件、玩 遊戲，也可以隨
suídì hé péngyǒu liáotiān　xiě diànzǐ yóujiàn　wán yóuxì　yě kěyǐ suí

時 隨地聽音樂、看 影 片。這麼 多 的 功能，只要
shí suídì tīng yīnyuè　kàn yǐngpiàn　zhème duō de gōngnéng　zhǐyào

一根 手 指頭就可以辦到！因爲智慧型 手機這麼
yìgēn shǒuzhǐ tou jiù kěyǐ bàndào　yīnwèi zhìhuìxíng shǒujī zhème

　方 便，所以很多人不 管 什麼 時候，像 是 走路、
fāngbiàn　suǒyǐ hěnduō rén bùguǎn shéme shíhòu　xiàngshì zǒulù

吃飯 或 搭車，常 常 手機不離身，永 遠 專心地
chīfàn huò dāchē chángcháng　shǒujī bù lí shēn yǒngyuǎn zhuānxīn de

看著 手機。
kànzhe shǒujī

　　智慧型 手機有 這麼 多 的 好 處，也 有 很 多
zhìhuìxíng shǒujī yǒu zhème duō de hǎochù　yě yǒu hěnduō

讓 人困擾 的地方。很 多 人 連 和朋 友吃飯 的 時
ràng rén kùnrǎo de dìfāng　hěnduō rén lián hé péngyǒu chīfàn de shí

候 都 專 心 在手機上，大家就算 眞 的見 面，也
hòu dōu zhuānxīn zài shǒujī shàng dàjiā jiùsuàn zhēn de jiànmiàn　yě

很 少 抬頭聊 天。這 樣 讓 人與人的 關係日漸 疏
hěnshǎo táitóu liáotiān　zhèyàng ràng rén yǔ rén de guānxì rì jiàn shū

遠，溝 通 不再是 面 對面 的，而是 手機裡一個個 的
yuǎn gōutōng búzài shì miànduìmiàn de　ér shì　shǒujīlǐ yígege de

文字 訊息。此外，低頭 太久也可 能 對 健 康 不好，脖
wénzì xùnxí　cǐwài　dītóu tài jiǔ yě kěnéng duì jiànkāng bùhǎo　bó

子和 手 指很 容易受 傷。這些 人 走在 路上 也 容
zi hé shǒuzhǐ hěn róngyì shòushāng zhèxiē rén zǒuzài lùshàng yě róng

易因爲 不夠　專 心，過馬路的 時候 容易發 生 危險。
yì yīnwèi búgòu zhuānxīn　guòmǎlù de shíhòu róngyì　fāshēng wéixiǎn

你也是「低頭族」嗎？使用 智慧型 手機雖然 很
nǐ yěshì　dītóuzú　ma shǐyòng zhìhuìxíng shǒujī suīrán hěn

方 便，但 我們 也要 小心它帶來的 問題。有 時候也
fāngbiàn　dàn wǒmen yě yào xiǎoxīn tā dàilái de　wèntí　yǒu shíhòu yě

抬頭 看看 身 邊可愛的朋 友，看看 這個美麗的世界
táitóu kànkan shēnbiān kěài de péngyǒu　kànkan zhèige měilì de shìjiè

吧！
ba

(二)問題
wèntí

＿＿＿＿ 1. 哪一個是 文 章 所 說 的低頭族？
nǎyíge shì wénzhāng suǒ shuō de dītóuzú
(A) 不管什麼時候，常常低著頭玩手機的人
(B) 容易覺得累，常常低著頭想睡覺的人
(C) 容易緊張、常常低著頭，講話很小聲的人

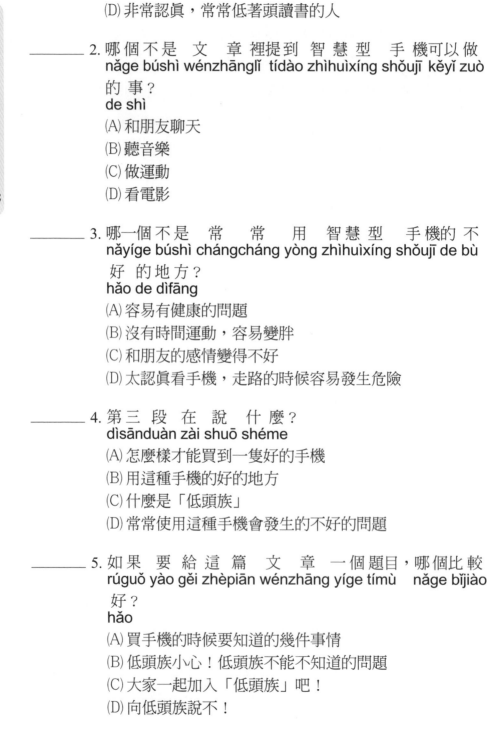

(D) 非常認眞，常常低著頭讀書的人

_____ 2. 哪 個 不 是 文 章 裡提到 智 慧型 手 機可以做
nǎge búshì wénzhānglǐ tídào zhìhuìxíng shǒujī kěyǐ zuò
的 事？
de shì

(A) 和朋友聊天

(B) 聽音樂

(C) 做運動

(D) 看電影

_____ 3. 哪一個 不 是 常 常 用 智 慧型 手 機的 不
nǎyíge búshì chángcháng yòng zhìhuìxíng shǒujī de bù
好 的 地 方？
hǎo de dìfāng

(A) 容易有健康的問題

(B) 沒有時間運動，容易變胖

(C) 和朋友的感情變得不好

(D) 太認眞看手機，走路的時候容易發生危險

_____ 4. 第 三 段 在 說 什麼？
dìsānduàn zài shuō shéme

(A) 怎麼樣才能買到一隻好的手機

(B) 用這種手機的好的地方

(C) 什麼是「低頭族」

(D) 常常使用這種手機會發生的不好的問題

_____ 5. 如 果 要 給 這 篇 文 章 一個題目，哪個比較
rúguǒ yào gěi zhèpiān wénzhāng yíge tímù nǎge bǐjiào
好？
hǎo

(A) 買手機的時候要知道的幾件事情

(B) 低頭族小心！低頭族不能不知道的問題

(C) 大家一起加入「低頭族」吧！

(D) 向低頭族說不！

＿＿＿＿＿ 6. 爲什麼 智慧型 手機讓 人與人之間的
wèishéme zhìhuìxíng shǒujī ràng rén yǔ rén zhījiān de

關係變 不好？
guānxì biàn bùhǎo

(A)因爲年紀大的人不太會用智慧型手機，所以不容易和
年輕人交朋友

(B)因爲太少和朋友聊天，容易吵架

(C)大家太認眞在手機上，所以很少花時間關心身邊的朋
友

(D)因爲很多人不想和沒有智慧型手機的人當朋友

＿＿＿＿＿ 7. 「就算」可以放進哪個句子？
jiùsuàn kěyǐ fàngjìn nǎge jùzi

(A)只要我們努力，□□再難的問題，也一定能解決。

(B)□□今天沒下雨，要不然就不能出去跑步了。

(C)麵包很好吃，□□我更喜歡吃巧克力。

(D)你剛剛說要喝咖啡，現在說要喝可樂，□□要喝什麼
啊？

＿＿＿＿＿ 8. 哪個是對的？
nǎge shì duì de

(A)只要是有手機的人，我們都可以叫他「低頭族」

(B)常常用智慧型手機的人可以交到更多的朋友

(C)使用智慧型手機的人越來越少了，因爲太貴了大家買
不起

(D)因爲用智慧型手機可以做的事越來越多了，所以大家
花更多的時間在手機上了

(三)生詞
shēngcí

	生詞	漢語拼音	解釋
1	智慧型手機	zhìhuìxíng shǒujī	smartphone
2	盯	dīng	gaze, stare at
3	名詞	míngcí	noun
4	指	zhǐ	refer to
5	隨時隨地	suíshí suídì	anytime and anywhere
6	使用	shǐyòng	to use, to put to use, to make use of
7	3C產品	chǎnpǐn	high-tech product (computer, cell phone, camera)
8	成為	chéngwéi	become, turn into
9	好處	hǎochù	good, benefit, advantage
10	電子郵件	diànzǐ yóujiàn	e-mail
11	影片	yǐngpiàn	film, movie
12	功能	gōngnéng	function, competence
13	辦（到）	bàn (dào)	to do, to handle, to manage, to set up, to run
14	不管	bùguǎn	no matter, regardless of
15	不離身	bù lí shēn	to take it everwhere
16	永遠	yǒngyuǎn	always, forever
17	專心	zhuānxīn	be absorbed in, concentrate effort
18	困擾	kùnrǎo	perplex, puzzle
19	就算	jiùsuàn	even if, granted that
20	抬	tái	to carry (together), to lift, to raise

	生詞	漢語拼音	解釋
21	關係	guānxì	relationship
22	疏遠	shūyuǎn	aloof, remote
23	溝通	gōutōng	communicate, link up
24	面對面	miànduìmiàn	face to face, to face each other
25	文字訊息	wénzì xùnxí	text messages
26	此外	cǐwài	besides, in addition, moreover
27	脖子	bózi	neck
28	手指	shǒuzhǐ	finger
29	受傷	shòushāng	be injured, wounded
30	過馬路	guò mǎlù	to cross the street

三十八、咖啡時間
kāfēi shíjiān

(一)文 章
wénzhāng

　　咖啡是 許多 人喜歡 的 飲料，很多 人一天 不來
　　kāfēi shì xǔduō rén xǐhuān de yǐnliào　hěnduō rén yìtiān bù lái

上 幾杯咖啡總 覺得 時間 過得特別 慢，精 神比較不
shàng jǐbēi kāfēi zǒng juéde shíjiān guòde tèbié màn　jīngshén bǐjiào bù

好。上 班族來一杯咖啡可以提神，工 作的 時候 效率
hǎo shàngbānzú lái yìbēi kāfēi kěyǐ tíshén gōngzuò de shíhòu xiàolù

會 特別 好：學 生 來一杯 咖啡可以 讓 自己更 專心
huì tèbié hǎo xuéshēng lái yìbēi kāfēi kěyǐ ràng zìjǐ gèng zhuānxīn

在 功課 上。你知道 嗎？「咖啡」有 許多 有趣的 研
zài gōngkè shàng nǐ zhīdào ma kāfēi yǒu xǔduō yǒuqù de yán

究，其中 從咖啡「提神」的 這個作 用，還可以看
jiù qízhōng cóng kāfēi tíshén de zhèige zuòyòng hái kěyǐ kàn

出 你是不是個懶惰的人喔！
chū nǐ shìbúshì ge lǎnduò de rén o

　　根據一項 加拿大（Canada）的 研究，咖啡「提神」
gēnjù yíxiàng Jiānádà děi yánjiù kāfēi tíshén

的 這個 作用，只對懶惰的 人有 用。在 研究 中，研
de zhèige zuòyòng zhǐ duì lǎnduò de rén yǒuyòng zài yánjiùzhōng yán

究人員 把咖啡因（caffeine）注射 在老鼠的 身 上，
jiù rényuán bǎ kāfēiyīn zhùshè zài lǎoshǔ de shēnshàng

結果 他們 發現 原來比較「勤勞」的老鼠 變 得比較 不
jiéguǒ tāmen fāxiàn yuánlái bǐjiào qínláo de lǎoshǔ biànde bǐjiào bù

活潑，原 來比較「懶惰」的 老鼠 卻 變 得比較 活潑。
huópō yuánlái bǐjiào lǎnduò de lǎoshǔ què biànde bǐjiào huópō

從 這裡我們 可以知道，如果 咖啡對 你有提神 的 幫
cóng zhèlǐ wǒmen kěyǐ zhīdào rúguǒ kāfēi duì nǐ yǒu tíshén de bāng

助，那麼你可能 就是那隻懶惰的老鼠！
zhù nàme nǐ kěnéng jiùshì nà zhī lǎnduò de lǎoshǔ

　　除此之外，咖啡還有 許多 的好處。如果 你覺得自
chúcǐ zhīwài kāfēi háiyǒu xǔduō de hǎochù rúguǒ nǐ juéde zì

己快 感冒 了，趕 快 來杯咖啡吧！根據研究，喝杯熱
jǐ kuài gǎnmào le gǎnkuài lái bēi kāfēi ba gēnjù yánjiù hē bēi rè

熱的咖啡對 初期感冒 有 很 好的 幫 助。喝咖啡也可
rè de kāfēi duì chūqí gǎnmào yǒu hěnhǎo de bāngzhù　hē kāfēi yě kě

以 讓 心 情 快樂，甚 至 讓 運 動 員 有 更 好 的
yǐ ràng xīnqíng kuàilè　shènzhì ràng yùndòngyuán yǒu gènghǎo de

成績。此外，咖啡 還 可以 幫 助 壽 命 增加。你喜
chéngjī　cǐwài　kāfēi huán kěyǐ bāngzhù shòumìng zēngjiā　nǐ xǐ

歡 喝咖啡嗎？只要 不要 過量，適 量 的咖啡不但 對
huān hē kāfēi ma　zhǐyào búyào guòliàng　shìliàng de kāfēi búdàn duì

身 體沒 有 壞處，反而 還 能 帶來許多 好處喔！
shēntǐ méiyǒu huàichù　fǎnér hái néng dàilái xǔduō hǎochù　o

(二)問題
wèntí

_____ 1. 這 篇 文 章 主要 的意思是 什麼？
zhèpiān wénzhāng zhǔyào de yìsi shì shéme

(A) 喝咖啡對剛開始感冒的人是有幫助的

(B) 世界上很多人都喜歡喝咖啡

(C) 多喝咖啡只有好處，不會對身體不好

(D) 喝咖啡有許多好處，還可以知道你是不是個懶惰的人

_____ 2. 哪 個 是 對 的？
nǎge shì duì de

(A) 這是日本的研究

(B) 他們讓動物喝咖啡，看看牠們喝了之後會變得怎麼樣

(C) 研究使用的動物是老鼠

(D) 他們發現，原本比較懶惰而且喜歡休息的老鼠變得更
　　安靜、更不喜歡動了

_____ 3. 下 面 哪一個不是 喝咖啡 的 好 處？
xiàmiàn nǎyíge búshì hē kāfēi de hǎochù

(A) 做事可以更專心

(B) 對剛開始的感冒有幫助

(C) 變得更聰明

(D) 可以活的更久

_____ 4. 「明 天 就 要 考 試 了，他□□一點 也 不 著 急，
míngtiān jiùyào kǎoshì le　tā　yìdiǎn yě bù zhāojí

□□ 還 舒 服 地 坐 在 沙發 上 聽 起 音 樂 來。」
hái shūfú de zuòzài shāfāshàng tīng qǐ yīnyuè lái

□□ 中 可以 放 入 什 麼？
zhōng kěyǐ fàngrù shéme

(A) 雖然／但是

(B) 不但／反而

(C) 不但／還是

(D) 因爲／所以

_____ 5. 第6行 的「看出」，不能 換 成 下 面 哪一
dì háng de kànchū　bùnéng huànchéng xiàmiàn nǎyí

個？
ge

(A) 看看

(B) 發現

(C) 知道

(D) 清楚

_____ 6. 下 面 哪一個和「好 處↔壞 處」的意思不一 樣？
xiàmiàn nǎyíge hé hǎochù huàichù de yìsi bù yíyàng

(A) 飽↔餓

(B) 吵↔安靜

(C) 困難↔簡單

(D) 了解↔知道

_____ 7.「很 多 人 一 天 不 來 上 幾杯 咖啡 總 覺得 時
　　　　hěnduō rén yìtiān bù láishàng jǐbēi kāfēi zǒng juéde shí

間 過 得 特別 慢」中 的「特別」和 下面 哪個
jiān guòde tèbié màn zhōng de　tèbié　hé xiàmiàn nǎge

意思 一 樣？
yìsi yíyàng

(A) 這雙鞋子眞「特別」，你在哪裡買的？

(B) 今天有什麼「特別」的新聞嗎？

(C) 你今天「特別」漂亮，是不是發生什麼好事？

(D) 我想到了一個「特別」的計畫，下次說給你聽。

_____ 8. 哪 個 是 對 的？
　　　　nǎge shì duì de

(A) 喝咖啡對身體有很好，所以多喝一點也沒關係

(B) 不是每個人喝咖啡都可以「提神」

(C) 很多人覺得咖啡很苦，所以不喜歡喝咖啡

(D) 咖啡只有「提神」的好處，可以讓學生學習得更好

(三)生 詞
shēngcí

	生詞	漢語拼音	解釋
1	上	shàng	[aspect] used as a complement to a verb: indicating that an action has started and is in progress
2	過	guò	to pass
3	精神	jīngshén	spirit, vigor, drive
4	上班族	shàngbānzú	the nine-to-fivers
5	提神	tíshén	refresh oneself
6	效率	xiàolǜ	efficiency
7	專心	zhuānxīn	be absorbed in, concentrate effort
8	研究	yánjiù	study, research

	生詞	漢語拼音	解釋
9	作用	zuòyòng	function, effect
10	懶惰	lǎnduò	lazy
11	根據	gēnjù	on the basis of, according to
12	研究人員	yánjiù rényuán	researcher
13	注射	zhùshè	to inject
14	老鼠	lǎoshǔ	mouse, rat
15	身上	shēnshàng	(on one's) body
16	比較	bǐjiào	relatively, fairly
17	勤勞	qínláo	industrious, hardworking
18	活潑	huópō	lively, vivacious
19	除此之外（此外）	chúcǐ zhīwài	besides, in addition
20	好處	hǎochù	good, benefit, advantage
21	初期	chūqí	initial stage, early days
22	甚至	shènzhì	even
23	運動員	yùndòngyuán	athlete
24	成績	chéngjī	result, achievement
25	壽命	shòumìng	life
26	增加	zēngjiā	to increase, to raise, to add
27	過量	guòliàng	overrun, overdo
28	適量	shìliàng	appropriate amount
29	壞處	huàichù	harm, disadvantage, defect
30	反而	fǎnér	on the contrary, instead

三十九、失眠
shīmián

(一)文 章
wénzhāng

失眠 的意思是 夜晚 無法得到 適當 的休息，導致
shīmián de yìsi shì yèwǎn wúfǎ dédào shìdàng de xiūxí dǎozhì

睡眠 不足、睡眠品質不好。失眠的人可能有
shuìmián bùzú shuìmián pǐnzhí bù hǎo shīmián de rén kěnéng yǒu

下面幾個症狀。第一，上床後很難入睡：超
xiàmiàn jǐge zhèngzhuàng dìyī shàngchuáng hòu hěn nán rùshuì chāo

過30分鐘 以上 無法入睡，就可以算 是失眠。第二，
guò fēnzhōng yǐshàng wúfǎ rùshuì jiù kěyǐ suàn shì shīmián dìèr

時 睡 時 醒、睡 得 不夠 深。第三，不 容易 睡 著，睡
shí shuì shí xǐng shuìde bú gòu shēn dìsān bù róngyì shuìzháo shuì

著 後 容易醒 過來，醒 來後 無法再 睡 著。在 生
zháo hòu róngyì xǐng guòlái xǐng lái hòu wúfǎ zài shuìzháo zài shēng

活 緊張 的 現代社會 中，失眠 的 情形 相 當
huó jǐnzhāng de xiàndài shèhuìzhōng shīmián de qíngxíng xiāngdāng

普遍，研究發現，老年 人和女性 較其他人 更 容易
pǔpiàn yánjiù fāxiàn lǎoniánrén hé nǚxìng jiào qítā rén gèng róngyì

失 眠。
shīmián

雖然失眠 不會直接影響 到人的 生 命 安
suīrán shīmián búhuì zhíjiē yǐngxiǎng dào rén de shēngmìng ān

全，但是 卻會嚴 重 影 響 生 活品質。失眠
quán dànshì quèhuì yánzhòng yǐngxiǎng shēnghuó pǐnzhí shīmián

容易使人 感到 憂鬱、煩躁，長 期失眠 的人 甚至
róngyì shǐ rén gǎndào yōuyù fánzào chángqí shīmián de rén shènzhì

會 覺得 生 不如死。很 多 人 因為 失眠，導致白天的
huì juéde shēng bù rú sǐ hěnduō rén yīnwèi shīmián dǎozhì báitiān de

工 作、生 活、人際關係都 受到 影 響。
gōngzuò shēnghuó rénjì guānxì dōu shòudào yǐngxiǎng

對付不嚴 重 的 失眠 有 幾個 辦法。例如：讓自己
duìfù bù yánzhòng de shīmián yǒu jǐge bànfǎ lìrú ràng zìjǐ

有 規律的 生 活、有 早 睡 早起及運 動 的習慣。
yǒu guīlǜ de shēnghuó yǒu zǎo shuì zǎo qǐ jí yùndòng de xíguàn

睡 前要 放 鬆 心情，可以聽聽 輕 音樂、泡泡 熱
shuì qián yào fàngsōng xīnqíng　kěyǐ tīngtīng qīng yīnyuè　pàopào rè

水澡。不要在 床 上 看書、看電視、講 電話，
shuǐzǎo　búyào zài chuángshàng kàn shū　kàn diànshì　jiǎngdiànhuà

這 會破壞你的 睡 眠 習慣。睡 覺 前 也不要 吃太 飽
zhè huì pòhuài nǐ de shuìmián xíguàn shuìjiào qián yě búyào chī tài bǎo

或是 做劇烈 運 動，更 不能 喝 茶、咖啡、可樂等 有
huòshì zuò jùliè yùndòng　gèng bùnéng hē chá　kāfēi　kělè děng yǒu

咖啡因的 飲料。如果 這些 辦法對你來 說 都 沒有用，
kāfēiyīn de yǐnliào　rúguǒ zhèxiē bànfǎ duì nǐ lái shuō dōu méiyǒuyòng

那你就該 好好 找 醫生 談談了！
nà nǐ jiù gāi hǎohǎo zhǎo yīshēng tántán le

(二)問題
wèntí

_____ 1. 哪一個不是 失 眠 的 症 狀？
nǎ yí ge búshì shīmián de zhèngzhuàng
(A) 上床後很難入睡
(B) 時睡時醒
(C) 睡著後容易醒過來，醒來後無法再睡著
(D) 女性比男性容易失眠

_____ 2. 第二 段 主要 告訴我們 什麼？
dì èr duàn zhǔyào gàosù wǒmen shéme
(A) 失眠的症狀
(B) 失眠對生活的影響
(C) 對付失眠的辦法
(D) 失眠的意思

_____ 3. 關 於 第二 段 的 內 容，下 面 哪一個 正確？
guānyú dì èr duàn de nèiróng xiàmiàn nǎ yíge zhèngquè

(A) 失眠會直接影響生命安全

(B) 失眠不會影響生活品質

(C) 長期失眠的人會覺得生不如死

(D) 失眠的人可以在晚上工作

_____ 4. 失 眠 的 人 不 會 發 生　什麼 事 情？
shīmián de rén búhuì fāshēng shéme shìqíng

(A) 常常覺得煩躁

(B) 白天的工作受到影響

(C) 感到憂鬱

(D) 常常感冒發燒

_____ 5. 讀 完 第三 段　我 們 可以 知道　什麼？
dú wán dì sān duàn wǒmen kěyǐ zhīdào shéme

(A) 失眠對人的影響

(B) 失眠的症狀

(C) 幾個幫助睡著的方法

(D) 對身體健康的食物

_____ 6. 如 果 你 的 失 眠　情　況　不 嚴　重，你 可以 試
rúguǒ nǐ de shīmián qíngkuàng bù yánzhòng nǐ kěyǐ shì

試 看 做 下 面 哪一個 事 情　幫 助　睡眠？
shì kàn zuò xiàmiàn nǎ yíjiàn shìqíng bāngzhù shuìmián

(A) 睡前喝些咖啡、可樂

(B) 睡前做一些劇烈運動

(C) 在床上打電話給朋友聊天

(D) 聽些輕音樂、泡澡

_____ 7. 下 面 哪 個 人 不 算 是 失 眠？
xiàmiàn nǎge rén búsuàn shì shīmián

(A) 子傑躺在床上1個小時還睡不著

(B) 金蓮一個晚上睡睡醒醒，睡得不夠深

(C) 家真睡了12個小時以後醒來，再也睡不著了

(D) 天衛躺在床上40分鐘後還醒著

8. 「生 不如死」是 什麼意思？
shēng bù rú sǐ　shì shéme yìsi

(A) 活著比較好

(B) 死了比活著快樂

(C) 活著比死了好

(D) 雖然活著但是跟死了一樣痛苦

(三) 生 詞
shēngcí

	生詞	漢語拼音	解釋
1	失眠	shīmián	sleepless, suffer from insomnia
2	夜晚	yèwǎn	evening
3	無法	wúfǎ	unable to, cannot
4	適當	shìdàng	suitable, proper
5	導致	dǎozhì	lead to, bring about, result in, cause
6	睡眠	shuìmián	sleep
7	不足	bùzú	not be enough, not be worth (doing sth.), cannot, should not
8	品質	pǐnzhí	character, quality
9	症狀	zhèngzhuàng	symptom
10	入睡	rùshuì	fall asleep
11	時睡時醒	shí shuì shí xǐng	to wake up many times while sleeping
12	超過	chāoguò	outstrip, surpass, exceed
13	睡著	shuìzháo	fall asleep
14	普遍	pǔpiàn	universal, general, widespread, common
15	及	jí	and

	生詞	漢語拼音	解釋
16	女性	nǚxìng	female sex, woman
17	直接	zhíjiē	direct, immediate
18	生命	shēngmìng	life
19	憂鬱	yōuyù	depressed
20	煩躁	fánzào	annoyed and impatient
21	長期	chángqí	long period of time, long-term
22	甚至	shènzhì	even
23	生不如死	shēng bù rú sǐ	living death
24	人際關係	rénjìguānxì	interpersonal relationship
25	對付	duìfù	deal/cope with, counter, tackle, make do
26	規律	guīlǜ	regular pattern
27	放鬆	fàngsōng	relax, slacken, loosen
28	輕音樂	qīng yīnyuè	light music
29	破壞	pòhuài	violate, destroy
30	劇烈	jùliè	violent, fierce
31	咖啡因	kāfēiyīn	caffeine

四十、有幾桶 水？
yǒu jǐ tǒng shuǐ

(一)文章
wénzhāng

從前，有個國王 和一群大臣 到 海邊 散步，
cóngqián yǒu ge guówáng hé yìqún dàchén dào hǎibiān sànbù

國王 看著一望 無際的大海，突然 心血來 潮，問
guówáng kànzhe yí wàng wú jì de dàhǎi   túrán xīn xiě lái cháo wèn

身 邊 的大臣 們：「你們 覺得，這 海 總共 可以
shēnbiān de dàchénmen   nǐmen juéde   zhè hǎi zǒnggòng kěyǐ

裝　多少　桶 水？」大臣　們　聽了，都 只能　大眼
zhuāng duōshǎo tǒng shuǐ　　dàchénmen tīng le　dōu zhǐnéng dà yǎn

瞪　小 眼。國王　看 到 這 樣 的 情形，便　告訴所
dèng xiǎo yǎn　guówáng kàndào zhèyàng de qíngxíng　biàn gàosù suǒ

有 的大臣：「給你們　三天 的 時間 思考 這個 問題，
yǒu de dàchén　gěi nǐmen sāntiān de shíjiān sīkǎo zhèige wèntí

答得 出來的人，我 有　重　賞，如果 沒有 人答 出
dá de chūlái de rén　wǒ yǒu zhòngshǎng rú guǒ méiyǒu rén dá chū

來，我 全部 都要　處罰！」
lái　wǒ quánbù dōuyào chǔfá

大臣　們非常　緊張，大家到處 尋找　國內 數
dàchénmen fēicháng jǐnzhāng　dàjiā dàochù xúnzhǎo guónèi shù

學 不錯 的 人，請他們　幫忙　算算　大海裡到底有
xué búcuò de rén　qǐng tāmen bāngmáng suànsuàn　dàhǎilǐ dàodǐ yǒu

多少　水、可以 裝　多少　桶 水，可是 大家 算 來
duōshǎo shuǐ　kěyǐ zhuāng duōshǎo tǒng shuǐ　kěshì dàjiā suàn lái

算 去，還是 無法 算　出 一個 確 定 的 答案。
suàn qù　háishì wúfǎ suàn chū yíge quèdìng de dáàn

一眨眼，三天 的 期限　到了。國 王 把大臣 們集
yìzhǎyǎn　sāntiān de qíxiàn dào le　guówáng bǎ dàchénmen jí

合在 宮 殿，詢問 大臣　們 有 沒有　人 知道答案。結
hé zài gōngdiàn　xúnwèn dàchénmen yǒuméiyǒu rén zhīdào dáàn　jié

果 還是 沒有人 出來回答。就在 國 王 思考該 如何
guǒ háishì méiyǒu rén chūlái huídá　jiùzài guówáng sīkǎo gāi rúhé

處罰 這群大臣　時，旁 邊 一個掃地的老 僕人　說 話
chǔfá zhèqún dàchén shí　pángbiān yíge sǎodì de lǎo púrén shuōhuà

了：「稟告 國王，我 想 我 知道 海裡有 多少 桶
le　　bǐnggào guówáng　wǒ xiǎng wǒ zhīdào　hǎilǐ yǒu duōshǎo tǒng

水。」國王 說：「就 讓 你 說說 看 吧！」老僕人
shuǐ　　guówáng shuō　　jiù ràng nǐ shuōshuō kàn ba　　lǎo púrén

說：「這個 問題，要 看 國王 您給的 桶子有 多
shuō　zhèige wèntí　　yào kàn guówáng nín gěi de tǒngzi yǒu duō

大，如果是 和海水一 樣 大的 桶子，那就是一桶 水，
dà　　rúguǒ shì hé hǎishuǐ yíyàng dà de tǒngzi　　nà jiù shì yìtǒng shuǐ

如果 桶子只有海 水 的一半大，那就是 兩桶 水，以
rúguǒ tǒngzi zhǐyǒu hǎishuǐ de yíbàn dà　　nà jiùshì liǎngtǒng shuǐ　　yǐ

此類推。」
cǐ lèi tuī

　　國王 聽了老 僕人的答案，非常 高興，重 賞
　　guówáng tīngle lǎo púrén de dáàn　　fēicháng gāoxìng zhòngshǎng

了老僕人。大臣 們 回答不出來 國王 的 問題，是因
le lǎo púrén　dàchénmen huídá bù chūlái guówáng de wèntí　　shì yīn

為 算 不出來海水 到底有 多少，老僕人則是 從
wèi suàn bù chūlái hǎishuǐ dàodǐ yǒu duōshǎo　lǎo púrén zéshì cóng

桶子有 多大來思考 問題。這個 故事 告訴我們，有 時
tǒngzi yǒu duōdà lái sīkǎo wèntí　zhèige gùshì gàosù wǒmen　yǒushí

候，換 個角度思考，難題就 能 夠解決了。
hòu　huàn ge jiǎodù sīkǎo　nántí jiù nénggòu jiějué le

(二)問題
wèntí

_____ 1. 下 面 哪個答案，最可以 說明 大臣 們 在
xiàmiàn nǎge dáàn zuì kěyǐ shuōmíng dàchénmen zài

海 邊 聽 到 國 王 的 問題 時 的 情 況？
hǎibiān tīngdào guówáng de wèntí shí de qíngkuàng

(A) 大臣們搶著說出答案

(B) 沒有人知道答案

(C) 大家都覺得別人知道答案

(D) 有人知道答案，但是沒有說出來

_____ 2. 答 出 國 王 的 問題會 怎 麼 樣？
dá chū guówáng de wèntí huì zěnmeyàng

(A) 國王會帶他去看海

(B) 國王會給他很多錢或是很多禮物

(C) 可以和國王一起欣賞風景

(D) 可以當國王

_____ 3. 「一眨眼」是 什 麼 意思？
yìzhǎyǎn shì shéme yìsi

(A) 時間過得非常快

(B) 時間一天一天地過去

(C) 時間到了

(D) 時間過得很慢

_____ 4. 下 面 關於「大眼 瞪 小 眼」的 用法，哪
xiàmiàn guānyú dà yǎn dèng xiǎo yǎn de yòngfǎ nǎ

個 正 確？
ge zhèngquè

(A) 媽媽生氣地問是誰打破杯子，我跟妹妹兩個人「大眼
瞪小眼」，沒有人說話。

(B) 老師和我「大眼瞪小眼」，告訴我上課不要講話。

(C) 發生車禍的兩個人一邊吵架，一邊「大眼瞪小眼」，

吵得臉都紅了，兩個人都說是對方的錯。

(D) 今天是情人節，街上的情侶們都「大眼瞪小眼」，看起來感情非常好。

_____ 5. 甲、大臣 們 還是 不 知道 答案
dàchénmen háishì bù zhīdào dáàn

乙、國 王 給 大臣 們 三 天 找 答案
guówáng gěi dàchénmen sāntiān zhǎo dáàn

丙、國 王 問 老 僕人 知 不 知道 答案
guówáng wèn lǎo púrén zhī bù zhīdào dáàn

丁、老 僕人 告訴 國 王 他 知道 答案
lǎo púrén gàosù guówáng tā zhīdào dáàn

戊、老 僕人 說 出 正 確 答案
lǎo púrén shuōchū zhèngquè dáàn

上 面 幾件 事 情，從「先 發 生」到「最後
shàngmiàn jǐjiàn shìqíng cóng xiān fāshēng dào zuìhòu

發 生」應 該 怎麼 排 才 是 對 的？
fāshēng yīnggāi zěnme pái cái shì duì de

(A) 乙→甲→丙→丁→戊

(B) 甲→乙→丁→戊

(C) 甲→乙→丙→丁→戊

(D) 乙→甲→丁→戊

_____ 6. 這 個 故事 後 來 怎麼 樣 了？
zhèige gùshì hòulái zěnmeyàng le

(A) 大臣們找到答案了

(B) 數學家算出海有幾桶水了

(C) 老僕人得到國王的重賞

(D) 大臣們被國王處罰了

_____ 7. 下 面 關 於「以此 類 推」的 用 法，哪個 錯 誤？
xiàmiàn guānyú yǐ cǐ lèi tuī de yòngfǎ nǎge cuòwù

(A) 如果你有一本書沒有準時還給圖書館，遲還一天罰5塊，兩天罰10塊，以此類推。

(B) 現在衣服買一送一，買二送二，買三送三，以此類

推，買越多，送越多唷！

(C) 在我們公司工作滿一年，可以放七天特別假，兩年可以放八天特別假，三年可以放九天特別假，以此類推。

(D) 紅色、白色、黑色、藍色在我們文化中都有不同的意思，例如紅色代表喜事、白色則是有死亡的意思，以此類推。

_____ 8. 哪 個 不 對 ？
　　　　 nǎge bú duì
(A) 遇到困難的問題，可以換一個方式思考
(B) 連大臣們都回答不出來的問題，其他人一定也回答不出來
(C) 大臣們沒有改變思考的方式，所以答不出來國王的問題
(D) 國王給大臣們三天的時間思考問題

(三)生 詞
shēngcí

	生詞	漢語拼音	解釋
1	國王	guówáng	king
2	群	qún	Collective measure word for a number of people or animals gathering together, or a number of close islands.
3	大臣	dàchén	minister
4	一望無際	yí wàng wú jì	to stretch as far as the eye can see
5	突然	túrán	suddenly, abruptly
6	心血來潮	xīn xiě lái cháo	to be prompted by a sudden impulse
7	身邊	shēnbiān	at hand, nearby
8	總共	zǒnggòng	in all, altogether

	生詞	漢語拼音	解釋
9	桶	tǒng	Container measure word for water, oil, etc.
10	大眼瞪小眼	dà yǎn dèng xiǎo yǎn	two people staring at each other, without knowing what to do
11	便	biàn	then, in that case, as early/little as, as soon as
12	思考	sīkǎo	ponder over, reflect on
13	重賞	zhòngshǎng	handsome reward
14	處罰	chǔfá	punish, penalize
15	尋找	xúnzhǎo	seek, look for
16	國內	guónèi	interior (of country), internal, domestic
17	無法	wúfǎ	unable to, cannot
18	確定	quèdìng	decide firmly, settle, determine, fix, define
19	答案	dáàn	answer, solution, key
20	一眨眼	yìzhǎyǎn	in the twinkling of an eye
21	期限	qíxiàn	time limit, deadline
22	集合	jíhé	gather, assemble, muster
23	宮殿	gōngdiàn	palace
24	詢問	xúnwèn	ask about, inquire
25	掃地	sǎodì	sweep floor, reach nadir , sweep the floor, make clean sweep
26	僕人	púrén	servant
27	稟告	bǐnggào	to report to one's superior
28	以此類推	yǐ cǐ lèi tuī	and so forth
29	角度	jiǎodù	angle
30	賞	shǎng	bestow
31	難題	nántí	difficult problem, sticker, poser

四十一、水餃 的故事
shuǐjiǎo de gùshì

去 餐廳 吃飯 的 時候，我們 常 常 可以在菜單
qù cāntīng chīfàn de shíhòu　wǒmen chángcháng kěyǐ zài càidān

上 看到「水餃」這個食物。很多 外國 人來到 臺
shàng kàndào shuǐjiǎo zhèige shíwù hěnduō wàiguó rén láidào Tái

灣，也一定會 嚐 嚐 這個 中 國 傳 統的食
wān　yě yídìng huì chángcháng zhèige Zhōngguó chuántǒng de shí

物。你知道嗎？關於「水餃」，還有一個小故事。
wù　nǐ zhīdào ma　guānyú　shuǐjiǎo　hái yǒu yíge xiǎo gùshì

張仲景是中國古代一位很厲害的醫生。
Zhāng Zhòngjǐng shì Zhōngguó gǔdài yíwèi hěn lìhài de yīshēng

據說，水餃就是他發明的。他不但是位很厲害的
jùshuō　shuǐjiǎo jiùshì tā fāmíng de　tā búdàn shì wèi hěn　lìhài de

醫生，也很有愛心，不管是富人還是貧窮的
yīshēng　yě hěn yǒu　àixīn　bùguǎn shì fùrén huánshì pínqióng de

人，他都很認真地幫大家看病，因此救了很多
rén　tā dōu hěn rènzhēn de bāng dàjiā kànbìng　yīncǐ jiùle hěnduō

人的生命。
rén de shēngmìng

有一次，他回到家鄉，發現很多人不但沒東
yǒu yícì　tā huídào jiāxiāng　fāxiàn hěnduō rén búdàn méi dōng

西吃，天氣冷也沒衣服可以保暖，耳朵都被凍爛
xi chī　tiānqì lěng yě méi yīfú　kěyǐ bǎonuǎn　ěrduǒ dōu bèi dònglàn

了。張仲景看到這個現象，決定要想個
le　Zhāng Zhòngjǐng kàndào zhèige xiànxiàng　juédìng yào xiǎng ge

方法救救大家。他回到家之後，叫他的學生在空
fāngfǎ jiùjiu dàjiā　tā huídào jiā zhīhòu　jiào tā de xuéshēng zài kòng

地上準備一個好大的鍋子，在鍋子裡煮藥湯，準
dìshàng zhǔnbèi yíge hǎodà de guōzi　zài　guōzilǐ zhǔ yàotāng zhǔn

備在冬至那天分給那些生病的人喝。
bèi zài dōngzhì nàtiān fēngěi nàxiē shēngbìng de rén hē

這個藥湯的名字叫「祛寒嬌耳湯」。作法是把
zhèige yàotāng de míngzi jiào　qū hán jiāo ěr tāng　zuòfǎ shì bǎ

一些 食物、藥材 用 麵皮 包起來 下鍋 煮熟。人 們 喝
yìxiē shíwù　yàocái yòng miànpí bāoqǐlái xiàguō zhǔshóu rénmen hē

完 湯 之後 全 身 發熱，變 得 比較 不怕 冷 了，吃了
wán tāng zhīhòu quánshēn fārè　biànde bǐjiào bú pà lěng le　chīle

幾次 病 也 全 好了。張　仲 景 的 藥 湯 一直 分到 了
jǐcì bìng yě quán hǎo le Zhāng Zhòngjǐng de yàotāng yìzhí fēndào le

大年 三十 這天，隔天 大年 初一，人 們 為了 慶 祝
dànián sānshí zhè tiān gétiān dànián chū yī　rénmen wèile qìngzhù

新年，也 慶 祝 耳朵 好 了，就 模仿「嬌耳」的 樣子 做
xīnnián yě qìngzhù ěrduǒ hǎo le　jiù mófǎng jiāoěr　de yàngzi zuò

食物。於是 人們 就把 這 種 食物 叫「餃耳」、「水
shíwù　yúshì rénmen jiù bǎ zhèzhǒng shíwù jiào jiǎoěr　shuǐ

餃」，在 冬 至 和 大年 初一 的 時候 吃，以 紀念 張
jiǎo　zài dōngzhì hé dànián chūyì de shíhòu chī　yǐ jìniàn Zhāng

仲 景 的 愛心。
Zhòngjǐng de àixīn

(二)問題
wèntí

_____ 1.「水 餃」原 先 是 用來 做 什麼 的 東 西？
shuǐjiǎo yuánxiān shì yònglái zuò shéme de dōngxi

　(A) 只有富人才可以吃的食物

　(B) 可以治病的食物

　(C) 過年時會送的禮物

　(D) 天氣冷一定要吃的食物

——— 2. 誰 才 可 以 喝 張　仲 景　準 備 的 藥 湯？
shéi cái kěyǐ hē Zhāng Zhòngjǐng zhǔnbèi de yàotāng

(A) 張仲景的弟子

(B) 富人

(C) 貧窮的人

(D) 不管是誰，只要是生病的人都可以喝

——— 3. 為 什 麼 現 在 人 們 會 在 多 至 的 時 候 吃
wèishéme xiànzài rénmen huì zài dōngzhì de shíhòu chī

水 餃？
shuǐjiǎo

(A) 生病的人在多至這一天都好了

(B) 張仲景在多至的時候分藥給大家喝

(C) 因為多至這一天最冷，所以一定要吃

(D) 張仲景在多至的時候想出了救大家的方法

——— 4. 第 三 段 在 說 什 麼？
dìsānduàn zài shuō shéme

(A) 張仲景發明水餃的原因

(B) 藥湯是怎麼做的

(C) 水餃是怎麼做的

(D) 張仲景是一個什麼樣的人

——— 5. 水 餃 又 叫 做「餃耳」，它 和 耳 朵 有 什 麼
shuǐjiǎo yòu jiàozuò jiǎoěr　　tā hé ěrduǒ yǒu shéme

關 係？
guānxì

(A) 吃了之後，耳朵可以聽的更清楚

(B) 它是照著耳朵的樣子做出來的

(C) 原先是用來治耳朵的藥

(D)「耳」跟「二」的聲音很像，意思是那時候一個人只
能吃兩個水餃

——— 6. 下 面 哪 個 是「深 色 包 著　淺色」？
xiàmiàn nǎge shì shēnsè bāozhe qiǎnsè

(A)　　(B)　　(C)　　(D)

_____ 7. i. 我 決 定 要 買 這 件 衣服，請 你 幫 我 □□□
wǒ juédìng yào mǎi zhèjiàn yīfú qǐng nǐ bāng wǒ

　　ii. 謝 謝 你 的 禮物，我 可以 □□□ 嗎？
xièxie nǐ de lǐwù wǒ kěyǐ ma

　　iii. 小 心 一 點，不 要 □□□ 了！
xiǎoxīn yìdiǎn búyào le

　　iv. 你 可以 幫 我 把 那個 箱 子 □□□ 嗎？
nǐ kěyǐ bāng wǒ bǎ nàge xiāngzi ma

哪個 是 對 的？
nǎge shì duì de

(A) 搬過來 / 打開來 / 摔下來 / 包起來

(B) 包起來 / 搬過來 / 打開來 / 摔下來

(C) 打開來 / 搬過來 / 摔下來 / 包起來

(D) 包起來 / 打開來 / 摔下來 / 搬過來

_____ 8. 哪 個 是 對 的？
nǎge shì duì de

(A) 人們常常在多至和新年的時候吃水餃

(B) 「水餃」是一種很新的食物，所以在餐廳很少看到

(C) 從故事中可以知道那時候是夏天

(D) 雖然張仲景不是一位很厲害的醫生，但是他常常關心
其他人

(三) 生 詞 shēngcí

	生詞	漢語拼音	解釋
1	水餃	shuǐjiǎo	boiled dumpling
2	臺灣	Táiwān	Taiwan
3	嚐	cháng	to taste

	生詞	漢語拼音	解釋
4	傳統	chuántǒng	traditional
5	關於	guānyú	about, with regard to, concerning
6	古代	gǔdài	antiquity
7	厲害	lìhài	great
8	愛心	àixīn	mercy, benevolence
9	富	fù	wealthy
10	貧窮	pínqióng	poor, needy
11	看病	kànbìng	to see a doctor, to see a patient
12	因此	yīncǐ	therefore, consequently
13	救	jiù	to rescue, to relieve
14	生命	shēngmìng	life
15	家鄉	jiāxiāng	hometown, native place
16	保暖	bǎonuǎn	to keep warm
17	凍爛	dònglàn	freeze and rotten
18	現象	xiànxiàng	phenomenon, appearance
19	空地	kòngdì	vacant land
20	鍋子	guōzi	a cooking-pot, saucepan
21	藥湯	yàotāng	Chinese medicine decoction
22	冬至	dōngzhì	winter solstice
23	分	fēn	to separate
24	做法	zuòfǎ	way of doing things
25	藥材	yàocái	drug ingredients
26	麵皮	miànpí	flour wrappers
27	包	bāo	to wrap, to contain, package of
28	煮熟	zhǔshú	boiled

	生詞	漢語拼音	解釋
29	發熱	fārè	have higher temperature
30	模仿	mófǎng	imitate, follow example of
31	紀念	jìniàn	commemorate, mark

四十二、空 中 飛人──麥可喬 登
kōng zhōng fēi rén　　Màikěqiáodēng

(一)文 章
wénzhāng

麥可喬登（Michael Jordan）1963年2月17日在 美國
Màikěqiáodēng　　　　　　　　　nián yuè　　rì zài Měiguó

紐約 出生，他在五個 兄弟中 排行 第四。他從
Niǔyuē chūshēng　tā zài wǔge xiōngdì zhōng páiháng dì sì　　tā cóng

小就很有 運動 的天分。高 中的 時候，他參加了
xiǎo jiù hěn yǒu yùndòng de tiānfèn　　gāozhōng de shíhòu　tā cānjiāle

學校 的籃球隊，可是因為 教練 覺得他有 點矮，所
xuéxiào de lánqiúduì　　kěshì yīnwèi jiàoliàn juéde tā yǒu diǎn ǎi　　suǒ

以只能　當「二軍」。不過他 並不因此氣餒，反而 更
yǐ zhǐnéng dāng　èrjūn　　búguò tā bìngbù　yīncǐ　qìněi　fǎnér gèng

努力練習 自己的 籃球技巧，只要 是 有他參加的 籃球比
nǔlì　liànxí　zìjǐ de lánqiú jìqiǎo　zhǐyào shì yǒu tā cānjiā de lánqiú bǐ

賽，他都 幫 球隊拿到 很多 分數。在他高 中 的
sài　tā dōu bāng qiúduì nádào hěnduō fēnshù　zài tā gāozhōng de

最後 一年，他突然 長 到190公分，所以他 終 於可以
zuìhòu yìnián　tā túrán zhǎngdào　gōngfēn　suǒyǐ tā zhōngyú kěyǐ

進入「一軍」球隊，又 因為他平 常 很努力練習，所
jìnrù　yìjūn　qiúduì　yòu yīnwèi tā píngcháng hěn nǔlì liànxí　suǒ

以北卡羅來納大學 籃球隊的 教練，也 請 他一起來大學
yǐ Běikǎluóláinà dàxué lánqiúduì de jiàoliàn　yě qǐng tā yìqǐ lái dàxué

籃球隊 練球。教練 並 不是因為 麥可喬 登 的籃球
lánqiúduì liànqiú　jiàoliàn bìng búshì yīnwèi Màikěqiáodēng de lánqiú

天分 很高，才 請他一起來練球，而是 看到他精 湛
tiānfèn hěn gāo　cái qǐng tā yìqǐ lái liànqiú　érshì kàndào tā jīngzhàn

的 籃球技巧 背後，努力練習的 精 神。
de lánqiú jìqiǎo bèihòu　nǔlì liànxí de jīngshén

　　麥可喬 登 在大學 三 年級的 時候加入了NBA，
　　Màikěqiáodēng zài dàxué sān niánjí de shíhòu jiārùle

一打就是15年。在他15年 的NBA籃球 生涯 中，總
yì dǎ jiùshì nián　zài tā nián de　lánqiú shēngyá zhōng zǒng

共 獲得了6次 總 冠軍、5次最有價值 球員、6次 總
gòng huòdéle cì zǒngguànjūn　cì zuìyǒu jiàzhí qiúyuán　cì zǒng

決賽 最有價值 球員，還得到了10次的得分王。很多
juésài zuì yǒu jiàzhí qiúyuán hái dédàole cì de défēnwáng hěn duō

人 認爲他是目前 成就最高的籃球 運動 員。麥
rén rènwéi tā shì mùqián chéngjiù zuìgāo de lánqiú yùndòngyuán Mài

可喬登 曾經 說過：「在我的NBA生涯 中，有 超
kěqiáodēng céngjīng shuōguò zài wǒ de shēngyá zhōng yǒu chāo

過9000球沒 投進，輸了近300場 球賽，我有26次失手，
guò qiú méi tóujìn shūle jìn chǎng qiúsài wǒ yǒu cì shīshǒu

沒有 投進關 鍵的最後一球，我的 生 命 中 充
méiyǒu tóujìn guānjiàn de zuìhòu yìqiú wǒ de shēngmìng zhōng chōng

滿了一次又一次的 失敗，因爲 這 樣，所以我成 功。」
mǎnle yícì yòu yícì de shībài yīnwèi zhèyàng suǒyǐ wǒ chénggōng

就是 因爲 麥可喬登 不怕失敗、努力 嘗 試 的精神，
jiù shì yīnwèi Màikěqiáodēng bú pà shībài nǔlì chángshì de jīngshén

他才能 有現在的地位與 成 就。
tā cái néng yǒu xiànzài de dìwèi yǔ chéngjiù

(二)問題
wèntí

_____ 1. 第一段 裡面 沒有 說 到 什麼？
dì yī duàn lǐmiàn méiyǒu shuōdào shéme

　　(A)麥可喬登的生日
　　(B)麥可喬登高中的身高
　　(C)麥可喬登有幾個兄弟
　　(D)麥可喬登什麼時候參加NBA

_____ 2. 麥可喬登高中的時候為什麼一開始
Màikěqiáodēng gāozhōng de shíhòu wèishéme yìkāishǐ

只能當「二軍」？
zhǐnéng dāng èrjūn

(A) 身高不夠高

(B) 不夠努力練習

(C) 教練不喜歡他

(D) 籃球打不好

_____ 3. 如果麥可喬登因為只能當「二軍」所以
rúguǒ Màikěqiáodēng yīnwèi zhǐnéng dāng èrjūn suǒyǐ

「氣餒」，他可能會做什麼事情？
qìněi tā kěnéng huì zuò shéme shìqíng

(A) 更努力練球

(B) 想辦法長高

(C) 再也不打籃球了

(D) 幫球隊拿下更多分數

_____ 4. 下面哪個錯誤？
xiàmiàn nǎge cuòwù

(A) 學生可以選擇要進「一軍」還是「二軍」

(B) 身高太矮的人只能在「二軍」

(C) 籃球打得不夠好的人只能在「二軍」

(D) 通常來說，「一軍」比「二軍」厲害

_____ 5. 為什麼大學籃球隊的教練請讀高中
wèishéme dàxué lánqiúduì de jiàoliàn qǐng dú gāozhōng

的麥可喬登一起練球？
de Màikěqiáodēng yìqǐ liàn qiú

(A) 因為麥可喬登長高到190公分

(B) 因為麥可喬登有籃球天分

(C) 因為麥可喬登的高中在那間大學附近

(D) 因為教練覺得麥可喬登非常努力

_____ 6. 關於第二段，哪個不對？
guānyú dì èr duàn nǎge búduì

(A) 麥可喬登在籃球方面的成就非常高

(B) 麥可喬登大學的時候加入NBA

(C) 麥可喬登從小到大，一共打了15年的籃球

(D) 麥可喬登在NBA的時候拿到了6次總冠軍

_____ 7. 第三段中最想告訴我們的是什麼？
dìsānduàn zhōng zuì xiǎng gàosù wǒmen de shì shéme

(A) 麥可喬登很多球沒投進

(B) 麥可喬登輸了很多場球賽

(C) 麥可喬登失手很多次

(D) 麥可喬登因為不怕失敗，所以才會成功

_____ 8. 哪個不對？
nǎge búduì

(A) 麥可喬登是家中最小的孩子

(B) 麥可喬登在籃球生涯中失敗過許多次

(C) 麥可喬丹在大學三年級的時候加入了NBA

(D) 麥可喬登小時候就很會運動

(三) 生詞
shēngcí

	生詞	漢語拼音	解釋
1	排行	páiháng	the ranking of brothers, or of sisters, or of all siblings
2	天分	tiānfèn	talent
3	籃球隊	lánqiúduì	basketball team
4	二軍	èrjūn	second starters
5	氣餒	qìněi	to be discouraged

	生詞	漢語拼音	解釋
6	技巧	jìqiǎo	technique, skill, craftsmanship, dexterity
7	球隊	qiúduì	ball game team
8	分數	fēnshù	a mark, a grade, a score
9	突然	túrán	suddenly, abruptly
10	終於	zhōngyú	at long last, finally, all things considered, on the whole
11	進入	jìnrù	enter, get into
12	一軍	yìjūn	first starters
13	教練	jiàoliàn	coach, instructor
14	精湛	jīngzhàn	consummate, exquisite, perfect, masterly, skillful
15	背後	bèihòu	behind, in the rear, behind/at the back
16	生涯	shēngyá	career, profession
17	總共	zǒnggòng	in all, altogether
18	獲得	huòdé	gain, acquire, win, a chieve
19	冠軍	guànjūn	champion
20	最有價值球員	zuì yǒu jiàzhí qiúyuán	most valuable player
21	總決賽	zǒngjuésài	final
22	得分王	défēnwáng	NBA Best Scorer
23	成就	chéngjiù	achievement, accomplishment, success
24	運動員	yùndòngyuán	sportsman
25	曾經	céngjīng	once, ever
26	失手	shīshǒu	accidentally drop, blunder, misplay, fumble

	生詞	漢語拼音	解釋
27	投	tóu	throw
28	關鍵	guānjiàn	key, crux
29	充滿	chōngmǎn	be brimming/permeated with
30	失敗	shībài	be defeated, fail, lose
31	嘗試	chángshì	to attempt, to try
32	地位	dìwèi	position, status

四十三、不能 說 的祕密
bùnéng shuō de mìmì

㈠文 章
wénzhāng

　　你聽過「露馬 腳」這個詞嗎？「露馬 腳」這個詞
　　nǐ tīngguò　lòu mǎ jiǎo　zhèige cí ma　　　lòu mǎ jiǎo　zhèige cí

的意思是 說一件 事情 的 眞 相，或是不 想 讓大
de yìsi shì shuō yíjiàn shìqíng de zhēnxiàng huò shì bù xiǎng ràng dà

家知道的祕密被洩漏 出來。「洩漏祕密跟「露馬 腳」
jiā zhīdào de mìmì bèi xièlòu chūlái　　xièlòu mìmì gēn　lòu mǎ jiǎo

有 什麼 關係呢？爲什麼 不 說 露「羊」腳呢？據說，
yǒu shéme guānxì ne　wèishéme bù shuō lòu　yángjiǎo ne　jùshuō

這 有一個有趣的 故事。
zhè yǒu yíge yǒuqù de gùshì

很久以前， 中國 有一個 皇帝叫「朱 元 璋」。
hěnjiǔ yǐqián　Zhōngguó yǒu yíge huángdì jiào　Zhū Yuánzhāng

朱 元 璋 本來只是個平凡的老百 姓，生 活 過
Zhū Yuánzhāng běnlái zhǐshì ge píngfán de lǎo bǎixìng Shēnghuó guò

得並 不太好，他 當 時和一位姓 馬的女生 結了
de bìng bú tài hǎo　tā dāngshí hé yíwèi xìng mǎ de nǚshēng jiéle

婚。這個女 生 的 樣子還 過得去，但是就是有一
hūn　zhèige nǚshēng de yàngzi huán　guòdequ　dànshì jiùshì yǒu yì

雙「大腳」。當 時的人們 覺得女生 的腳越 小
shuāng dàjiǎo　dāngshí de rénmen juéde nǚshēng de jiǎo yuè xiǎo

越 好看，只要 女生 的腳越 小，就越 有機會嫁給
yuè hǎokàn　zhǐyào nǚshēng de jiǎo yuè xiǎo　jiù yuè yǒu jīhuì　jiàgěi

比較 好 的人。所以在 那個時候，有一 雙 「大腳」就被
bǐjiào hǎo de rén　suǒyǐ zài nàge shíhòu　yǒu yìshuāng dàjiǎo　jiù bèi

視爲一種 忌諱，是一件不能 説 出去的事情。
shìwéi yìzhǒng jìhuì　shì yíjiàn bùnéng shuōchūqù de shìqíng

後來朱 元 璋 當 上了皇帝。他爲了感謝馬
hòulái Zhū Yuánzhāng dāngshàngle huángdì　tā wèile gǎnxiè mǎ

姑娘 的幫助，就把她封 爲馬 皇后。馬 皇后一
gūniáng de bāngzhù　jiù bǎ tā fēng wéi Mǎ huánghòu　Mǎ huánghòu yì

直覺得自己有一 雙 大腳很 醜，她不想 讓 別人
zhí juéde zìjǐ yǒu yìshuāng dàjiǎo hěn chǒu　tā bùxiǎng ràng biérén

看到 她的 腳，所以就一直 穿著 長 長 的 裙子來
kàndào tā de jiǎo　suǒyǐ jiù yìzhí chuānzhe chángcháng de qúnzi lái

遮住 她的 大腳。
zhēzhù tā de dàjiǎo

　有一天，馬 皇 后突然 想 出去看看 風景，她
yǒu yìtiān　Mǎ huánghòu túrán xiǎng chūqù kànkàn fēngjǐng　tā

坐在 轎子裡經 過 街上。很 多 人 都 聚集在 路旁，想
zuòzài jiàozilǐ jīngguò jiēshàng hěnduō rén dōu jùjí zài lùpáng xiǎng

看看馬 皇 后的 樣子。突然，一陣 好大的 風 吹
kànkàn Mǎ huánghòu de yàngzi　túrán　yízhèn hǎo dà de fēng chuī

過來，把 轎子的布 吹起來，結果 她的 大腳 就露出來
guòlái　bǎ jiàozi de bù chuīqǐlái　jiéguǒ tā de dàjiǎo jiù lùchūlái

了。後來，所有 的 人 都 知道馬 皇 后 原 來有一
le　hòulái　suǒyǒu de rén dōu zhīdào Mǎ huánghòu　yuánlái yǒu yì

雙 大腳，而「露馬腳」這個詞也就流 傳 下來了。
shuāng dàjiǎo　ér　lòu mǎ jiǎo zhèige cí yě jiù liúchuán xiàlái le

(二)問題
wèntí

_____ 1.「露 馬 腳」和「馬」的 關 係是？
　　　lòu mǎ jiǎo hé　mǎ　de guānxì shì
　(A)一個很會騎馬的女生的故事
　(B)朱元璋的馬不見了
　(C)一個姓「馬」的女生的故事
　(D)朱元璋原來的工作是在賣馬

_____ 2. 為什麼馬皇后要把自己的腳藏起來？
wèishéme Mǎ huánghòu yào bǎ zìjǐ de jiǎo cángqǐlái

(A) 她的腳太小了，大家覺得很奇怪

(B) 她的腳太美了

(C) 她的腳太黑了，不好看

(D) 因為她的腳太大了，不好看

_____ 3. 哪個是不對的？
nǎge shì búduì de

(A) 在那個時候，女生的腳越小，大家就覺得她越能做事

(B) 在那個時候，大家都喜歡小腳的女生

(C) 在那個時候，如果大家覺得一個女生很好看，她可能也有一雙小腳

(D) 在那個時候，腳越小的女生，嫁給比較好的人的機會就越大

_____ 4. 大家怎麼知道馬皇后有一雙大腳？
dàjiā zěnme zhīdào Mǎ huánghòu yǒu yìshuāng dàjiǎo

(A) 她自己跟大家說的

(B) 不小心被別人看到的

(C) 朱元璋跟大家說的

(D) 賣鞋子給馬皇后的人說的

_____ 5. 「起來」／「出來」，可以放進下面哪個句子？
qǐlái　　chūlái　　kěyǐ fàngjìn xiàmiàn nǎge jùzi

(A) 快點動□□，我們要做的事情還有很多／他沒了工作，不知道怎麼活□□。

(B) 麻煩你站□□，我要打掃這個地方／他們一開始只是吵架，後來就打□□了。

(C) 一說到這件事，他馬上就哭了□□了／你吃□□了嗎？這盤菜好像壞了。

(D) 你再等一等，他等一下就走□□了／你可以□□一下嗎？我有件事情想跟你說。

_____ 6. 這 個 女 生 的 樣 子 還「過 得 去」，意思是
zhèige nǚshēng de yàngzi huán guòdequ　　yìsi shì

馬　皇　后？
Mǎ huánghòu

(A) 長得非常地醜

(B) 很久以前的事情了，忘了她的樣子

(C) 不是很漂亮也不是很醜，還可以

(D) 長得非常漂亮

_____ 7.「忌諱」的意思 是？
　　jìhuì　de yìsi shì

(A) 是一件很好，可以說出去的事情

(B) 可怕的事情，說出去大家都不敢聽的事情

(C) 大家都不太喜歡，不太能說出去的事情

(D) 大家都知道的事情

_____ 8. 下 面 哪 個 是 對 的？
xiàmiàn nǎge shì duì de

(A) 朱元璋當了皇帝之後，才和姓馬的女生結婚

(B) 在那個時候，腳越小的女生，大家就越喜歡

(C) 小時候朱元璋的家裡很有錢

(D) 馬皇后很喜歡自己的腳

(三) 生 詞
shēngcí

	生詞	漢語拼音	解釋
1	露馬腳	lù mǎ jiǎo	to inadvertently give away one's trickiness or ulterior motive, etc.
2	意思	yìsi	meaning
3	真相	zhēnxiàng	a real situation, a truth, an actual state of affairs, an fact
4	祕密	mìmì	secret

	生詞	漢語拼音	解釋
5	洩漏	xièlòu	to make known, to disclose, to divulge
6	關係	guānxì	relationship
7	據說	jùshuō	it is said that...
8	皇帝	huángdì	an emperor, a monarch
9	本來	běnlái	originally
10	民間	mínjiān	in non-governmental circles
11	平凡	píngfán	ordinary, common
12	當時	dāngshí	at that time, then
13	結婚	jiéhūn	to marry, to get married
14	過得去	guòdequ	passable, so-so
15	機會	jīhuì	chance, opportunity
16	被視為	bèi shìwéi	by regarding as
17	忌諱	jìhuì	taboo
18	感謝	gǎnxiè	to thank, to be grateful
19	幫助	bāngzhù	help
20	封為	fēngwéi	ennoble
21	皇后	huánghòu	an empress, a queen
22	醜	chǒu	ugly, unsightly
23	遮（住）	zhēzhù	conceal, cover, block, impede
24	突然	túrán	suddenly, abruptly
25	轎子	jiàozi	sedan chair
26	聚集	jùjí	gather, assemble
27	一陣	yízhèn	a burst, a fit
28	布	bù	cloth
29	結果	jiéguǒ	finally

	生詞	漢語拼音	解釋
30	露	lòu	show, reveal, appear
31	後來	hòulái	subsequence
32	流傳	liúchuán	to spread, to circulate

四十四、統一發票
tǒngyī fāpiào

(一)文章
wénzhāng

在臺灣，在商店買完東西以後我們常
zài Táiwān zài shāngdiàn mǎiwán dōngxi yǐhòu wǒmen cháng

常可以拿到一張小小的紙，這叫做「統一發
cháng kěyǐ nádào yìzhāng xiǎoxiǎo de zhǐ zhè jiàozuò tǒngyī fā

票」。你可別小看這張薄薄的紙，有了它，你可
piào nǐ kě bié xiǎokàn zhè zhāng bóbó de zhǐ yǒule tā nǐ kě

能 會 成 爲一位 千 萬 富翁！
néng huì chéngwéi yíwèi qiānwàn fùwēng

統一發票 有 很 多 功 能，發票 上 面 會 有一
tǒngyīfāpiào yǒu hěnduō gōngnéng fāpiào shàngmiàn huì yǒu yì

些資料，像 是 你 買 的 東西是什麼？這些 東 西多 少
xiē zīliào xiàngshì nǐ mǎi de dōngxi shì shéme zhèxiē dōngxi duōshǎo

錢？你是 什麼 時候 買 的？或是 在 什麼 地方 買 的？
qián nǐ shì shéme shíhòu mǎi de huòshì zài shéme dìfāng mǎi de

這些 在 發票 上 都可以找 的 到。因爲 這些 資料，你
zhèxiē zài fāpiàoshàng dōu kěyǐ zhǎodedào yīnwèi zhèxiē zīliào nǐ

也 能 清楚地 知道自己把錢 花在 什麼 地方，控 制
yě néng qīngchǔ de zhīdào zìjǐ bǎ qián huāzài shéme dìfāng kòngzhì

自己的 花費。如果 你對 買 的 東西有 問題或 是不 滿
zìjǐ de huāfèi rúguǒ nǐ duì mǎi de dōngxi yǒu wèntí huòshì bù mǎn

意，你也可以拿著發票 問 問 店 員，是否可以 幫 你
yì nǐ yě kěyǐ názhe fāpiào wènwèn diànyuán shìfǒu kěyǐ bāng nǐ

換 新 的 商 品 或 是 退還 你 原來的 錢。
huàn xīn de shāngpǐn huò shì tuìhuán nǐ yuánlái de qián

此外，統一發票 還可以監督 商 店 是否 誠 實
cǐwài tǒngyī fāpiào hái kěyǐ jiāndū shāngdiàn shìfǒu chéngshí

繳稅。每次 商 店 開出 統一發票，就代表它們 有
jiǎoshuì měicì shāngdiàn kāichū tǒngyī fāpiào jiù dàibiǎo tāmen yǒu

責任 要 繳 稅給 政府，政府的 稅 收 才 能 穩定。
zérèn yào jiǎoshuì gěi zhèngfǔ zhèngfǔ de shuìshōu cái néng wěndìng

而且 由於 統一發票 還可以對 獎，所以 更 多的人就
érqiě yóuyú tǒngyī fāpiào hái kěyǐ duìjiǎng suǒyǐ gèngduō de rén jiù

會 想要 買 東西，因此也能 刺激經濟。
huì xiǎngyào mǎi dōngxi　　yīncǐ yě néng　cìjī jīngjì

統一發票 上 有一排 號碼，每個奇數月 的25號，
tǒngyī fāpiàoshàng yǒu yìpái hàomǎ　měige jīshù yuè de　hào

像 是 三月25號 或是 五月25號，政府都會 開出
xiàngshì sānyuè　hào huòshì wǔyuè　hào zhèngfǔ dōu huì kāichū

中 獎 的 號碼。開出的 號碼 有大獎 也有 小獎，
zhòngjiǎng de hàomǎ　kāichū de hàomǎ yǒu dàjiǎng yě yǒu xiǎojiǎng

只要發票 上 最後 三個 號碼和頭獎 開出的 號 碼
zhǐyào fāpiàoshàng zuìhòu sānge hàomǎ hé tóujiǎng kāichū de hàomǎ

一樣，就可以得到六 獎（最 小 的獎）200元。如果 跟特
yíyàng　jiù kěyǐ dédào liùjiǎng zuì xiǎo de jiǎng　yuán rúguǒ gēn tè

別 獎 的八個 號碼 全部一樣，那麼你就可以好好　想
biéjiǎng de bāge hàomǎ quánbù yíyàng　nàme nǐ jiù kěyǐ hǎohǎo xiǎng

想你 想 買 的 東西或是 想 去旅遊的地方，因為你
xiǎng nǐ xiǎng mǎi de dōngxi huò shì xiǎng qù lǚyóu de dìfāng　yīnwèi nǐ

將 會 得到一 千 萬 的 獎金！
jiānghuì dédào yìqiānwàn de jiǎngjīn

(二)問題
wèntí

_____ 1. 什麼 時候 不會 拿到 統一 發票？
shéme shíhòu búhuì nádào tǒngyī fāpiào
(A) 去百貨公司的餐廳吃東西
(B) 去麵包店買麵包
(C) 搭完計程車之後

(D) 去便利商店買東西

_____ 2. 如果 你 去一間　麵 包 店 買　東 西，統一發 票
rúguǒ nǐ qù yìjiān miànbāodiàn mǎi dōngxi tǒngyī fāpiào
　上　面 不 會 有　什 麼？
shàngmiàn búhuì yǒu shéme
(A) 去買麵包的時間
(B) 麵包是用什麼做的
(C) 麵包店在什麼地方
(D) 麵包店的名字

_____ 3. 什 麼 時 候 統一發 票 會 開出　中　獎　的
shéme shíhòu tǒngyī fāpiào huì kāichū zhòngjiǎng de
號 碼？
hàomǎ
(A) 2月25號
(B) 3月27號
(C) 7月25號
(D) 10月25號

_____ 4. 哪 個 不 是　統一發 票　的 作　用？
nǎge búshì tǒngyī fāpiào de zuòyòng
(A) 有了它，下次可以用比較少的錢買一樣的東西
(B) 讓自己不會隨便花錢
(C) 讓更多的人想要買東西
(D) 有問題的時候可以拿著它請問店員

_____ 5. 第3行　的「小 看」是　什 麼意思？
dì háng de xiǎokàn shì shéme yìsi
(A) 覺得很重要、不能沒有的意思
(B) 覺得不好、不重要的意思
(C) 東西原來很大，但覺得它很小的意思
(D) 字很小，看不清楚的意思

_____ 6. 請 選 出 對 的？
qǐng xuǎnchū duì de

① 像 是 西瓜、蘋 果，或 是 葡 萄。
xiàngshì xīguā pínguǒ huòshì pútáo

②就 有 許 多 水 果 隨 便 你 選 擇，非 常
jiùyǒu xǔduō shuǐguǒ suíbiàn nǐ xuǎnzé fēicháng

方 便。
fāngbiàn

③臺 灣 有 很 多 好吃的 水 果，
Táiwān yǒu hěnduō hǎochī de shuǐguǒ

④不 管 什 麼 時候，都 有 好 吃 的 水 果 可
bùguǎn shéme shíhòu dōu yǒu hǎochī de shuǐguǒ kě

以買，
yǐ mǎi

⑤你 只 需要 走 進 超 級 市 場，
nǐ zhǐ xūyào zǒujìn chāojí shìchǎng

(A) ①③⑤②④

(B) ③④②①⑤

(C) ③①④⑤②

(D) ④②⑤①③

_____ 7. 明 華 的 統 一 發票 號 碼 是
Mínghuá de tǒngyī fāpiào hàomǎ shì

「4491811」，請 問 他 中 了
qǐngwèn tā zhòngle

什 麼 獎？
shéme jiǎng

特別獎 tèbiéjiǎng	6537811
頭獎 tóujiǎng	4491302

(A) 特別獎，一千萬

(B) 頭獎，200萬

(C) 六獎，200元

(D) 他沒有中獎

_____ 8. 哪個 是 對 的？
nǎge shì duì de

(A) 統一發票最小的獎是「六獎」，可以換到2000元

(B) 統一發票只是一張沒有用的紙，買完東西以後不必留

下來

(C) 很多人因爲統一發票可以對獎，所以更想要買東西

(D) 很多商店沒有開統一發票，這是一件很正常的事情

(三)生詞
shēngcí

	生詞	漢語拼音	解釋
1	統一發票	tǒngyī fāpiào	unified invoice (issued in Taiwan as a receipt lottery)
2	小看	xiǎokàn	downgrade
3	薄	bó	thin, flimsy
4	成為	chéngwéi	become
5	千萬富翁	qiānwàn fùwēng	multimillionaire
6	功能	gōngnéng	function, competence
7	資料	zīliào	data, information
8	清楚	qīngchǔ	to be clear
9	花	huā	to spend, to cost
10	控制	kòngzhì	control, dominate
11	花費	huāfèi	expenditure, expenses
12	滿意	mǎnyì	satisfied, pleased
13	店員	diànyuán	shop assistant, (sales) clerk
14	是否	shìfǒu	whether or not, is it so or not
15	商品	shāngpǐn	commodity, goods, merchandise
16	退還	tuìhuán	to return
17	此外	cǐwài	besides, in addition, moreover
18	監督	jiāndū	supervise, superintend

	生詞	漢語拼音	解釋
19	誠實	chéngshí	honest
20	繳稅	jiǎoshuì	to pay taxes
21	開（發票）	kāi	to offer, issue, give, do (receipts)
22	代表	dàibiǎo	represent, indicate
23	責任	zérèn	duty, responsibility
24	政府	zhèngfǔ	government
25	稅收	shuìshōu	taxation, the tax revenue
26	穩定	wěndìng	stable, steady
27	對獎	duìjiǎng	to match the digits from the winning numbers.
28	刺激	cìjī	to excite, to stimulate
29	經濟	jīngjì	economy
30	奇數	jīshù	odd numbers
31	獎	jiǎng	an award
32	得到	dédào	succeed in obtaining, gain, receive
33	獎金	jiǎngjīn	a prize, a reward

四十五、運 動家的精 神
yùndòngjiā de jīngshén

如果 你 是一位 田徑 運 動員，你前面的 競 爭
rúguǒ nǐ shì yíwèi tiánjìng yùndòngyuán　nǐ qiánmiàn de jìngzhēng

對 手 在比賽的 時候 跌倒 受 傷 了，你會 怎麼做？
duìshǒu zài bǐsài de shíhòu diédǎo shòushāng le　　nǐ huì zěnmezuò

在2012年6月 美國俄亥俄州 舉行 的3200公尺 田徑賽，
zài　　nián yuè Měiguó éháié zhōu jǔxíng de　　gōngchǐ tiánjìngsài

梅根（Meghan Vogel）選擇了扶著 受 傷 的對手艾
Méigēn　　　　　　　xuǎnzéle fúzhe shòushāng de duìshǒu Ài

登（Arden McMath），一起走 完 全 程。
dēng　　　　　　　　yìqǐ zǒuwán quánchéng

當 時 梅根是 跑 在最 後面 的 選 手，不過在
dāngshí Méigēn shì pǎo zài zuì hòumiàn de xuǎnshǒu　búguò zài

距離 終 點 大約50公尺的地方，跑 在她 前面 的 選
jùlí zhōngdiǎn dàyuē gōngchǐ de dìfāng pǎo zài tā qiánmiàn de xuǎn

手艾登 跌倒 受 傷 了。一般 遇到 這樣的 情形，
shǒu Àidēng diédǎo shòushāng le　yìbān yùdào zhèyàng de qíngxíng

通 常 會 趕 快把握機會，追過 跌倒 的人，讓自己
tōngcháng huì gǎnkuài bǎwò jīhuì　zhuīguò diédǎo de rén　ràng zìjǐ

不要 當 最後一 名。可是 梅根 並 沒有 這 樣 做，
búyào dāng zuìhòu yìmíng　kěshì Méigēn bìng méiyǒu zhèyàng zuò

她看見艾登 跌倒 以後，她 選擇把艾登 扶起來，兩個
tā kànjiàn Àidēng diédǎo yǐhòu　tā xuǎnzé bǎ àidēng fúqǐlái　liǎngge

人一起慢 慢地 走到 終 點。在 經過 終 點 線的
rén yìqǐ mànmànde zǒudào zhōngdiǎn zài jīngguò zhōngdiǎn xiàn de

時候，梅根還刻意讓 艾登 先 過，自己再過去，梅根
shíhòu Méigēn hái kèyì ràng Àidēng xiān guò　zìjǐ zài guòqù Méigēn

的 行為讓 全 場 的 觀 眾 都非常 佩服，兩 個
de xíngwéi ràng quánchǎng de guānzhòng dōu fēicháng pèifú　liǎngge

人都 通過 終 點的時候，全 場 的 觀 眾 都
rén dōu tōngguò zhōngdiǎn de shíhòu quánchǎng de guānzhòng dōu

為 梅 根以及艾登 拍 手、歡 呼。
wèi Méigēn yǐjí Àidēng pāishǒu huānhū

按照比賽的規定，如果 選手 在比賽的 過程
ànzhào bǐsài de guīdìng　rúguǒ xuǎnshǒu zài bǐsài de guòchéng

中　幫助另外一名 選手，將會失去那一 場 比
zhōng bāngzhù lìngwài yìmíng xuǎnshǒu jiānghuì shīqù nà yìchǎng bǐ

賽的資格，可是 主辦單位並 沒有 這樣 做，主辦
sài de zīgé　kěshì zhǔbàndānwèi bìng méiyǒu zhèyàng zuò　zhǔbàn

單位把她們 兩 個人的 成績保留下來，艾登 的 成
dānwèi bǎ tāmen liǎngge rén de chéngjī bǎoliú xiàlái　Àidēng de chéng

績是12分29秒90，梅根 則是12分30秒24。梅根 認為，幫
jī shì　fēn　miǎo　Méigēn zé shì　fēn　miǎo　Méigēn rènwéi bāng

助艾登 通過 終點，比贏 得比賽 冠軍還要開
zhù Àidēng tōngguò zhōngdiǎn　bǐ yíngdé bǐsài guànjūn hái yào kāi

心。
xīn

梅根的教練 杭特（Paul Hunter）也對 梅根 的
Méigēn de jiàoliàn Hángtè　　　　yě duì Méigēn de

行 為 感到 驕傲，他認為 梅根 本來 能 夠 超 越
xíngwéi gǎndào jiāoào　tā rènwéi Méigēn běnlái nénggòu chāoyuè

對手 的，但 梅根 卻 選擇 幫 助 對手，他 從來
duìshǒu de　dàn Méigēn què xuǎnzé bāngzhù duìshǒu　tā cónglái

沒有在比賽 看過 這 樣 的 情形，梅根 這 樣 的行
méiyǒu zài bǐsài kànguò zhèyàng de qíngxíng　Méigēn zhèyàng de xíng

為才是 真 正 的運動家精神。
wéi cái shì zhēnzhèng de yùndòngjiā jīngshén

(二)問題
wèntí

_____ 1. 關於 梅 根，下面 哪件 事情 是 不 對 的？
guānyú Méigēn xiàmiàn nàjiàn shìqíng shì búduì de
(A) 梅根是一位田徑運動員
(B) 梅根差一點就可以得到3200公尺比賽的冠軍
(C) 梅根的比賽成績是12分30秒24
(D) 梅根的田徑教練是杭特

_____ 2. 梅 根 看 見 艾 登 跌 倒 了，她 沒 做 什 麼
Méigēn kànjiàn Àidēng diédǎo le tā méi zuò shéme
事 情？
shìqíng
(A) 追過艾登
(B) 讓艾登先通過終點
(C) 扶艾登起來
(D) 和艾登一起努力走到終點

_____ 3. 甲：艾 登 跌 倒
Àidēng diédǎo
乙：梅 根 幫 助 艾 登 通 過 終 點
Méigēn bāngzhù Àidēng tōngguò zhōngdiǎn
丙：梅 根 扶 起 艾 登
Méigēn fúqǐ Àidēng
丁：全 場 觀 眾 拍 手
quánchǎng guānzhòng pāishǒu
上 面 幾 件 事 情，從「先 發 生」 到「最 後
shàngmiàn jǐjiàn shìqíng cóng xiān fāshēng dào zuìhòu
發 生」應 該 怎 麼 排 才 是 對 的？
fāshēng yīnggāi zěnme pái cái shì duì de
(A) 甲→乙→丙→丁
(B) 丁→乙→甲→丙
(C) 甲→丙→乙→丁
(D) 丙→甲→丁→乙

_____ 4.「梅根 還 刻意 讓 艾登 先 過」，句子 中 的
Méigēn hái kèyì ràng Àidēng xiān guò jùzizhōng de
「刻意」換 成 下 面 哪一個，意思 差 不 多？
kèyì huàn chéng xiàmiàn nǎ yíge yìsi chàbùduō

(A) 特別注意

(B) 生意

(C) 立刻

(D) 上面的答案都不對

_____ 5. 如果 劉 同 學 參加 俄亥俄州 舉行 的 田 徑
rúguǒ Liú tóngxué cānjiā éháié zhōu jǔxíng de tiánjìng
賽，他 在 比賽 的 過 程 中 幫 助 另外一
sài tā zài bǐsài de guòchéngzhōng bāngzhù lìngwài yì
名 選 手，按照 比賽的 規定，劉 同 學 會
míng xuǎnshǒu ànzhào bǐsài de guidìng Lliú tóngxué huì
怎 麼 樣？
zěnmeyàng

(A) 全場觀眾會為劉同學拍手

(B) 劉同學的比賽成績會變好

(C) 劉同學以後永遠不能參加田徑比賽

(D) 劉同學在這一場比賽將會沒有成績

_____ 6.「本來……卻」在 下 面 哪個 句 子 中 的 用 法
běnlái què zài xiàmiàn nǎge jùzizhōng de yòngfǎ
是 錯 的？
shì cuò de

(A) 我□□想出門逛街，我媽媽□不准我去，因為我的作
業還沒寫完。

(B) 他□□很喜歡吃速食，□因為女朋友的一句話，再也
不吃了。

(C) 早上天氣□□很好，下午□開始下雨了。

(D) 我□□就不是很喜歡她，經過這次的事情後，我□討
厭她了。

_____ 7. 杭 特 覺 得 梅 根 怎 麼 樣？
Hángtè juéde Méigēn zěnmeyàng

(A) 梅根很驕傲

(B) 梅根應該要超越對手

(C) 梅根有運動家精神

(D) 杭特從來沒在比賽中看過梅根

_____ 8. 哪 個 不 對？
nǎge búduì

(A) 梅根認為得到比賽冠軍比幫助艾登還要開心

(B) 杭特覺得梅根幫助艾登的行為很好

(C) 主辦單位沒有取消兩個人的比賽資格

(D) 艾登的比賽成績比梅根好一點

(三)生詞
shēngcí

	生詞	漢語拼音	解釋
1	田徑	tiánjìng	sport
2	運動員	yùndòngyuán	sportsman
3	競爭	jìngzhēng	compete
4	對手	duìshǒu	opponent
5	跌倒	diédǎo	fall down
6	受傷	shòushāng	injured
7	田徑賽	tiánjìngsài	track and field meet
8	扶	fú	support with hand
9	選手	xuǎnshǒu	player selected as contestant, athlete
10	距離	jùlí	distance
11	終點	zhōngdiǎn	terminal point
12	大約	dàyuē	about, around, probably, likely

	生詞	漢語拼音	解釋
13	一般	yìbān	generally
14	通常	tōngcháng	generally, usually, normally
15	把握	bǎwò	assurance, certainty
16	追	zhuī	to chase after, to pursue
17	終點線	zhōngdiǎnxiàn	finishing line
18	刻意	kèyì	painstakingly
19	觀眾	guānzhòng	spectator, audience
20	佩服	pèifú	admire
21	拍手	pāishǒu	clap one's hands
22	歡呼	huānhū	hail, acclaim
23	按照	ànzhào	according to, in the light of, on the basis of
24	規定	guīdìng	provide, formulate, fix, set
25	過程	guòchéng	course, process
26	另外	lìngwài	another
27	將	jiāng	be about to
28	失去	shīqù	lose
29	資格	zīgé	qualifications, seniority
30	主辦單位	zhǔbàndānwèi	organizer(s)
31	保留	bǎoliú	continue to have, retain, hold back, reserve
32	贏得	yíngdé	win, gain
33	冠軍	guànjūn	champion
34	驕傲	jiāoào	be proud, take pride in
35	超越	chāoyuè	exceed
36	運動家	yùndòngjiā	athletic

四十六、臺灣 的 小吃
Táiwān de xiǎochī

㈠文 章
wénzhāng

到 哪裡 玩 必須 帶 著 護照、現金 以及 夠 大 的 胃 呢？
dào nǎlǐ wán bìxū dàizhe hùzhào xiànjīn yǐjí gòu dà de wèi ne

答案 就是 臺灣。
dáàn jiùshì Táiwān

美國 有線 電視 新聞 網CNN的CNN GO網 站，在
Měiguó yǒuxiàndiànshì xīnwénwǎng de wǎngzhàn zài

2012年6月13日刊 出了一篇 文 章，篇 名 是「40種
不能 沒有的 臺灣 食物」。文 章 介紹 了40種 臺
灣 熱門 的小吃，例如 像 山一樣 高 的刨冰、像
臉一樣 大的雞排、鳳梨酥、蚵仔煎、珍 珠奶茶 等。

文 章 還 說明了臺灣 小吃 因爲 融合了閩南、
潮 州、福建以及日本 等 各個 地方 食物 的特色，所
以，才能 有各式各 樣 風味獨特的 小吃。

文 章 更 提醒 想要來臺灣旅遊 的人：如果
來臺灣 旅遊，就不 應 該 遵 守「一天吃 三餐」的習
慣，而是 隨 時隨地，只要你的胃有 空 間，就該 品
嚐 臺灣的美食，因爲 臺灣 的美食 真 的太多了。
舉例來 說，臺北就有大約20條 專 門賣 小吃的街
道。每 當 你以爲你已經 找 到 最棒 的路邊攤，例如味

道 令你難 忘 的 臭豆腐，或者 是 令你 垂涎 三
dào lìng nǐ nánwàng de chòudòufǔ huòzhě shì lìng nǐ chuí xián sān

尺的牛肉 麵，結果 過 些 時候，你又 會在另一條
chǐ de niúròumiàn jiéguǒ guò xiē shíhòu nǐ yòu huì zài lìng yìtiáo

街道 找 到比之前 更 好吃的路邊攤。
jiēdào zhǎodào bǐ zhīqián gèng hǎochī de lùbiāntān

文 章 的最後 還打趣地 說，如果你問幾個臺灣
wénzhāng de zuìhòu hái dǎqù de shuō rúguǒ nǐ wèn jǐge Táiwān

朋 友：在 臺灣，什麼 是 最好 吃的食物？那幾個 臺
péngyǒu zài Táiwān shéme shì zuì hǎo chī de shíwù nà jǐge Tái

灣 人 可能 會因此而 吵架呢！如果 你 想 知道40 種
wānrén kěnéng huì yīncǐ ér chǎojià ne rúguǒ nǐ xiǎng zhīdào zhǒng

臺灣熱門 的 小吃是 什麼，請 自行 到 網 站 上
Táiwān rèmén de xiǎochī shì shéme qǐng zìxíng dào wǎngzhànshàng

一探 究 竟吧！
yí tàn jiù jìng ba

(二)問題
wèntí

_____ 1. 這篇 文 章 介紹 了什麼 東 西？
zhèpiān wénzhāng jièshàole shéme dōngxi
(A) 臺灣好玩的地方
(B) 臺灣漂亮的風景
(C) 臺灣好吃的食物
(D) 臺北熱門的小吃

_____ 2. 在 第4 段　中，「打趣」這 個 詞，你 覺 得　換
zài dì duàn zhōng　dǎqù zhèige cí　nǐ juéde huàn

　　成　下　面　哪一個詞以後，意思差 不　多？
chéng xiàmiàn　nǎ yíge cí yǐhòu　yìsi　chàbùduō

　　(A) 開玩笑

　　(B) 例如

　　(C) 有趣

　　(D) 打算

_____ 3. 爲 什 麼 文　章　在 最 後 一 段　說「那 幾 個
wèishéme wénzhāng zài zuìhòu yíduàn　shuō nà　jǐge

　　臺 灣 人 可 能　會 因此 而 吵 架 呢！」？
Táiwānrén kěnéng huì yīncǐ ér chǎojià ne

　　(A) 臺灣人不喜歡回答這個問題

　　(B) 臺灣有太多好吃的食物

　　(C) 臺灣的食物都不好吃

　　(D) 臺灣人喜歡用吵架決定事情

_____ 4. 臺 灣　有 各 式 各 樣　風　味 獨特 小 吃 的
Táiwān yǒu gè shì gè yàng　fēngwèi dútè xiǎochī de

　　原 因 是　什 麼？
yuányīn shì shéme

　　(A) 有鳳梨酥、蚵仔煎、珍珠奶茶、雞排以及刨冰

　　(B) 臺北就有大約20條專門賣小吃的街道

　　(C) 臺灣的小吃有閩南、潮州、福建以及日本等各個地方
　　　　食物的特色

　　(D) 臺灣人有一天吃很多餐的習慣

_____ 5. 文　章　認爲 來 臺 灣 旅 遊 的 人　應 該 做
wénzhāng rènwéi lái Táiwān lǚyóu de rén yīnggāi zuò

　　什 麼？
shéme

　　(A) 遵守一天吃三餐的習慣

　　(B) 到臺北去吃牛肉湯麵

　　(C) 準備好護照跟現金

(D)吃各式各樣臺灣的美食

_____ 6. 關 於 用「一 探 究 竟」寫 成 的 句 子，下 面
guānyú yòng yí tàn jiù jìng xiěchéng de jùzi xiàmiàn
哪 個 錯 誤？
nǎge cuòwù

(A)聽到外面有人大叫，媽媽立刻跑出門外「一探究
竟」。

(B)人到底是不是猴子變成的？佩玉爲了想知道這個問
題，找了同學一起去圖書館「一探究竟」。

(C)大家都說那部電影很好看，讓我忍不住花錢買票到電
影院「一探究竟」。

(D)警察在路上「一探究竟」，就把小偷抓住了。

_____ 7. 甲：爸 爸 對 我 的 愛 像 海 一 樣□
bàba duì wǒ de ài xiàng hǎi yíyàng

乙：這 棟 房 子 像 山 一 樣□
zhèdòng fángzǐ xiàng shān yíyàng

丙：她 眼 珠 子 的 顏 色 跟 海 水 一 樣□
tā yǎnzhūzi de yánsè gēn hǎishuǐ yíyàng

丁：他 的 手 跟 我 的 臉 一 樣□
tā de shǒu gēn wǒ de liǎn yíyàng

上 面 四 個□裡 面 的 詞 應 該 是 什 麼？
shàngmiàn sì ge lǐmiàn de cí yīnggāi shì shéme

(A)甲：深 乙：高 丙：藍 丁：大

(B)甲：高 乙：大 丙：深 丁：小

(C)甲：遠 乙：矮 丙：多 丁：大

(D)甲：藍 乙：高 丙：深 丁：高

_____ 8. 哪 個 不 對？
nǎge búduì

(A)到臺灣玩必須帶著護照、現金以及夠大的胃

(B)CNN GO網站上介紹了40種臺灣沒有的食物

(C)雞排、鳳梨酥、蚵仔煎、珍珠奶茶都是臺灣有名的小
吃

(D) 只要你還吃得下，就該多多品嚐臺灣的美食

(三) 生詞
shēngcí

	生詞	漢語拼音	解釋
1	現金	xiànjīn	ready money, cash, cash reserve in bank
2	胃	wèi	stomach
3	有線電視新聞網	yǒuxiàndiànshì xīnwénwǎng	Cable News Network
4	刊	kān	publish in periodical
5	篇名	piānmíng	title
6	熱門	rèmén	in great demand, popular
7	小吃	xiǎochī	snack, refreshment, cold/prepared dish
8	刨冰	bàobīng	ice shavings, a dessert made of shaved or finely crushed ice with flavoring
9	雞排	jīpái	chicken-Fried Steak
10	鳳梨酥	fènglísū	pineapple cake
11	蚵仔煎	ézǎijiān	oyster omelette
12	珍珠奶茶	zhēnzhūnǎichá	pearl milk tea
13	融合	rónghé	mix together, fuse, stick together
14	閩南	Mǐnnán	the southern part of Fukien Province
15	潮州	Cháozhōu	a city in eastern Guangdong province of the People's Republic of China.

	生詞	漢語拼音	解釋
16	福建	Fújiàn	is aprovince on the southeast coast of mainland China.
17	特色	tèsè	a characteristic, a distinguishing feature, a character
18	各式各樣	gè shì gè yàng	all sorts/kinds, various
19	風味	fēngwèi	a special or local flavor
20	獨特	dútè	unique, distinctive
21	提醒	tíxǐng	remind, warn, alert to
22	遵守	zūnshǒu	observe, abide by
23	隨時隨地	suíshí suídì	on the go
24	品嚐	pǐncháng	to taste
25	舉例	jǔlì	give an example
26	大約	dàyuē	about, around, probably, likely
27	專門	zhuānmén	professional
28	街道	jiēdào	street, residential district, neighborhood
29	路邊攤	lùbiāntān	roadside stand
30	令	lìng	make, cause
31	臭豆腐	chòudòufǔ	Stinky Tofu
32	垂涎三尺	chuí xián sān chǐ	to spittle three feet long
33	牛肉麵	niúròumiàn	beef noodles
34	打趣	dǎqù	to banter, to tease, to make fun of, to chaff
35	吵架	chǎojià	quarrel, have a row/spat
36	一探究竟	yí tàn jiù jìng	take a closer look

參考資料：美國CNN Co網站文章：40種不能沒有的臺灣食物。2012/06/13

網址：http://www.cnngo.com/explorations/eat/40-taiwanese-food-296093?page=0,0

四十七、讀萬 卷 書不如行 萬里路
dú wànjuànshū bùrú xíng wànlǐlù

(一)文章
wénzhāng

你聽 過臺灣 女歌手 蔡依林 唱 的世博臺灣
nǐ tīng guò Táiwān nǚgēshǒu Cài Yīlín chàng de Shìbó Táiwān

館 代表 歌曲「臺灣 心跳 聲」嗎?如果 你有機會 到
guǎn dàibiǎo gēqǔ Táiwān xīntiàoshēng ma rúguǒ nǐ yǒu jīhuì dào

臺灣,你一定 要去歌詞 中 提到 的地方。
Táiwān nǐ yídìng yào qù gēcí zhōng tídào de dìfāng

臺灣 哪裡好 玩？如果你到 臺灣 的 北部，淡 水 是
Táiwān nǎlǐ hǎo wán　rúguǒ nǐ dào Táiwān de běibù　Dànshuǐ shì

你非去不可 的地方。無論 是古蹟或是 小吃，都 非常
nǐ fēi qù bù kě de dìfāng　wúlùn shì gǔjī huòshì xiǎochī　dōu fēicháng

受 到大家的 歡 迎。淡 水 還有 規劃 得非常　好的
shòudào dàjiā de huānyíng　Dànshuǐ háiyǒu guīhuà de fēicháng hǎo de

自行車　車道，你可以一邊 騎車 運動，一邊 欣賞　沿
zìxíngchē chēdào　nǐ kěyǐ yìbiān qíchē yùndòng　yìbiān xīnshǎng yán

途 美麗的 風景，可以說 是一舉 兩 得呢！
tú měilì de fēngjǐng　kěyǐ shuō shì yì jǔ liǎng dé ne

如果你到 臺灣 的 中部，那你非去 三義不可。三
rúguǒ nǐ dào Táiwān de zhōngbù　nà nǐ fēi qù Sānyì bù kě　Sān

義的木雕 非常　有名，如果你去 參觀　木雕 博物
yì de mùdiāo fēicháng yǒumíng　rúguǒ nǐ qù cānguān mùdiāo bówù

館，你一定 會 讚歎 木雕 作者的 雕刻技巧。除了木
guǎn　nǐ yídìng huì zàntàn mùdiāo zuòzhě de diāokè jìqiǎo　chúle mù

雕 以外，三義的客家菜 跟 油桐 花也非 常　有 名。
diāo yǐwài　Sānyì de kè jiā cài gēn Yóutónghuā yě fēicháng yǒumíng

每年 的四月是 油桐 花　盛 開的季節，這時候 來到
měinián de sìyuè shì Yóutónghuā shèngkāi de jìjié　zhèshíhòu lái dào

三義，不但可以欣賞　油桐 花，還可以吃到「油桐 花
Sānyì　búdàn kěyǐ xīnshǎng Yóutónghuā　hái kěyǐ chī dào Yóutónghuā

餐」，可以說 是既「大飽 眼福」又「大飽口福」了。
cān　　kěyǐ shuō shì jì　dà bǎo yǎn fú　yòu　dàbǎokǒufú　le

臺灣　東部的風景也非常　美麗，尤其是 花蓮
Táiwān dōngbù de fēngjǐng yě fēicháng měilì　yóuqí shì Huālián

太魯閣國家公園各種特別的地形。無論是峽谷或
Tàilǔgé guójiā gōngyuán gèzhǒng tèbié de dìxíng wúlùn shì xiágǔ huò

是斷崖，你看了以後一定會讚歎大自然的力量。看
shì duànyái nǐ kànle yǐhòu yídìng huì zàntàn dàzìrán de lìliàng kàn

完了這樣的風景，無論你有什麼壓力或是煩惱，
wánle zhèyàng de fēngjǐng wúlùn nǐ yǒu shénme yālì huòshì fánnǎo

都可以暫時放到一邊了。
dōu kěyǐ zhànshí fàngdào yìbiān le

歌詞中提到的好玩的地方當然不止這些，
gēcízhōng tídào de hǎowán de dìfāng dāngrán bùzhǐ zhèxiē

俗話說得好：「讀萬卷書不如行萬里路」。等你
súhuà shuō de hǎo dú wànjuànshū bùrú xíng wànlǐlù děng nǐ

親自到臺灣，你就能親耳聽到臺灣最動人的「心
qīnzì dào Táiwān nǐ jiùnéng qīněr tīngdào Táiwān zuì dòngréndе xīn

跳聲」了。
tiàoshēng le

(二)問題
wèntí

_____ 1. 「淡水是你非去不可的地方」，你覺得「非去
Dànshuǐ shì nǐ fēi qù bù kě de dìfāng nǐ juéde fēi qù
不可」的意思是？
bù kě de yìsi shì
(A) 不可以去
(B) 可以不去
(C) 一定要去
(D) 不去也可以

_____ 2. 到 淡 水 玩，你可能 沒辦法做 到 的事
dào Dànshuǐ wán nǐ kěnéng méibànfǎ zuòdào de shì
情 是？
qíng shì
(A) 吃小吃
(B) 騎自行車
(C) 拜訪古蹟
(D) 欣賞斷崖、峽谷地形

_____ 3. 如果 你 冬 天 去 三義 玩，你可能 無法做 哪
rúguǒ nǐ dōngtiān qù Sānyì wán nǐ kěnéng wúfǎ zuò nǎ
些 事 情？
xiē shìqíng
(A) 欣賞油桐花
(B) 吃客家菜
(C) 看木雕
(D) 上面寫的事情都可以做到

_____ 4. 臺灣 有 許多 不 同 的 地形，在哪裡你可以
Táiwān yǒu xǔduō bùtóng de dìxíng zài nǎlǐ nǐ kěyǐ
同 時 看 到 斷 崖和峽谷？
tóngshí kàndào duànyá hé xiágǔ
(A) 臺灣南部
(B) 臺灣東部
(C) 臺灣中部
(D) 臺灣北部

_____ 5. 下 面 哪個 句子有 問題？
xiàmiàn nǎge jùzi yǒu wèntí
(A) 那個地方很好玩，你非去不可！
(B) 臺灣的香蕉很好吃，你非吃不可。
(C) 我喜歡演員陳妍希，她演的電影我非看不可。
(D) 這個東西對身體不好，為了你的健康，你非吃不可。

_____ 6. 「讀 萬 卷 書 不 如 行　萬里路」的意思是？
　　　　dú wànjuànshū bùrú xíng　wànlǐlù　de yìsi shì

(A) 讀書對我們沒有幫助

(B) 健康比較重要，必須多走路。

(C) 只要用功讀書，就可以得到一切

(D) 除了了解書上的知識以外，還必須多旅行、多看看。

_____ 7. 文 章 中　沒有　說 到 臺灣 哪個地
　　　　wénzhāngzhōng méiyǒu shuōdào Táiwān nǎge dì

　　　方？
　　　fāng

(A) 臺灣北部

(B) 臺灣中部

(C) 臺灣南部

(D) 臺灣東部

_____ 8. 關 於 這篇　文 章，下面　哪個不對？
　　　　guānyú zhèpiān wénzhāng xiàmiàn nǎge búduì

(A) 三義的木雕很有名

(B) 淡水只有小吃受到大家的歡迎

(C) 喜歡觀察斷崖和峽谷地形的人可以去花蓮玩

(D) 四月到三義不但可以欣賞油桐花，還可以吃油桐花餐

(三) 生 詞
shēngcí

	生詞	漢語拼音	解釋
1	讀萬卷書不如行萬里路	dú wànjuànshū bùrú xíng wànlǐlù	It's better to travel far than to read hundreds of thousands of books. Practical experience is worthier than the knowledge you gained from books.
2	世博	shìbó	World Exposition

	生詞	漢語拼音	解釋
3	歌曲	gēqǔ	song
4	臺灣心跳聲	Táiwān xīntiàoshēng	heartbeat of Taiwan, name of the song
5	歌詞	gēcí	lyrics or words of a song
6	提到	tídào	mention
7	淡水	Dànshuǐ	Danshui (a town in northern Taiwan)
8	無論	wúlùn	no matter what/how/etc., regardless
9	古蹟	gǔjī	historical site
10	受到	shòudào	be given
11	規劃	guīhuà	plan, program
12	車道	chēdào	lane
13	沿途	yántú	along the way
14	欣賞	xīnshǎng	appreciate, enjoy, admire
15	一舉兩得	yì jǔ liǎng dé	one move, two gains
16	三義	Sānyì	Sanyi (a town in the central section of Taiwan)
17	木雕	mùdiāo	woodcarving
18	博物館	bówùguǎn	museum
19	讚歎	zàntàn	highly praise
20	作者	zuòzhě	author, writer
21	雕刻	diāokè	carve, sculpture
22	技巧	jìqiǎo	technique, skill, craftsmanship, dexterity
23	客家菜	kèjiācài	Hakka cuisine
24	油桐花	yóutónghuā	Aleurites Montana

	生詞	漢語拼音	解釋
25	盛開	shèngkāi	in full bloom
26	大飽眼福	dà bǎo yǎn fú	feast one's eyes on
27	花蓮	Huālián	Hualien (a city in eastern Taiwan)
28	太魯閣國家公園	Tàilǔgé guójiā gōngyuán	Taroko national park
29	地形	dìxíng	terrain, topography
30	峽谷	xiágǔ	gorge, chasm
31	斷崖	duànyái	cliff
32	大自然	dàzìrán	nature
33	力量	lìliàng	physical strength, power, force, ability
34	壓力	yālì	pressure, stress
35	暫時	zhànshí	temporarily
36	不止	bùzhǐ	not be limited (to), endless
37	親耳	qīněr	heard sth oneself
38	心跳聲	xīntiàoshēng	heartbeat

四十八、傘的故事
sǎn de gùshì

(一)文 章
wénzhāng

下雨的 時候，如果 忘了帶傘 總 是 很 不 方便，
xiàyǔ de shíhòu　rúguǒ wàngle dài sǎn zǒngshì hěn bù fāngbiàn

你知道第一把「傘」是 誰發明 的 嗎？
nǐ zhīdào dì yī bǎ　sǎn　shì shéi fāmíng de ma

很久以前，有一個優秀的發明 家叫「魯班」。魯班
hěnjiǔ yǐqián　yǒu yíge yōuxiù de fāmíngjiā jiào　Lǔ bān　Lǔ bān

的個性 很好，只要 別人 有 困難的 時候 找 他 幫
de gèxìng hěnhǎo　zhǐyào biérén yǒu kùnnán de shíhòu zhǎo tā bāng

忙，他 總 會 熱心地 幫 助大家，所以大家都 很 喜歡
máng　tā zǒng huì rèxīn de bāngzhù dàjiā　suǒyǐ dàjiā dōu hěn xǐhuān

他。個性 好 的魯班 對他的老婆也 很好，只要 老 婆肚
tā　gèxìng hǎo de Lǔ bān duì tā de lǎopó yě hěnhǎo　zhǐyào lǎopó dù

子一餓，他就會馬上　送 上 吃的 東西。老婆一覺
zi yí è　tā jiù huì mǎshàng sòngshàng chī de dōngxi　lǎopó yì jué

得 冷，他就馬上　送 上　溫 暖 的外套，老婆在店
de lěng　tā jiù mǎshàng sòngshàng wēnnuǎn de wàitào　lǎopó zài diàn

裡看到喜歡 的衣服，魯班也會馬上　買 來送 她。
lǐ kàndào xǐhuān de yīfú　Lǔ bān yě huì mǎshàng mǎilái sòng tā

　　有一天，魯 班的老婆　全　身　濕淋淋地回來，原來
yǒu yìtiān　Lǔ bān de lǎopó quánshēn shīlínlín de huílái yuánlái

是她在　逛街的 時候突然下雨了。老婆希望 魯 班
shì tā zài guàngjiē de shíhòu túrán xiàyǔ le　lǎopó xīwàng Lǔ bān

想 想　辦法，讓 她可以在下雨的 時候 也可以 逛街。
xiǎngxiǎng bànfǎ　ràng tā kěyǐ zài xiàyǔ de shíhòu yě kěyǐ guàngjiē

魯班 發現 下雨天大家 躲在家裡，是因爲有 屋頂可以
Lǔ bān fāxiàn xiàyǔtiān dàjiā duǒzài jiālǐ　shì yīnwèi yǒu wūdǐng kěyǐ

擋 雨。所以他 想了 想，如果 在路 上 蓋 很多　像
dǎng yǔ　suǒyǐ tā xiǎngle xiǎng　rúguǒ zài lùshàng gài hěnduō xiàng

這樣 的小屋頂，這樣　出 門 也不會淋到 雨了，這
zhèyàng de xiǎo wūdǐng zhèyàng chūmén yě búhuì líndào yǔ le　zhè

就是 之後 的「涼亭」。
jiù shì zhīhòu de　liángtíng

過了幾天，老婆告訴魯班，她覺得這樣還是不太
guòle jǐtiān lǎopó gàosù Lǔ bān tā juéde zhèyàng háishì bú tài

好，涼亭和涼亭中間的路還是會淋到雨。魯班
hǎo liángtíng hé liángtíng zhōngjiān de lù háishì huì líndào yǔ Lǔ bān

想起他無意間看到小孩拿著荷葉在擋雨，於是他
xiǎngqǐ tā wúyìjiān kàndào xiǎohái názhe héyè zài dǎng yǔ yúshì tā

照著荷葉的樣子，用竹子做了一個器具。他一開始
zhàozhe héyè de yàngzi yōng zhúzi zuòle yíge qìjù tā yì kāishǐ

先在上面鋪上樹葉，發現這樣還是會淋到
xiān zài shàngmiàn pūshàng shùyè fāxiàn zhèyàng háishì huì líndào

雨，後來鋪上了布，但是布還是會滴水。最後，他鋪
yǔ hòulái pūshàngle bù dànshì bù háishì huì dīshuǐ zuìhòu tā pū

了羊皮，發現羊皮不透水，可以擋雨，後來魯班就
le yángpí fāxiàn yángpí bú tòushuǐ kěyǐ dǎngyǔ hòulái Lǔ bān jiù

把這種東西叫做「雨傘」！
bǎ zhèzhǒng dōngxi jiàozuò yǔsǎn

(二)問題
wèntí

_____ 1. 為什麼魯班想發明雨傘？
wèishéme Lǔ bān xiǎng fāmíng yǔsǎn

　　(A) 老婆喜歡雨傘，但是店裡賣的傘太貴了

　　(B) 讓老婆不要淋到雨

　　(C) 想幫助那一群孩子

　　(D) 想賺很多錢

_____ 2. 「雨傘」的 樣子是 照 什麼 東西的 樣子
yǔsǎn de yàngzi shì zhào shéme dōngxī de yàngzi
做 的？
zuòde
(A) 竹子
(B) 涼亭
(C) 樹葉
(D) 荷葉

_____ 3. 這 篇 文 章 主要 在 說 什麼？
zhèpiān wénzhāng zhǔyào zài shuō shéme
(A) 如果幫助別人，在你有困難的時候，別人也會幫助你
(B) 為什麼會有「雨傘」的原因
(C) 下雨天的時候記得要帶傘
(D) 為什麼會有「涼亭」的原因

_____ 4. 剛 開始蓋「涼 亭」的 原 因 是 為了？
gāng kāishǐ gài liángtíng de yuányīn shì wèile
(A) 下雨的時候有地方可以擋雨
(B) 可以坐著看風景的地方
(C) 讓走很多路的人有地方可以休息
(D) 中午吃午餐的地方

_____ 5. 哪一 張 圖 片 是「荷 葉」？
nǎyìzhāng túpiàn shì héyè
(A) (B) (C) (D)

_____ 6. 哪個句子是 錯 的？
nǎge jùzi shì cuò de
(A) 愛迪生（Edison）發明了電燈。
(B) 他在學校「發現」了這隻狗。
(C) 上課睡覺被老師「發現」就不好了。
(D) 這本書是誰「發明」的？

_____ 7. 第19行「無意間 看 到」的意思 是 ？
dì háng wúyìjiān kàndào de yìsi shì

　(A) 不想看，但看到了

　(B) 本來就想這樣做

　(C) 不小心看到，本來沒有這個意思

　(D) 想看，卻看不到

_____ 8. 哪 個 不 對 ？
nǎge búduì

　(A) 魯班對他的老婆很好

　(B) 涼亭可以擋雨，但是還是不方便。

　(C) 原來的雨傘是用竹子做的

　(D) 魯班最後鋪在雨傘上的是「布」

三 生 詞
shēngcí

	生詞	漢語拼音	解釋
1	發明	fāmíng	to invent
2	優秀	yōuxiù	outstanding, excellent
3	發明家	fāmíngjiā	inventor
4	個性	gèxìng	individual character, personality
5	困難	kùnnán	difficulty
6	熱心	rèxīn	warm-heartedness
7	肚子	dùzi	stomach, belly
8	餓	è	to be hungry
9	馬上	mǎshàng	immediately
10	冷	lěng	to be cold
11	溫暖	wēnnuǎn	warm, warm up
12	外套	wàitào	overcoat

	生詞	漢語拼音	解釋
13	全身	quánshēn	whole body
14	濕淋淋	shīlínlín	wet
15	逛街	guàngjiē	window-shop
16	突然	túrán	suddenly, abruptly
17	希望	xīwàng	to hope, to wish
18	辦法	bànfǎ	method
19	躲	duǒ	hide (oneself)
20	屋頂	wūdǐng	aroof, rooftop
21	擋	dǎng	ward off, block, get in the way of
22	蓋	gài	build, construct
23	淋	lín	pour, drench
24	涼亭	liángtíng	a pavilion, a bower
25	中間	zhōngjiān	between
26	無意間	wúyìjiān	has no intention
27	荷葉	héyè	lotus leaves
28	照	zhào	according to, in accordance with
29	樣子	yàngzi	appearance, shape
30	竹子	zhúzi	bamboo
31	器具	qìjù	utensils, implements
32	鋪	pū	spread, extend, unfold, pave,lay
33	樹葉	shùyè	leaves (of trees)
34	發現	fāxiàn	to find, to discover
35	布	bù	cloth
36	滴	dī	to drip
37	羊皮	yángpí	sheepskin
38	透	tòu	thorough

四十九、月 餅
yuèbǐng

㈠文 章
wénzhāng

農曆的八月 十五是 華人的 中 秋節。和 元 宵節
nónglì de bāyuè shíwǔ shì huárén de Zhōngqiūjié hé Yuánxiāojié

吃湯 圓、端午節吃粽子一樣,中 秋節 吃月餅是
chī tāngyuán Duānwǔjié chī zòngzi yíyàng Zhōngqiūjié chī yuèbǐng shì

華人的習俗。你知道 爲什麼 中秋節要 吃月餅嗎?
huárén de xísú   nǐ zhīdào wèishéme Zhōngqiūjié yào chī yuèbǐng ma

關於 中秋節 吃 月餅 的 由來，有 許多 不同 的
guānyú Zhōngqiūjié chī yuèbǐng de yóulái yǒu xǔduō bùtóng de

說法。最 常 聽 到 的 說法是：在 唐 朝 的 時候，
shuōfǎ zuì cháng tīngdào de shuōfǎ shì zài Tángcháo de shíhòu

唐 朝 北方的 突厥族一直來 騷擾 唐 朝 的 邊界，
Tángcháo běifāng de Tújuézú yìzhí lái sāorǎo Tángcháo de biānjiè

讓 住在 邊界 的人民 很 困擾，也威脅 到了 唐 朝
ràng zhùzài biānjiè de rénmín hěn kùnrǎo yě wēixié dào leTángcháo

的 國家安全。唐 朝 的 皇帝 爲了解決 這個 問題，請
de guójiā ānquán Tángcháo de huángdì wèile jiějué zhèige wèntí qǐng

他 手 下最 棒 的 將軍——李靖去 攻打突厥族。李靖
tā shǒuxià zuì bàng de jiāngjūn Lǐjìng qù gōngdǎ Tújuézú Lǐjìng

沒 有 辜負 皇帝的期待，邊界一直 傳 來好 消息。
méiyǒu gūfù huángdì de qídài biānjiè yìzhí chuánlái hǎo xiāoxí

就在 八月 十五日 這天，李靖 帶著 軍隊 凱 旋。爲了
jiù zài bāyuè shíwǔ rì zhè tiān Lǐ jìng dàizhe jūnduì kǎixuán wèile

慶祝 李靖的 勝利，城 內與 城 外不 停地放 鞭
qìngzhù Lǐjìng de shènglì chéngnèi yǔ chéngwài bùtíng de fàng biān

炮、演奏 祝賀的音樂，軍隊與人民 都非 常 高興。
pào yǎnzòu zhùhè de yīnyuè jūnduì yǔ rénmín dōu fēicháng gāoxìng

有一個吐蕃人到 唐 朝 做 生意，聽 到 了 這個 消
yǒu yíge Tǔfānrén dào Tángcháo zuò shēngyì tīngdàole zhèige xiāo

息，於是就把包 裝 得很 漂 亮 的 圓餅 獻 給
xí yúshì jiù bǎ bāozhuāng de hěn piàoliàng de yuánbǐng xiàngěi

皇帝，當 作 祝賀軍隊 凱旋 的禮物。
huángdì dāngzuò zhùhè jūnduì kǎixuán de lǐwù

皇帝看到吐蕃人送的圓餅，非常高興。
huángdì kàndào Tǔfānrén sòng de yuánbǐng fēicháng gāoxìng

他一手拿著圓餅，一手指著天空中又圓
tā yìshǒu názhe yuánbǐng yìshǒu zhǐzhe tiānkōngzhōng yòu yuán

又大的月亮，説了一句「應將胡餅邀蟾蜍」，
yòu dà de yuèliàng shuōle yíjù   yīng jiāng húbǐng yāo chánchú

説完以後，就把圓餅分給了其他人。大家看到
shuō wán yǐhòu   jiù bǎ yuánbǐng fēngěile qítā rén   dàjiā kàndào

皇帝這麼做，於是也跟著這麼做，所以，中秋節
huángdì zhème zuò   yúshì yě gēnzhe zhème zuò suǒyǐ Zhōngqiūjié

吃月餅的習俗，就這樣流傳了下來。
chī yuèbǐng de xísú   jiù zhèyàng liúchuánle xiàlái

(二)問題
wèntí

_____ 1. 下面討論第一段內容的句子，哪個正確？
xiàmiàn tǎolùn dì yīduàn nèiróng de jùzi   nǎge zhèngquè

(A) 吃月餅、湯圓、粽子，都是華人的習俗

(B) 湯圓跟粽子是一樣的東西

(C) 八月十五是中秋節，也是元宵節

(D) 中秋節的習俗是吃湯圓

_____ 2. 如果你想知道「吃月餅的由來」，你可以
rúguǒ nǐ xiǎng zhīdào chī yuèbǐng de yóulái   nǐ kěyǐ

怎麼問這個問題？
zěnme wèn zhèige wèntí

(A) 怎麼吃月餅？

(B) 爲什麼要吃月餅？

(C) 月餅裡面有什麼東西？

(D) 去哪裡可以吃到月餅？

_____ 3. 下 面 哪個句子用「獻」這個詞不太好？
xiàmiàn nǎge jùzi yòng xiàn zhèige cí bú tài hǎo

(A) 小花把她的第一名「獻」給他的父母。

(B) 我把最好吃的東西「獻」給我最喜歡的爺爺。

(C) 他把最棒的水果「獻」給總統。

(D) 小明把他的玩具「獻」給他的弟弟。

_____ 4. 「應 將 胡 餅 邀 蟾 蜍」這 句 話 中，胡
yīng jiāng húbǐng yāo chánchú zhè jù huà zhōng hú

餅 跟 蟾 蜍 應 該 是 什麼？
bǐng gēn chánchú yīnggāi shì shéme

(A) 胡餅是月餅，蟾蜍是月亮

(B) 胡餅是一種餅乾，蟾蜍是一種動物

(C) 胡餅是月餅，一種動物

(D) 胡餅是一種餅乾，蟾蜍是月亮

_____ 5. 「邊 界 一 直 傳 來 好 消 息」這 句 話 中 的
biānjiè yìzhí chuánlái hǎo xiāoxí zhè jù huà zhōng de

「好 消 息」是 什 麼？
hǎo xiāoxí shì shéme

(A) 邊界發生了很多好事情

(B) 李靖打贏了突厥族

(C) 邊界的天氣很好

(D) 以上都不對

_____ 6. 「凱 旋」在 文 章 中 是 什 麼 意 思？
kǎixuán zài wénzhāngzhōng shì shéme yìsi

(A) 李靖帶著軍隊回到唐朝

(B) 李靖和軍隊一起慶祝勝利

(C) 李靖打贏了突厥族，帶著軍隊回到唐朝

(D) 李靖和軍隊、人民一起放鞭炮

_____ 7. 李靖 帶著 軍隊 凱 旋 以後，沒 有 發 生 什
Lǐ jìng dàizhe jūnduì kǎixuán yǐhòu méiyǒu fāshēng shé
麼 事 情？
me shìqíng

(A) 城內與城外不停地放鞭炮

(B) 吐蕃人把禮物獻給皇帝

(C) 突厥族又來騷擾唐朝的邊界

(D) 城內與城外到處都可以聽到祝賀的音樂

_____ 8. 下 面 討 論 這 篇 文 章 的句子，哪個 正
xiàmiàn tǎolùn zhè piān wénzhāng de jùzi nǎge zhèng
確？
què

(A) 這篇文章說了兩個中秋節吃月餅的由來。

(B) 中秋節吃月餅的習慣是吐蕃人告訴皇帝的。

(C) 李靖回唐朝以後，許多人民把月餅獻給皇帝。

(D) 這篇文章告訴我們爲什麼中秋節要吃月餅。

(三)生詞
shēngcí

	生詞	漢語拼音	解釋
1	月餅	yuèbǐng	moon cake
2	農曆	nónglì	Chinese calendar
3	華人	huárén	Chinese people
4	中秋節	Zhōngqiūjié	Mid-Autumn Festival (on the 15th day of the 8th lunar month)
5	元宵節	Yuánxiāojié	Lantern Festival observed on the first full moon in a lunar year
6	湯圓	tāngyuán	glutinous rice dumplings
7	端午節	Duānwǔjié	the Dragon Boat Festival (falling on the fifth day of the fifth lunar month)

	生詞	漢語拼音	解釋
8	粽子	zòngzi	a pyramid-shaped mass of glutinous rice wrapped in leaves
9	習俗	xísú	custom
10	關於	guānyú	about, with regard to, concerning
11	由來	yóulái	origin, cause
12	說法	shuōfǎ	way of saying sth., wording, formulation, statement, version, argument
13	唐朝	Tángcháo	Tang Dynasty
14	突厥族	Tújuézú	Turkic
15	騷擾	sāorǎo	harass, molest, annoy, disturb
16	邊界	biānjiè	boundary, border
17	困擾	kùnrǎo	perplex, puzzle
18	威脅	wēixié	threaten, menace, imperil
19	皇帝	huángdì	emperor
20	為了	wèile	for, for the sake of, in order to
21	攻打	gōngdǎ	attack, assault, assail
22	辜負	gūfù	disappoint, let down, fail to live up to
23	期待	qídài	expect
24	傳	chuán	pass (on), hand down, impart, teach, spread, transmit
25	軍隊	jūnduì	armed forces, army, troops
26	凱旋	kǎixuán	to return in triumph
27	勝利	shènglì	win victory/success
28	鞭炮	biānpào	firecrackers, string of small firecrackers
29	演奏	yǎnzòu	give instrumental performance
30	祝賀	zhùhè	congratulate

	生詞	漢語拼音	解釋
31	吐蕃人	Tǔfānrén	Tibetans
32	包裝	bāozhuāng	pack, dress up
33	獻	xiàn	respectfully present
34	當作	dāngzuò	consider/treat as
35	將	jiāng	introducing object of main verb
36	邀	yāo	invite
37	蟾蜍	chánchú	toad
38	於是	yúshì	thereupon, hence, consequently, as a result
39	流傳	liúchuán	spread, circulate, hand down

五十、蟑螂
zhāngláng

㈠文章
wénzhāng

在你的國家，容易看到 蟑螂 嗎？臺灣 的 天氣
zài nǐ de guójiā　róngyì kàndào　zhāngláng ma　Táiwān de tiānqì

溫暖 且 潮濕，所以居家 環境　中　常　常　容易
wēnnuǎn qiě cháoshī　suǒyǐ jūjiā huánjìngzhōng chángcháng róngyì

看到 蟑螂。全 世界的 蟑螂 有4000多　種，在臺
kàndào zhāngláng quán shìjiè de zhāngláng yǒu　duō zhǒng zài Tái

灣，有76種　蟑　螂。在　臺灣　最多、最　常　見　的
wān　yǒu zhǒng zhāngláng　zài Táiwān zuì duō　zuì cháng jiàn de

　蟑　螂　是　美　洲　蟑　螂。
zhāngláng shì Měizhōuzhāngláng

　　美　洲　蟑　螂　來自於　非　洲　的熱帶地區。身體的
Měizhōuzhāngláng láizì yú Fēizhōu　de　rèdài dìqū　shēntǐ de

長　度是35-43公分，牠們　有一對　觸角、兩　對翅　膀、
chángdù shì　gōngfēn　tāmen yǒu yíduì chùjiǎo liǎngduì chìbǎng

六隻　腳。牠們　雖然　有　翅膀，可是　不太會飛。牠們
liùzhī jiǎo　tāmen suīrán yǒu chìbǎng　kěshì bú tài huì fēi　tāmen

是夜行　性　動物，晝　伏夜出，所以白天　不太　容易見
shì yèxíngxìng dòngwù　zhòu fú yè chū　suǒyǐ báitiān bú tài róngyì jiàn

到　牠們。牠們　的身體　非　常　扁平，所以遇到　攻擊的
dào tāmen　tāmen de shēntǐ fēicháng biǎnpíng　suǒyǐ yùdào gōngjí de

時候，可以　藏在　牆壁、地板的　縫隙　中，以躲　過危
shíhòu　kěyǐ cángzài　qiángbì　dìbǎn de fèngxìzhōng　yǐ duǒguò wéi

險。美　洲　蟑　螂　最喜歡　溫　暖、潮濕的　環　境，所
xiǎn Měizhōuzhāngláng zuì xǐhuān wēnnuǎn cháoshī de huánjìng　suǒ

以臺灣　地區非　常　適合美　洲　蟑　螂　的繁殖。美　洲
yǐ Táiwān dìqū fēicháng shìhé Měizhōuzhāngláng de fánzhí　Měizhōu

　蟑　螂　最喜歡　待在地下室、排　水溝、下水道、糞
zhāngláng zuì xǐhuān dāi zài dìxiàshì　páishuǐgōu　xiàshuǐdào　fèn

坑　等　地方。所以　蟑　螂　大多是　沿著　排　水　管
kēng děng dìfāng　suǒyǐ zhāngláng dàduō shì yánzhe páishuǐguǎn

　向　上　爬，從　廚房、浴室、陽台的排水　孔　進到
xiàng shàng pá　cóng chúfáng　yùshì　yángtái de páishuǐkǒng jìndào

人類 的 家 中。爲了 增加 生 存 的機會，美 洲 蟑
rénlèi de jiāzhōng wèile zēngjiā shēngcún de jīhuì Měizhōuzhāng

螂 是 雜食性 的，牠們幾乎什麼 都 吃，例如廚餘、垃
láng shì záshíxìng de tāmen jīhū shéme dōu chī lìrú chúyú lè

圾、死掉 的 動 物 等。
sè sǐdiào de dòngwù děng

對付 蟑 螂 的 方法 有 很 多，例如 用 殺 蟲劑、
duìfù zhāngláng de fāngfǎ yǒu hěnduō lìrú yòng shāchóngjì

蟑 螂藥、熱水 等。不過，專 家 認爲，蟑 螂 到人
zhānglángyào rèshuǐ děng búguò zhuānjiā rènwéi zhāngláng dào rén

類的家裡後，還是必須 找 到 食物和 水 才能 生 存。
lèi de jiālǐ hòu háishì bìxū zhǎodào shíwù hé shuǐ cáinéng shēngcún

所以，保持居家 環 境 整 潔，讓 蟑 螂 找 不 到
suǒyǐ bǎochí jūjiā huánjìng zhěngjié ràng zhāngláng zhǎobúdào

食物與 水，才是 最 有 效 的 辦法。
shíwù yǔ shuǐ cái shì zuì yǒuxiào de bànfǎ

(二)問題
wèntí

_____ 1. 關 於第一 段 的 內 容，哪個 是 對 的？
guānyú dì yī duàn de nèiróng nǎge shì duì de

(A) 臺灣最常見的蟑螂是非洲蟑螂

(B) 美國有很多蟑螂

(C) 全世界的蟑螂大約有76種

(D) 蟑螂在臺灣非常常見

_____ 2. 爲什麼 臺灣 容易有 蟑 螂？
wèishéme Táiwān róngyì yǒu zhāngláng

(A) 因爲臺灣有很多夜市

(B) 蟑螂喜歡臺灣溫暖、潮濕的環境

(C) 臺灣的環境太髒太亂了

(D) 以上的答案都不對

_____ 3. 關於美洲 蟑 螂，下面 哪一個 不 對？
guānyú Měizhōuzhāngláng xiàmiàn nǎ yí ge búduì

(A) 身體的長度大約是35-43公分

(B) 有一對觸角、兩對翅膀、六隻腳

(C) 是雜食性的

(D) 有翅膀，跟鳥一樣很會飛

_____ 4. 下 面 關 於「晝 伏 夜 出」的 解 釋，哪個 正
xiàmiàn guānyú zhòu fú yè chū de jiěshì nǎge zhèng

確？
què

(A) 白天休息，晚上才出來活動。

(B) 不管是白天還是晚上，都出來活動。

(C) 不管是白天或是晚上，都在休息。

(D) 晚上休息，白天出來活動。

_____ 5. 蟑 螂 遇到 攻擊的 時候 會 做 什麼 事
zhāngláng yùdào gōngjí de shíhòu huì zuò shéme shì

情？
qíng

(A) 待在地下室、排水溝等地方

(B) 沿著排水管向上爬

(C) 躲在牆壁、地板的隙縫中

(D) 不會做任何事情

_____ 6. 什麼是對付 蟑 螂 最 有 效 的 辦法？
shéme shì duìfù zhāngláng zuì yǒuxiào de bànfǎ

⒜ 噴殺蟲劑

⒝ 放蟑螂藥

⒞ 用熱水燙

⒟ 保持居家環境整潔

_____ 7. 哪 個 不 對？
nǎge búduì

⒜ 美洲蟑螂只吃人類的食物

⒝ 美洲蟑螂最喜歡待在下水道、糞坑等地方

⒞ 蟑螂大多是從排水孔進到人類的家中

⒟ 蟑螂的身體非常扁平

㈢生 詞
shēngcí

	生詞	漢語拼音	解釋
1	蟑螂	zhāngláng	cockroach
2	溫暖	wēnnuǎn	warm, warm up
3	且	qiě	[formal]even, moreover, further
4	潮濕	cháoshī	wet
5	居家	jūjiā	home
6	美洲蟑螂	Měizhōuzhāngláng	Periplaneta americana
7	來自	láizì	come/stem/originate from
8	非洲	Fēizhōu	Africa
9	熱帶	rèdài	the tropics
10	觸角	chùjiǎo	antenna
11	翅膀	chìbǎng	wing

	生詞	漢語拼音	解釋
12	夜行性動物	yèxíngxìng dòngwù	nocturnal animal
13	晝伏夜出	zhòu fú yè chū	to hide by day and come out at night
14	扁平	biǎnpíng	planiform
15	攻擊	gōngjí	attack, assault
16	牆壁	qiángbì	wall
17	地板	dìbǎn	floorboard, floor
18	縫隙	fèngxì	chink
19	以	yǐ	in order to, so as to
20	躲	duǒ	hide (oneself), avoid, dodge
21	適合	shìhé	suit, fit
22	繁殖	fánzhí	breed, reproduce, propagate
23	待	dāi	stay
24	地下室	dìxiàshì	basement
25	排水溝	páishuǐgōu	gutter
26	下水道	xiàshuǐdào	sewer
27	糞坑	fènkēng	manure pit
28	沿	yán	along
29	排水管	páishuǐguǎn	drain
30	浴室	yùshì	bathroom, shower room
31	陽台	yángtái	balcony
32	排水孔	páishuǐkǒng	weephole
33	人類	rénlèi	human beings/species
34	生存	shēngcún	live, exist
35	雜食性	záshíxìng	polyphagia

	生詞	漢語拼音	解釋
36	幾乎	jīhū	almost, nearly
37	廚餘	chúyú	kitchen waste
38	垃圾	lèsè	rubbish, garbage, junk, crap
39	對付	duìfù	deal/cope with, counter, tackle, make do
40	殺蟲劑	shāchóngjì	kitchen waste
41	蟑螂藥	zhānglángyào	cockroaches medicine
42	專家	zhuānjiā	expert, specialist
43	保持	bǎochí	keep, maintain, preserve
44	整潔	zhěngjié	neat and tidy
45	有效	yǒuxiào	efficacious, effective, valid

解答

單元一　表格

一、臺灣高鐵時刻表

1.(A)　2.(B)　3.(D)　4.(B)　5.(D)
6.(C)　7.(B)　8.(C)

二、門診時間表

1.(C)　2.(B)　3.(B)　4.(D)　5.(A)
6.(D)　7.(C)　8.(A)

三、顧客意見調查表

1.(B)　2.(D)　3.(C)　4.(B)　5.(A)
6.(C)　7.(D)　8.(D)

四、舒服飯店房間價目表

1.(B)　2.(B)　3.(C)　4.(C)　5.(D)
6.(D)　7.(C)　8.(A)

五、永建夜市地圖

1.(A)　2.(D)　3.(B)　4.(C)　5.(D)
6.(B)　7.(C)　8.(D)

六、藥袋

1.(C)　2.(D)　3.(C)　4.(C)　5.(D)
6.(A)　7.(B)　8.(B)

七、訂婚喜帖

1.(B)　2.(A)　3.(A)　4.(A)　5.(C)
6.(B)　7.(B)　8.(D)

八、產品保證卡

1.(A)　2.(B)　3.(B)　4.(A)　5.(B)
6.(C)　7.(C)　8.(A)

九、音樂會門票

1.(A)　2.(D)　3.(C)　4.(A)　5.(B)
6.(C)　7.(A)　8.(D)

十、集點活動

1.(B)　2.(B)　3.(A)　4.(A)　5.(D)
6.(C)　7.(D)　8.(B)

單元二　對話

十一、夫妻對話

1.(C)　2.(B)　3.(A)　4.(C)　5.(C)
6.(C)　7.(D)　8.(A)

十二、買東西（一）

1.(D)　2.(C)　3.(A)　4.(C)　5.(B)
6.(D)　7.(C)　8.(B)

十三、朋友聊天

1.(B)　2.(B)　3.(D)　4.(A)　5.(C)
6.(D)　7.(A)　8.(C)

十四、買東西（二）

1.(C)　2.(B)　3.(D)　4.(A)　5.(C)
6.(D)　7.(B)　8.(A)

十五、搭捷運

1.(C)　2.(D)　3.(A)　4.(B)　5.(C)
6.(C)　7.(B)　8.(B)

十六、蜜月旅行

1.(C)　2.(A)　3.(B)　4.(B)　5.(D)
6.(B)　7.(A)　8.(C)

十七、失眠

1.(B)　2.(D)　3.(D)　4.(A)　5.(D)
6.(C)　7.(B)　8.(D)

十八、有趣的故事

1.(C)　2.(B)　3.(B)　4.(D)　5.(B)
6.(C)　7.(A)　8.(C)

十九、約會

1.(C)　2.(B)　3.(A)　4.(D)　5.(B)
6.(B)　7.(C)　8.(A)

二十、學校宿舍

1.(B)　2.(D)　3.(C)　4.(A)　5.(C)
6.(A)　7.(B)　8.(D)

單元三　短文

二十一、消夜

1.(D)　2.(A)　3.(A)　4.(D)　5.(C)
6.(B)　7.(A)　8.(D)

二十二、手指長度研究

1.(B)　2.(A)　3.(A)　4.(C)　5.(D)
6.(B)　7.(A)　8.(A)

二十三、老王賣瓜，自賣自誇

1.(D)　2.(D)　3.(A)　4.(C)　5.(C)
6.(D)　7.(B)　8.(C)

二十四、誰是對的？

1.(B)　2.(C)　3.(B)　4.(B)　5.(D)
6.(A)　7.(C)　8.(D)

二十五、父親節的由來

1.(A)　2.(D)　3.(B)　4.(D)　5.(B)
6.(D)　7.(D)　8.(D)

二十六、難寫的萬字

1.(D)　2.(D)　3.(C)　4.(B)　5.(A)
6.(C)　7.(B)　8.(D)

二十七、杞人憂天

1.(A)　2.(A)　3.(D)　4.(B)　5.(D)
6.(D)　7.(C)　8.(A)

二十八、微笑

1.(D)　2.(B)　3.(A)　4.(B)　5.(C)
6.(A)　7.(A)　8.(B)

二十九、聰明的使者

1.(D)　2.(D)　3.(B)　4.(D)　5.(C)
6.(A)　7.(A)　8.(C)

三十、送　禮

1.(A)　2.(B)　3.(D)　4.(C)　5.(B)
6.(D)　7.(D)　8.(A).

三十一、吃「醋」

1.(A)　2.(A)　3.(A)　4.(B)　5.(A)
6.(C)　7.(B)　8.(C)

三十二、數字「四」

1.(B)　2.(C)　3.(A)　4.(B)　5.(A)
6.(C)　7.(D)　8.(D)

三十三、熟能生巧

1.(D)　2.(B)　3.(A)　4.(C)　5.(D)
6.(A)　7.(B)　8.(D)

三十四、我們來「講八卦」！

1.(C)　2.(B)　3.(D)　4.(D)　5.(A)
6.(C)　7.(B)　8.(B)

三十五、「樂透」樂不樂？

1.(B)　2.(C)　3.(D)　4.(C)　5.(B)
6.(D)　7.(B)　8.(D)

三十六、愚人節

1.(C)　2.(A)　3.(B)　4.(B)　5.(D)
6.(B)　7.(D)　8.(D)

三十七、「低頭族」小心！

1.(A)　2.(C)　3.(B)　4.(D)　5.(B)
6.(C)　7.(A)　8.(D)

三十八、咖啡時間

1.(D)　2.(D)　3.(C)　4.(B)　5.(B)
6.(D)　7.(C)　8.(B)

三十九、失眠

1.(D)　2.(B)　3.(C)　4.(D)　5.(C)
6.(D)　7.(C)　8.(D)

四十、有幾桶水？

1.(B)　2.(B)　3.(A)　4.(A)　5.(D)
6.(C)　7.(D)　8.(B)

四十一、水餃的故事

1.(B)　2.(D)　3.(B)　4.(A)　5.(C)
6.(C)　7.(D)　8.(A)

四十二、空中飛人──麥可喬登

1.(D)　2.(A)　3.(C)　4.(A)　5.(D)
6.(C)　7.(D)　8.(A)

四十三、不能說的秘密

1.(C)　2.(D)　3.(A)　4.(B)　5.(C)
6.(C)　7.(C)　8.(B)

四十四、統一發票

1.(C)　2.(B)　3.(C)　4.(A)　5.(B)
6.(C)　7.(D)　8.(C)

四十五、運動家的精神

1.(B)　2.(A)　3.(C)　4.(D)　5.(D)
6.(D)　7.(C)　8.(A)

四十六、臺灣的小吃

1.(C)　2.(A)　3.(B)　4.(C)　5.(D)
6.(D)　7.(A)　8.(B)

四十七、讀萬卷書不如行萬里路

1.(C)　2.(D)　3.(A)　4.(B)　5.(D)
6.(D)　7.(C)　8.(B)

四十八、傘的故事

1.(B)　2.(B)　3.(B)　4.(A)　5.(C)
6.(D)　7.(C)　8.(D)

四十九、月餅

1.(A)　2.(B)　3.(C)　4.(A)　5.(B)
6.(C)　7.(C)　8.(D)

五十、蟑螂

1.(A)　2.(C)　3.(B)　4.(D)　5.(A)
6.(C)　7.(D)　8.(A)

國家圖書館出版品預行編目資料

華語文閱讀測驗. 中級篇／楊琇惠著. －－三
　版. －－臺北市：五南圖書出版股份有限公
　司, 2023.09
　面；　公分
　ISBN 978-626-366-472-2（平裝）

1.漢語　2.讀本

802.86　　　　　　　　　112013222

1X9D

華語文閱讀測驗─中級篇

編 著 者 ― 楊琇惠(317.1)

編輯助理 ― 林吟屏、曲禹宣

企劃主編 ― 黃惠娟

責任編輯 ― 魯曉玟

封面設計 ― 黃聖文、陳亭瑋

插　　畫 ― 郭千禎

出 版 者 ― 五南圖書出版股份有限公司

發 行 人 ― 楊榮川

總 經 理 ― 楊士清

總 編 輯 ― 楊秀麗

地　　址：106臺北市大安區和平東路二段339號4樓

電　　話：(02)2705-5066　　傳　　真：(02)2706-6100

網　　址：https://www.wunan.com.tw

電子郵件：wunan@wunan.com.tw

劃撥帳號：01068953

戶　　名：五南圖書出版股份有限公司

法律顧問　林勝安律師

出版日期　2013年 2 月初版一刷
　　　　　2016年10月二版一刷（共五刷）
　　　　　2023年 9 月三版一刷
　　　　　2024年10月三版二刷

定　　價　新臺幣400元

全新官方臉書

五南讀書趣

WUNAN Books

since1966

經典永恆・名著常在

五十週年的獻禮 —— 經典名著文庫

五南，五十年了，半個世紀，人生旅程的一大半，走過來了。

思索著，邁向百年的未來歷程，能為知識界、文化學術界作些什麼？

在速食文化的生態下，有什麼值得讓人雋永品味的？

歷代經典・當今名著，經過時間的洗禮，千錘百鍊，流傳至今，光芒耀人；

不僅使我們能領悟前人的智慧，同時也增深加廣我們思考的深度與視野。

我們決心投入巨資，有計畫的系統梳選，成立「經典名著文庫」，

希望收入古今中外思想性的、充滿睿智與獨見的經典、名著。

這是一項理想性的、永續性的巨大出版工程。

不在意讀者的眾寡，只考慮它的學術價值，力求完整展現先哲思想的軌跡；

為知識界開啟一片智慧之窗，營造一座百花綻放的世界文明公園，

任君遨遊、取菁吸蜜、嘉惠學子！